双语译林
壹力文库
040

〔加拿大〕斯蒂芬·里柯克 著

萧乾　文洁若 译

里柯克幽默小品选

译林出版社

图书在版编目（CIP）数据

里柯克幽默小品选：汉英对照 ／（加）里柯克（Leacock, S.）著；萧乾，文洁若译. —南京：译林出版社，2012.5
（双语译林. 壹力文库）
ISBN 978-7-5447-2642-9

Ⅰ.①里… Ⅱ.①里… ②萧… ③文…Ⅲ.①英语－汉语－对照读物 ②小品文－作品集－加拿大－现代 Ⅳ.①H319.4：I

中国版本图书馆CIP数据核字（2012）第031507号

书　　名	里柯克幽默小品选	
作　　者	〔加拿大〕斯蒂芬·里柯克	
译　　者	萧乾　　文洁若	
责任编辑	陆元昶	
特约编辑	王晓珂	
出版发行	凤凰出版传媒集团	
	凤凰出版传媒股份有限公司	
	译林出版社	
集团地址	南京市湖南路1号A楼，邮编：210009	
集团网址	http://www.ppm.cn	
出版社地址	南京市湖南路1号A楼，邮编：210009	
电子邮箱	yilin@yilin.com	
出版社网址	http://www.yilin.com	
经　　销	凤凰出版传媒股份有限公司	
印　　刷	肥城新华印刷有限公司	
开　　本	640×960毫米　　1/16	
印　　张	17	
字　　数	272千字	
版　　次	2012年5月第1版　2012年5月第1次印刷	
书　　号	ISBN 978-7-5447-2642-9	
定　　价	38.80元	

译林版图书若有印装错误可向承印厂调换

目　录

译　序

　　幽默是英国文学的一个重要传统。从乔叟的《坎特伯雷故事集》到莎士比亚的喜剧，从十八世纪的菲尔丁和斯威夫特到本世纪的萧伯纳的作品上，都深深打着这个印记。然而像里柯克这样以幽默为"专业"的，为数却并不多；正如英国历代诗歌中不乏诙谐感，而上世纪末的爱德华·黑尔却是一位专门写诙谐诗的诗人。尤其需要指出的是：里柯克这位"专业"幽默讽刺家其实是位地道的"业余"作家。他的本职是加拿大最高学府麦吉尔大学的政治经济系主任。

　　还是让他来介绍一下自己吧。

　　　"我在一八六九年十二月三十日出生于英国汉茨①的
　　斯旺摩尔。不知道当时星辰有过什么特殊征兆，不过我
　　认为很可能发生过。一八七六年我父母移居加拿大，我
　　决定跟他们一道走。
　　　我父亲在安大略省②的锡姆科湖③畔接手一座农场。
　　那正逢上加拿大农业的困难时期，他靠勤劳勉强支付了雇

---

　　① 汉茨是英国南部汉普郡（旧译汉普夏）的简称。
　　② 安大略省是加拿大第二大省。首府为多伦多。
　　③ 锡姆科湖是安大略省东南部湖泊。现为多伦多市区的著名避暑胜地，周围是富饶农业区。

1

工的工资，年景丰收才能打足来年用的种子，省得花钱去买。有了这一经过，我和弟兄们势必被迫离开土地，当上了教授、商人或工程师，却未成长为农场工人。然而我对农活很熟悉，所以在做政治演讲的时候，我还可以大谈诚实的体力劳动、早起以及熟睡的快乐对身心的好处。

"我是在多伦多的加拿大公学受的教育，一八八七年我成为该校成绩最优秀的学生。从那里我升入多伦多大学，并毕业于一八九一年。大学期间，我把全部时间都用于语言文字的研究上，不管是活的、死的，还是半死的。我对外界一概不了解，每天勤奋地研究语言文字约达十六个小时。毕业后不久，我就把学会的语言统统忘光了，发现自己在智力上破了产。换句话说，我成为一名所谓杰出的毕业生。凭这个资格，我只能干起教书这个既不需要经验也不需要智力的行当。一八九一至一八九九年，我任加拿大公学教职，这段经历使我对许多才华横溢的人却迫不得已而终身从事这种最枯燥乏味、最不讨好、待遇又最低微的职业，感到深切的同情。我发现自己教的学生当中那些似乎最懒、最不用功的，如今都在律师界、工商界以及社会上赫赫有名；而真正有出息、并曾获得全部奖状的学生，如今却在暑期旅馆当账房先生或在运河船上当个水手，靠艰辛劳动挣着工资。

"一八九九年，我愤而辞去教职，借了够维持几个月的钱，到芝加哥大学去攻读经济和政治学。不久，我当上了政治经济学的研究生。借此，加上我为麦吉尔大学干的一些临时工作，我终于在一九〇三年获得哲学博士。这个学位就意味着我参加了一辈子最后的一次考试并得了满分。从此，就再也不能接受新的概念了。

"这期间我结了婚，成为麦吉尔大学的教员。先是政治系的讲师，后来成为政治经济系主任。这个职位是我于此行所获得的奖赏之一，我自认十分幸运。报酬是如此之丰厚，使我显得高出左近的警察、邮递员、电车售票员以及其他公务员。同时，我可以同市内穷些的生意人平起平坐地交往了。论余暇，我一年四季所享受的，比生意人一辈子所能享受的还要多，于是，我拥有生意人所无法拥有的乐趣——思考；尤为可贵的是，可以在几个月里什么也不想。

　　"我写过一些与大学生活有关的东西——一本政治学著作，在许多杂志上发表过文章。我是美国政治学学会以及英国皇家殖民研究所的会员，并为英国国教的教友。这些都足以证明我的身份。我同政治及公共生活有点联系。几年前，我曾走遍大英帝国，发表关于帝国组织的讲演。随后南非联邦①就宣告成立，特立尼达②的香蕉工人闹起事来，土耳其与意大利也开了火。关于我那些演讲的分量，我想读者从而可以产生一些概念。在加拿大，我属于保守党。然而迄今，我在加拿大政界无成功可言：从没捞到过什么建筑桥梁或码头的合同，甚至在横贯全加拿大的铁路修建工程上，连一小段也没能承包上。加拿大自治领就是这样亏待它的公民的，人们逐渐会对此习以为常。

　　"除了学术著作，我还写过《文学上的失误》及《诙谐小说》，均已由纽约的多德·米德公司出版（伦敦版由

---

　　① 1910年英国组织南非联邦，作为英国自治领。1961年南非当局宣布退出英联邦，改称南非共和国。
　　② 正式名称为特立尼达和多巴哥共和国。位于加勒比海，在委内瑞拉岸外。1899年两岛行政上合为一体，1923年实行部分自治，1962年获得独立。

约翰·莱因的伯德利·黑德公司出版)。两书各只需区区一块五毛钱即可购得,听起来,让人觉得不合理。尽管我这序言显得荒谬,读后你仍可以走进任何书店,买两本才只需三块钱。然而两书的内容太幽默了,以致多年都未能付印。因为排字工人排印时全笑得前仰后合,简直喘不过气来。直到活字排版机发明后——或者更确切地说,有了会操纵活字排版机的工人之后,才得以付印。即便眼下,对流传我的书也仍应谨慎从事,确保它们只落入健康人之手。

"许多朋友都以为我是在脑筋疲劳得不能从事经济学的严肃研究时,作为消遣才写这类无价值的诙谐文章的。我个人的经验却正相反。那种用事实及数字加以充实的严肃的教学著作,写起来倒十分省力。写篇论中国中部民间文学的论文或者调查爱德华王子岛①人口锐减情况并进行统计要省事多了。然而把自己头脑中的东西写出来,并且文章本身还得值得一读,那要难多了。这种文思时续时断,而且可遇而不可求。就我个人而言,我宁愿写一本《爱丽丝漫游奇境记》②,也不愿写整部《大英百科全书》。"

上文节译自里柯克于一九三一年为他的《小镇艳阳录》(1912)所写的自序。他在三十几年内,共出版了将近四十部集子。他的创作生涯是以写讽刺小品开始的。收在他的第一个文集《文学上的失误》(1910)中的十几篇短文就已经显示出他的写作才能、思想和倾向性——他以诙谐的笔调,通过滑稽的情节,来揭发生活中的荒

① 爱德华王子岛是加拿大最小的省,位于圣劳伦斯湾南岸,居民多为英国人后裔,1873年加入加拿大联邦。
②《爱丽丝漫游奇境记》是英国数学家、逻辑学家道奇森(1832—1898)以刘易斯·卡罗尔为笔名所写的童话。

谬。一位批评家说，里柯克把他自己的人生哲学翻译成笑的语言了。

除了创作，里柯克还写了几部理论性的著作，如《幽默的理论与技巧》（约1935），《狄更斯评传》（1933）以及有关马克·吐温及欧·亨利的专论。他对幽默文学是曾苦心孤诣地钻研过的。

里柯克是一位充满风趣和机智的人。他研究政治经济学，但他从不在文章中卖弄自己的专业知识。相反，正如他在自述中所说的，他总是以平民的身份从常识的角度来谈论人和事物。《编杂志》不但用夸张的手法，强烈地揭露了买文者与卖文者中间的剥削关系，编辑人员的自以为是，草率粗暴，作者还通过那本编辑生意经，有力地揭发了报刊的本质——广告第一，利润至上。《吃饼冠军乔·布朗》和《大演员一席谭》都是里柯克极喜欢采用的模拟体。这里，他模拟的正是报纸上经常出现的那种千篇一律的"访问记"。这两个被访问者的性格看起来不大一样，吃饼冠军是用故作谦虚来赢得新闻记者的捧场；大演员则大言不惭地摆起老子天下第一的姿态，抬高自己的身价，其实，两个人都巴望记者能替他们在报端吹嘘一番。吃饼居然还举行冠军赛，真是无聊透顶。《大演员一席谭》还接触到自以为是，任意篡改古典遗产的问题。总之，里柯克的幽默讽刺，像一切好的讽刺一样，是多刃的。

《巴黎的素朴生活》处处是反笔，对巴黎上层社会的趋炎附势，骄横奢侈，竭尽讽刺之能事。

《大西洋彼岸的友谊》从侧面鄙夷地写出了暴发户倚财欺人、放小钱使大利的嘴脸，搬来的历史遗迹还要照纽约街道一样编成号码排列起来，大煞风景地盖起加油站。全文最后一句，真是意味深长。

《萨隆尼奥》写的是一个不学无术、冒充风雅的财主，同时也广泛地讽刺了那些强不知以为知的死硬派。《纽立芝太太置古董》是通过一个浅薄无知的女暴发户的独白，刻画出那个社会里的虚伪风尚。这里，里柯克还讽刺了一个值得我们注意的东西，就是鉴赏家有意识或无意识地把美与实用对立起来的错误观点。钟没有针和摆、茶壶漏水才算名贵，才有资格当古董，这真是自己给自己安上的龙套。

在《怎样发大财》里，作者的笑声就带着更多的鄙夷、愤慨，带着更多的泪了。这里，他也是寥寥几笔，就替财主勾勒出一副尊容来：一面是庸俗、空虚，精神上的行尸走肉；另一面是贪婪、残酷，靠剥削孤儿寡妇发迹。文章还顺便挖苦了那个社会极为流行的"名人自传"，那些吹牛大家总是夸耀说，他们是用五分钱打出天下的。

像《阔人幸福吗？》一文，就表现了他对为富不仁者的鄙视：他们惯用"破产"办法把自己的灾难转嫁到芸芸众生身上，而自己依然过着奢侈的生活。在《适者生存》一文中，他对在生存竞争中败下阵的小本经营者的悲惨下场表示了深切同情。

里柯克擅长写随笔式的短文，他继承了十八世纪以来英国散文随笔的传统：着眼于日常生活，信手拈来。他对生活中一些琐碎而又可笑的现象，观察得十分细致。《素昧平生的朋友》就饶有风趣地描绘了一个"不熟装熟"者（结果上了大当）的微妙心理。

作为二十世纪出生并长大的人，里柯克对二十年代出现的某些新事物不时表示反感，例如《我何以不参加国际冠军赛》。这种厌恶心情往往是出于留恋往昔的感伤。《哀后院的消失》就是对高层建筑一种无可奈何的反应。

本集中《史密斯先生的旅馆》、《杰斐逊·索尔普的投机生意》、《德罗恩牧师布道》、《马里波萨的旋风募捐运动》、《小山上的烽火》系选自里柯克的《小镇艳阳录》。该书共十二章，既分别独立成章，又与其他各章相互连贯。这里所选的五篇为该书的第一、二、四、五、六章。一九〇八年，里柯克曾在加拿大的奥利里亚镇购置一所农舍，每年夏季前往度假。《小镇艳阳录》就是根据他在那里的见闻而写的。由于作品中有些人物几近影射,因而引起镇上一些人士的愤懑。但"如今《小镇艳阳录》已被公认为里柯克的一部结构谨严、写得最成功的作品"。①

从里柯克的《我的幽默观》一文中,我们可以看到,他对待幽默十分认真,摆的位置也很崇高。大凡好的幽默家,莫不是悲天悯人的人道主义者。在这一点上,里柯克与其所师承的狄更斯及马克·吐温是一脉相承的。他同情小人物,憎恶大富贾;他不断揭露社会上种种不公道、不合理的现象,用简洁有力的笔触刻画各个阶层形形色色的人物,剖析他们灵魂中的贪婪自私、庸俗浅薄。

英语国家的文学史上,对里柯克还没有一个较确切的评价。一位批评家曾经很谨慎地指出:在加拿大作家中间,里柯克是最接近伟大的。他算不上最伟大的作家,然而他可以跟那些最伟大的作家同桌而坐。我觉得在一定意义上,这个评价是公正的。

里柯克虽然也写过几部中篇和一部《狄更斯评传》,但比较成功的还是他那些短小精悍的幽默小品,也就是说,相当于作曲上的"轻音乐"。像中国杂文家一样,里柯克通过各种独创形式,用笑骂的笔锋跟他生活的那个社会里的不合理现象短兵相接。他虽然终生都是业余作家,然而他一直把文学当作一支武器抓在手里,每篇东西都言之有物。而他又永远不甘于平淡无奇,想遍了法儿把话说得新鲜,把武器磨得锋利。这是他最值得我们今天学习的地方。

他接近伟大,因为他坚持做一个严肃的幽默家。他有意识地追求严肃的内容,而且以此自豪。

---

① 见《加拿大英语文学文选》第一卷,第221页,牛津大学出版社加拿大分社1982年版。

他在论文里不断提起他最向往的一种境界:崇高的幽默。这里,作者所写的那些荒谬绝伦的情节,那些不可调和的矛盾,根据的不是别的,而正是生活本身。幽默的内容应该是对人生的思考和诠释,幽默家的笑里应该含着泪水,因为幽默家不是逗人发笑的小丑,而是洞察人生的智者;他的幽默不是出于幸灾乐祸,而是对人间疾苦怀有恻隐之心。

我还特别赞赏他晚年对生命终结的看法。七十岁上他喉部开过一次刀。当有人问他对死亡的态度时,他回答说:"我怀疑死亡终究是不可避免的,但是把手杖交给我,我要去面对它。"

里柯克七十五岁时溘然长逝。两年后,里柯克学会为了纪念这位幽默大师,决定设立银质奖章,颁给加拿大每年最优秀的幽默作品。这一奖章在加拿大文坛上占有相当重要的地位。

这个集子里的三十三篇小品和一篇小说,分别译自以下十一本书:《小镇艳阳录》(1912)、《前前后后》(1913)、《来自大愚的月光》(1915)、《愚话续集》(1916)、《狂乱的小说》(1918)、《脚灯之上》(1923)、《短路》(1928)、《文学上的失误》(1930年补充版)、《模范自述及其他特写,由庄到谐》(1938)、《我的一位了不起的叔父》(1942)、《里柯克佳作选》(1946)。其中前面的二十五篇系萧乾所译,最后九篇的译者是文洁若。

萧　乾

借钱之道

——借钱并不困难，数目够大则行

亲爱的读者，你可曾向人伸手借过钱？你可曾向人挪借过十块钱，用基督教徒的名义郑重保证，下次关薪一定照数归还？你可曾一次向人借过一百万元那么多的钱吗？

要是你大小款子都借过的话，你就一定理会到：借一万块比借十块容易得多，借十万块就更加容易；及至你向国际上举一亿元的借款时，那就根本谈不上什么困难了。

下面一幕幕的小景，就是按照借款数额由小而大，逐级发生的。

景　　一

在这一景里，哈德阿普·琼斯①向他的朋友坎尼·斯密茨②商借十块钱，言明下月一号如数归还。

————————

① 哈德阿普 (Hardup) 是作者杜撰的姓，意译为"手头窘迫"。
② 坎尼 (Canny)，意译为"精明"、"狡猾"。

1

“老朋友，不知道你肯不肯通融一下，借给我十块钱，到月底——”

“十块钱！”

“唉，我向你担保，只要一发薪水，我马上就归还，决不食言。”

“十块钱！”

“你瞧，我现在搞得惨透啦——我欠了七块半的伙食费，她昨天对我说，非给不可。上个星期我付不出洗衣钱，于是，他就不肯把洗好的衣服给我放下；我身上这套该死的衣服还是用分期付款的办法弄来的呢！他们还说硬要扣下我的箱子呢，而且……”

“你别扯下去啦。去年十一月我借给你五块钱，你记得吗？那时候你发誓说，一号准还，可是转年你才还的——”

“我晓得，我晓得。可是这回我说话绝对算数。你帮帮忙吧，一号我一准儿还——薪水一到手马上还。”

“好吧，可是你可别——”

“绝不会的，我发誓一准——”

听了约莫半小时这类的忠告和抗议，借钱的人拿他的灵魂、肉体以及人格作担保之后，才把十块钱借到手。

景　二

在这一景里，中心市（人口3862）麦克杜夫五金商店的麦克杜夫先生向当地银行挪借一千元。

这是借钱的第二级方式，代表人是麦克杜夫兄弟五金商店（五金货品，一应俱全）的约翰·麦克杜夫先生。他去拜访当地银行的经理，想借一千元来维持营业，为期一个月，等农民春季支付的货款陆续进柜后就偿还。

银行里有两个小职员，其中的一个叫麦克杜夫先生等一下，说经理此刻有公事在身。

其实，经理这时候正在办公室的里间屋子里，挑拣钓鳟鱼用的苍蝇呢。他晓得麦克杜夫是干什么来的，可是他故意要耗一耗麦克杜夫，给他点儿滋味尝。

及至麦克杜夫终于走进去的时候，经理对他冷冰冰的，毫不亲切。

"麦克杜夫先生，请坐吧。"他说，可是当他们一道出去钓鱼的时候，经理总是管麦克杜夫叫"约翰"。不过现在是两码事，麦克杜夫到这儿是来借钱的——在中心市，借钱等于犯法。

"我是来接洽那笔借款的。"麦克杜夫说。

经理翻了翻账簿。

"眼下你就已经透支十七元啦。"他说。

"我晓得，可是过了一号，我的货款随时就会进来啦。"

随后，经理声色俱厉地问了他一大串问题：麦克杜夫店里每天进项多少？开销①多大？他去不去教堂？他信不信天堂地狱？

最后，甚至在经理已经同意借给他那一千元以后（其实，款子一直是准备借给他的），还附带提出一些条件：

"你得叫你的合伙人签上字。"

"好的。"

"你最好叫你太太也签上字。"

"好的。"

"还有你母亲，她不妨也签上——"

在农村里，向银行借笔款子，为期一个月，借据上的签字要

---

① 英文"开销"一字的商业用语是overhead（头上），原文问的是："头上多少？脚下多少？"这里作者用双关语开个玩笑，汉语没法表达。

3

比《洛迦诺公约》①上的还要多。

经营"五金货品，一应俱全"的麦克杜夫终于还是拿他的进项、铺面、信用、人格，他的妻子和母亲作担保——才把一千元借到手。

景　三

乒乓特·乒乓企业公司（设于伦敦及纽约）的金融大厦经理P.O.乒乓特先生怎样在午餐之前借到一百万元。

这一幕的背景安排得很相称，乒乓特先生被引进国家第一银行总行行长富丽堂皇的办公室。

"啊，您早晨好，"行长边站起来迎接乒乓特先生边说，"我正在这儿恭候呢。敝行总经理告诉我说，今天您要来赏光。您坐这把大些的椅子吧——也许宽绰些。"

"多谢。贵行的房间倒挺舒服。"

"是啊，我们认为这间屋子还爽亮。可是敝行的会议室还要更讲究一些。我领您看看去好不好？"

"太费心啦，可是我恐怕时间没那么从容。我来是想把那一百万元借款的手续办完了。"

"对，听敝行副行长说，您要来照顾我们，那真是太好啦。"

"噢，彼此彼此。"

"您确实只肯用一百万元吗？您晓得，要是您想用一百五十万的话，敝行是十分乐意效劳的。"

"行啦，目前我想一百万满够用啦。当然，要是还用钱的话，我们再通知贵行。"

---

① 《洛迦诺公约》是德、法、比、英、意互相保证西欧和平的一系列协定的总称。1925年10月在瑞士洛迦诺草签，12月在伦敦正式签字。

“那自然，那自然。”

“贵行需不需要什么抵押品——或者类似的东西？”

“用不着，那完全用不着。”

“趁我在这儿，有什么单据要我签的没有？”

“噢，没什么。敝行的行员会替您办理的。”

“好吧，那么我就不耽搁足下啦。”

“不过，要不我开车送您到市区？我的车子就停在外头。或者——要是您得空的话，到敝人的俱乐部去吃个便饭，那就更好啦。”

“好吧，谢谢啦。足下可真是客气极了。”

说完这段话，那一百万元就容容易易、毫无痛苦地换了手。

然而，连这也还算不上是最高级的借钱方式。不论就规模还是就排场来说，比起国际借款都要逊色多了。请看下景——

景　　四

英国撒姆尔·洛兹坦阁下及法国红杖蝙蝠子爵联合向美国金融界借款一亿元时的情景。

要了解这件事怎样顺利进行，最好还是看看美国报纸上的报道。

纽约，星期五——英国内阁大臣撒姆尔·洛兹坦阁下及法国全权代表蝙蝠子爵昨日搭“斯塔奎坦尼亚”轮联袂抵此，受到热烈欢迎。据悉：两位贵宾此行系为借款一亿元而来，并仅拟在此间盘桓数日云云。

纽约，星期六——昨晚比尔德蒙夫人家中举行盛大招待会，为撒姆尔·洛兹坦阁下及蝙蝠子爵接风。据悉：彼等此次来美，系为借款一亿元云云。

纽约，星期一——昨日第五街教堂举行宗教仪式，著名人士蝙蝠子爵及撒姆尔·洛兹坦阁下咸来参加。据悉：彼等系为借款一亿元而来云云。

纽约，星期二——蝙蝠子爵及撒姆尔·洛兹坦阁下今日前往马球场观垒球比赛。据悉：彼等系为借款一亿元而来云云。

纽约，星期三——阿什枯普·凡德莫尔夫妇特为欢迎英法两国全权代表、显赫人士撒姆尔·洛兹坦先生及蝙蝠子爵而举行舞会。记者于舞会中得悉，彼等所借之款额，已确定不超过一亿元云云。

纽约（华尔街），星期四——该一亿元借款业于今晨十一时由金融界悉数分摊，费时五分钟。洛兹坦阁下及红杖蝙蝠子爵已于即日正午十二时携款离美。临别时，两位全权代表咸为美国之行表示愉快云云。

子爵并谓："贵国语云：到手跑不掉了。"

尾　声

可是六个月以后怎样呢？谁还了债，谁没还呢？

哈德阿普·琼斯，在一个月内还了五块四毛，下一个月还了三块。过两个星期，剩下的一块六也还清了。

麦克杜夫兄弟公司还了债，又跟银行经理像老朋友般地一道钓鱼去了。

乒乓特的联合企业倒闭了，净亏一千万元。

那笔国际借款跟另外许多借款并到一起了，先从短期延到长期，后来又改为分五十年偿还，然后改为投资，最后又变成长期贷款——总而言之，变来变去这笔款子早已面目全非了。

所以应记取的教训是：要借钱，就索性大大借上它一笔。

我所错过的机会

有一天，我跟一位地产商人在郊区散步。他倚着一道木栅栏，朝栅栏围起的一片空地挥了挥手。

"这块空地上个星期我们卖出去啦，卖了五十万元。"他说。

"真的吗？"我大声说。

"真的，"他说，"你知道吗，二十五年前这块地有五万元就买下来啦！"

"怎么？"我说，"这么大一片可爱的青草和挺高挺高的毛蕊花，难道五万元我就能把它买下来吗？"

"正是。"

"我上大学的时候，一个星期才吃四块钱的伙食。难道说当时这个机会就等着我，而我居然把它错过了吗？"

想到自己的糊涂，我就伤心地掉过脸去。当初我为什么没信步走到这儿，口袋里刚巧有五万元，把这片可爱的土地买了下来呢？

那位地产商人看到我这么难过，就踌躇满志地笑了笑。

"还有比这个更叫你吃惊的呢。"他说，"你看见最后那道栅栏再过去的一大块空地了吗？"

"看见了，看见了，"我兴奋地说，"上头还搭着个可爱的柏油纸窝棚。有一棵枯了的杉树孤单单地挺立在那儿，像是朝着谁

7

招手——"

"喂，你自个儿搞没搞过地产这一行？"

"没搞过，"我回答说，"可是我有一颗诗人的心。我已经开始看到地产这一行的诗意和它的伟大了。"

"噢，原来你想的是那个啊！"他回答说，"喏，就是那块地——一共一亩^①半，昨天才成交，卖了三百万！"

"多少钱？"

"不折不扣，三百万！"

"不会吧，"我说，"不会不折不扣。"

"一点儿也不错，"地产商人接下去说，"可是仅仅三年前你要是到这儿来，唱一支曲儿^②就可以把它弄到手。"

"唱一支曲儿！"我重复说。

想想看，我又错过机会啦！而以我这个嗓子！当初我要是晓得了今天我才晓得的窍门，我一定会跑到这块空地上唱个通宵达旦。当年当我一个星期挣上十五块钱就心满意足的时候，从来不晓得我的嗓子是怎样一副潜在的财宝。我那时候实在应该干"为地产唱曲儿"这一行，发上一注财的。

这么一想，我回家的路上心里一直是懊丧的。那个地产商人一路说的话更加叫我不好过。

他指给我一座教堂看，说我当初可以花十万元买了下来，今天大可以当做汽车库卖上五十万。如果当初我没当记者而买起教堂来，今天我早发财啦。

我本可以买下来的还有：一座滑冰场，一所剧院，一家水果店——一座小而精致的木制平房，就在一个拐角上，里头有

---

① 指英亩，一英亩约合中国六亩。

② 成语，原意是"花很少的钱"，作者利用这个双关的字眼来表现地产商人与"诗人"理解的不同。

一位顶可爱不过的意大利人。还有一座玲珑可喜的小牛棚。当我在学校里边学希腊文边忘的时候，我本可以把它改成一所带商店的公寓，赚上一百万，可是我忘了。唉，一生多少机会都错过了啊！

那天晚上我回到俱乐部，吃晚饭的时候跟那些商界朋友们一提，才知道我所听到的发财门道，只不过是极小的一部分。

地产！那算得了什么！他们说十五年前我能买的玩意儿可多啦：铁路干线、炼糖厂、银矿，随便什么都只要唱一支曲儿就买下来啦。我听了之后，心里仿佛又觉得亏了我没为地产唱曲儿。他们告诉我说，曾经有个时期，我花上两千元就足可以把联邦钢铁公司买了下来。这么好的机会，我居然让它白白错过了！

他们说，全部加拿大太平洋铁路曾经以五千万元的卖价抛到市场上。这么好的机会，可是我也眼睁睁地放过去了。这纯粹是信心不足！我现在才明白这些人为什么发财了——全然是由于他们具有一股了不起的、令人无限钦佩的信心，凭着那股信心，他们就开得出五千万元的支票，而且满不在乎。

要是我签那么大一张支票，我就会担心坐牢。但是他们不在乎，所以他们发财也是应该的。

四十五年前——俱乐部里一个人告诉我这话的时候，他伤心得几乎哭鼻子了——你花上一千元就可以把洛克菲勒①或是卡内基②买下来。

想想看！

当初我爹干什么不替我把他们都买下来，作为我过生日的礼物，把他们饲养着，直到我长大成人呢？

---

① 约翰·达维逊·洛克菲勒 (1839—1937)，美国实业家、美孚石油公司创办人。

② 安德鲁·卡内基 (1835—1919)，美国钢铁企业家。

要是我能重新再活一遍的话，我才不上学，不受教育呢！周围有这片可爱的泥土，这些柏油纸窝棚，和拐角上那家水果店，我才不念书呢！我要把整个美国买下来，然后像压宝一样，孤注一掷，撞运气等着它涨价。

阔人幸福吗？

我首先得承认写此文时手头并没有充分的资料。我生平不曾认识或见过任何阔人。时常我以为碰见了几位，后来才发现并不是。他们一点儿也不阔，简直穷得厉害。他们经济上拮据得要命，捉襟见肘，不知道该到哪儿去筹上一万元。就我所调查过的情况而言，这种错觉时常发生。我往往根据某家雇用十五名仆人的事实，就以为他们必然很阔。也曾由于一位太太坐着高级轿车去买一顶价值五十元的帽子，就以为她的家道必然很殷实。才不是呢。细一考察，所有这些人都不阔。他们手头全紧得很。他们自己这么说。他们喜用的字眼似乎是"一筹莫展"。每逢我在剧院包厢里看到八个珠光宝气的人，我就晓得他们必然统统是"一筹莫展"的。至于他们坐高级轿车回家这一事实，是与此无关的。

有一天，一位每年有万元进账的朋友叹着气对我说，他发现自己根本没办法跟阔人相比。以他那点进账，是无能为力的。一个每年有两万元进账的家族也对我这么说，他们是没法同阔人比的，想尝试一下也白搭。有位我很敬重的朋友，他每年从律师这行当中有五万元收入。他极其坦率地告诉我，他发现自己压根儿不可能跟阔人比。他说，不如接受这个严酷的事实：他穷。他说，他只能请我吃顿家常便饭，就是他所谓的"家宴"。席间三名男仆和两名女仆给端菜。他求我不要见怪。

据我记忆所及，我同卡内基先生从没谋过面。不过，倘若我见到他，他一定会对我说，他发现实在没法同洛克菲勒先生比阔。毫无疑问，洛克菲勒先生也有同样的感觉。

然而天底下准有——必然有阔人。我不断地看到这种迹象。我工作的那座大楼的司阍告诉我说，他在英国有个阔表哥，在西南铁路上干活，每周挣十镑。他说，铁路公司简直没他不行。同样，我们家里那位洗衣妇也声称有个阔叔叔。他住在温尼伯①。他住的房子产权完全属于他，他还有两个读中学的女儿。

然而这仅仅是我听到的阔人的例子，确不确实，我可不敢担保。

因此，当我谈到阔人并讨论他们是否幸福时，不言而喻，我只是从个人所见所闻得出结论。

那个结论就是：阔人要经受穷人所无法得知的严峻考验和悲惨遭遇。

首先，我发现阔人得成天为钱而发愁。一天之内英镑兑换率下跌十点，穷人照样舒舒服服地坐在家里。他们在意吗？一点儿也不。贸易逆差可以使一个国家像是遭了一场水灾。谁来收拾这个局面？阔人。活期贷款的款子猛长百分之百，穷人把它抛在脑后，照样嘻嘻哈哈地欣赏那一毛钱一场的电影。

可是阔人时时刻刻在为钱而发愁。

举例来说，我认识一个人，姓斯普戈。上个月，银行里他名下的户头透支了两万元。他在他的俱乐部里和我一道吃午饭时告诉了我此事，一再道歉说，他心绪不佳，此事叫他心神不定。他说，银行为这么件事居然就向他发了通知，可不大公道。在某种意义上我对他这种心境可以表示同情。那时候我自己的户头正

---

① 温尼伯是加拿大城市，马尼托巴省省会。

12

透支了两毛。要是银行已开始发透支通知，下一个很可能就轮到我。斯普戈说第二天早晨他得给他的秘书打电话，要他抛出点股票，好把透支的数目还上。去干这种事儿好像挺难堪的。穷人就从来不会被迫去这么做。据我所知，有人可能被迫卖件小家具。可想想看，抛售抽屉里的股票！这种苦楚是穷人永远也尝不到的。

我常同这位斯普戈先生谈论财富问题。他是白手起家的。他几次告诉我，积累这么多财产只不过为他增加了负担。他说，想当初他身无长物时，他要快活多了。好几回他请我去吃那九道菜的正餐时，他都告诉我他宁愿只吃点炖猪肉加萝卜泥。他说，若依他的本意，他就只吃两根炸香肠和一块炸面包。记不清他是为什么才未能如愿的了。我看见他带点鄙夷的神情把香槟酒——也许是他喝完香槟酒之后的杯子——撂在一边儿。他说，他还记得他父亲的农舍后边有条潺潺流着的小溪。他曾经趴在草地上喝个够。他说，喝香槟酒可没那么开心。我曾向他建议，要他趴在俱乐部地板上喝满满一碟苏打水，他不干。

要是做得到的话，我深知我这位姓斯普戈的朋友会欣然把他的全部财富都抛掉的。在我了解这些情况之前，我一向认为财富是可以抛弃的。看来这是不可能的。一旦背上了这包袱，就再也甩不掉了。财富倘若积累够了，就变成一种社会服务。阔人就会认为这是为世界行善的一种途径，可以为旁人的生活带来光明。简而言之，是一种庄严的委托。斯普戈时常同我讨论这个话题，而且往往谈到深夜，以致那个举着蓝火焰为他点烟的仆人都倚着门柱睡着了，门外的司机也冻僵在汽车的座位上。

我已说过，斯普戈把他的财产看做庄严的委托。我曾多次问他为什么不把它捐给——比如说，一所大学。可他对我说，很遗憾，他不是大学出身的。我也曾就大学教授的养老金需要增加的问题提请他注意。尽管卡内基先生等曾为此而解过囊，如今仍有成千上万位工龄在三十五年甚至四十年的老教授，一天天地工作下去，除了月薪毫无旁的补助，而且八十五岁以后就没有养老金了。但是斯普戈先生称这些人为民族英雄。他们的工作本身就是酬劳。

不过，斯普戈先生的烦恼（他是了无牵挂的单身汉）在一个意义上毕竟是自私的。无声无息的大悲剧也许每天都在阔人家里——或者说得更确切些，在他们的公馆里——演出着，那种悲剧是幸运的穷人们所体会不到，也无从体会的。

前几天的一个晚上，我就在阿什克罗夫特－福勒府上见到这种情况。我去那里赴宴。我们刚要进餐厅的时候，阿什克罗夫特－福勒太太悄悄地对她丈夫说："梅多斯开口了吗？"他黯然摇了摇头回答道："没有，他还什么也没说呢。"我看到他们暗自交换了同情和互助的眼色，正像在患难中的情侣那样。

他们是我的老朋友，我的心为他们而恸动。席间，梅多斯（他们的管事的）随着每道菜给斟着酒。我意识到我的朋友们正面临着很大的麻烦。

等阿什克罗夫特－福勒太太起身离席，我们共饮葡萄牙红酒时，我才把椅子拉近福勒，并说："亲爱的福勒，咱们是老朋友啦。好像有点冒昧，希望你不要介意。可我看得出你和嫂夫人遇到了麻烦。"

"可不是嘛，"他满面愁容地小声回答说，"我们确实不大顺当。"

"对不起，"我说，"可不可以告诉我一下，因为你说出来心里就舒服点儿。是同梅多斯有关吗？"

一阵沉默，可我猜得出福勒要说什么。我感到话都到他嘴边上了。

他尽量克制住自己的感情，随即说："梅多斯要辞工不干啦。"

"可怜的老伙计！"我一边说，一边握住他的手。

"你说倒不倒霉！"他说，"去年冬天走了个福兰克林可不能怪我们；我们尽力挽留了——如今梅多斯又要走。"

他几乎抽噎着。

"他还没把话说定，"福勒接着说，"可是我知道他决不会待下去了。"

"他可曾提出什么理由？"我问道。

"没提出具体的，"福勒说，"纯粹是合不来。梅多斯不喜欢我们。"

他用手捂住脸，一声不响了。

我没再回到楼上的客厅，过一会儿就蹑手蹑脚地告辞了。几天以后，我听说梅多斯走了。阿什克罗夫特－福勒夫妇无计可施，只好认了。他们决定在帕拉弗尔大饭店租下包括十间卧室和四个浴室的小小套房，将就着过一冬。

可是也不能把阔人的生活描绘得一团漆黑，也有真正心宽意畅的。

特别在那些幸运地破了产——彻底破了产的阔人中间，我观察到这种情况。他们要么是在交易所，要么是在银行业务上破的产。另外还有十几种破产的方式。在工商界，要破产并不困难。

就我观察所及，阔人一旦破了产，一切就都顺当了。这下子他们要什么就能有什么。

前不久，这一点又得到了证实。我正同一位朋友散步，一辆汽车驰过，里头坐着个服装整洁的年轻人，正同一个美女说说笑笑。我这位朋友就摘了摘帽子，兴高采烈地在空中挥了挥，像是在表示亲热和良好的祝愿。

汽车消失踪影后，他说："可怜的老伙计爱德华·奥弗乔伊①。"

---

① 原文作Overjoy，是作者杜撰的姓，意思是狂喜。

"他出了什么事？"我问道。

"你没听说吗？"我的朋友说，"他破产了——彻底破产了——一文不名啦。"

"哎呀，"我说，"那可够呛！我想，他一定得把那辆漂亮汽车卖掉吧？"

这位朋友摇了摇头。

"哦，不，"他说，"他绝不会那么办。我相信他太太不会肯那么做。"

朋友说对了。那对夫妇果然没卖掉他们的汽车，也没卖掉他们那幢沙岩砌的富丽堂皇的公馆。他们对那座房子的感情太深了，想必不舍得撒手；有些人认为他们会放弃在歌剧院租的包厢，看来也不然。他们对音乐的兴趣太浓了，不肯这么做。同时，尽人皆知的事实是：奥弗乔伊夫妇彻底破产了——他们手头连一分钱也不剩了。有人告诉我说，花上十块钱就可以把奥弗乔伊买下来。

可我留意到，他依旧穿着他那件至少值五百元的海豹皮里大衣呢。

乐善好施

"您早上好。"我刚一迈出房间，旅馆的侍役就对我说。

"早上好，"我回答说，"这是二十五个生丁①，请你收下吧。"

"先生，您早上好啊！"我经过走廊的时候，旅馆经理又向我打招呼，"真是个可爱的早晨。"

"是啊，"我回答说，"可爱得简直我非请你马上收下这四十五个生丁不可！"

"先生，好晴朗的日子，"餐厅的茶房头搓着双手对我说，"先生睡得一定很香吧。"

"睡得非常之香，"我回答说，"所以先生我一定得当场赏你七十五个生丁。拿去，别客气。这是我个人的习惯：每逢我睡好了觉，就得赏钱。"

"先生的心太好啦。"

心好？才不是呢。要是为了替我端来一杯值一毛五分钱的咖啡而动用的这些仆役、经理、茶房等等十个人能看到我的肺腑的话，他们会发现那是一道仇恨的深渊。

可是他们伸手来接那一把把的铜板——老大不小的人，早晨八点钟就穿起猴子般的黑礼服，为了那点小费来折腰。

---

① 法国货币，每一百个生丁合一法郎。

17

要是他们告诉你说，今天早晨很暖和，你就得赏两分钱。要是你打听一下几点钟了，也得花费两分。如果你想跟他们畅快地聊聊天，那起码每个字也得花上一分到一分半。

巴黎整天就是这个样子。小费，小费！小费直把人闹得头晕脑胀的。破钞倒还在其次，讨厌的是数目太琐碎，叫人伤脑筋。

天下没有十全十美的事。每朵玫瑰都有刺。对巴黎游客来说，那刺就是整天得接连不断地掏小额赏钱给养得过于肥胖、连痒痒都懒得去搔的仆役。

其实，这些小费统共加到一起，数目也并不大得吓人。如果每天早餐的时候当做一整笔开到账单上去就可以了结这一天，任何明达人也不会有怨言的。

可是伤脑筋的是你必须得按照服务的程度，一笔笔、川流不息地这么赏。在巴黎游历，口袋里随身得带着各种数额的零钱，足够开一家银行的：用来购置大件东西的金币和钞票、然后是沉甸甸的大银币——有教友会①会友的鞋扣子那么大的许许多多沉甸甸的五法郎硬币，裤兜里还得丁零当啷放一大堆铜板，这是为了应付马车夫、仆役、报贩和乞丐的。总之一句话：随便什么人，只要沾上点边儿，就得掏小费。

这堆烂铜板合成加拿大的好钱，统共也许只值上两毛五。可是法国这套愚蠢的货币制度却显得比实际还要糟糕，叫旅客们觉得自己好像是个带腿跑的钱库。

从早到晚，游客就不断地把手探到裤兜里往外掏铜板。整天淅淅沥沥到处撒铜板，撒成一条没有尽头的河流。你走进一家法国剧院，买一份说明书，五十个生丁——另外，赏售货员十个生丁。

---

① 教友会是基督教的一个教派，也叫公谊会。

18

你把大衣和手杖交给一个上年纪的女贪鬼①。她主持一个叫做衣帽间的地方，付给她二十五个生丁，外赏十个生丁。一位穿着破旧黑色衣服的老仙姑（法文里有个叫法，可是我给忘了）把你领到预订的座位上，赏她二十个生丁。想想看这有多么蠢呀！在那张戏票上（如果是一家好剧院里的好座位的话）你已经花了三块半钱。你几乎会认为：剧院为了国际上的情谊，大可以从中提出八分钱作为女鬼们的小费。

同样，在旅馆里你按一下铃，侍役马上出现了，穿着红坎肩和黑塔夫绸上衣。你告诉他说，想洗个澡。"好的，先生！"他把经理喊来了。啊，他非请经理不可，没二话。他有多么殷勤呀！可是眼睁睁看到他这么殷勤，就不能不求他无论如何收下二十五个生丁作个纪念吧。"非常谢谢，先生。"经理来了。这人样子高贵，早晨八点他就穿起礼服，他脚上的漆皮鞋是我一直想买而没能买得起的那种。可是我从经验中知道那个人活着只是为了每呼吸一次就赚五十个生丁。为了这五十个生丁，他可以把腰折断了。要是赏他一个法郎的话，那他简直可以趴到地上舔你的靴子。我知道他准会的，我亲眼见过。

所以一听说你先生想洗澡，他马上就在你身边出现了，毕恭毕敬地。要知道，在一个地道的法国旅馆里，我是说那种具有法国传统气氛的旅馆里，洗澡可是件大事。旅馆经理看准了这里有五十个生丁可拿——要是运气好，也许额外还能挣上十个生丁。换句话说，他总可以从这笔交易上捞到个一毛到一毛二分钱。先生想洗澡吗？这太好办了。他立刻，马上，一分钟也不耽误，说话的当儿就吩咐给准备。这样，你赏他一毛一分钱，然后他吩咐旅馆里的女贪鬼（跟剧院里的一个样，也穿着黑衣服）去准备。于是，

① 希腊、罗马神话中的一种怪物，上半身为女人，下半身有爪翼如鸟，性贪婪，专门夺死者之魂，并掠取受害者的吃食。

她就准备去了。自然，这个女贪鬼一直就待在走廊那里，听候吩咐。客人跟经理说的话她全听见了，但是在旅馆侍役没通知经理，经理没正式通知她这件大事以前，她是不会"进入行动"的。

说她给准备洗澡水，可是她做些什么呢？也不过是把洗澡间的门打开（那门反正也并没锁着），拧开水龙头。任何对妇女略知尊敬的人都不会白白给她添这些麻烦而不塞给她三分钱聊表谢意的。

旅馆的经理、侍役和女贪鬼从早晨六点钟"进入行动"起，直到夜晚天晓得什么时刻为止，整天就这么两分、三分甚至五分钱一次地搜刮着。随后，我想他们一定就分头走开，按照自己的想法挥霍去了。经理摇身一变而为巴黎下等社会的白相人，穿起长尾巴式的外套，一顶值六毛钱的巴拿马草帽，到瓦戈拉姆舞场快快活活地跳舞去了。他自己再赏铜板给乐师们，把一分钱的小费赏给次他一等的旅馆经理。女贪鬼下了工就跟别的女贪鬼一起，夜里十一点跑到也就有一辆大车那么宽的拥挤不堪的行人便道上那些同样拥挤不堪的小咖啡馆里去喝红酒，吃一种无法形容的干酪。她又赏小费给那里的茶房——照伺候的时间计算，每半小时合一分钱。我想那里的茶房一定又赏小费给别的人。这样，小费就无止无休地赏了下去。

巴黎大约有五万人口成天就这么在你赏我、我赏他之中讨生活。

这种小费制度最煞风景的是：时常由于意识到对方期待着小费，而自己又不晓得应该给多少，于是，不少本来很好玩的事，人们宁可放弃了。

譬如我去巴黎的时候，随身带来一封给法兰西共和国总统的介绍信。我提这件事一点也不是为了炫耀。一个大学教授要什么介绍信，他总可以弄到手。人人都晓得他单纯，绝不会拿了介绍信去做生意。可是我一直也没把信递给总统。递去又有什么用呢？

得不偿失。他一定会期待我给小费。自然，在他的情形下，就得大方一些，一掏就得两毛五。作兴内阁里的部长看到来了生客，也会进来，心里巴望着顺便可以捞上一把。就照三个部长，每名一毛五算吧，那就得四毛五。这样，跟法国政府谈上十分钟的话，一共就得花七毛。不值得！

我发现全巴黎只有一个地方是绝对不收小费的，那就是英国驻法大使馆。他们那里不许可。不但秘书和打字员们不收，就连英国大使本人也连最小额的赏钱都不许收。

而且他们说到办到。

也正因为如此，我以曾经打破了这条常规而自豪。

现任的英国大使跟我有私交，所以我才去大使馆拜访。这些我在到巴黎以前并不晓得。平心而论，我现在跟他已经谈不上什么交情啦：我一离开大使馆，我们的友谊好像就完结了。

这件事也用不着瞒谁，我是想取得到巴黎国家图书馆去阅览的许可。法国人一律都可以到那里去看书。此外，外国使节的一切私人朋友也可以去。于是，一下子，大家就都摇身一变成为这位大使的私人朋友了。任何人只要去一趟大使馆，就可以拿到一封介绍信，证明他是大使的朋友。我就是这样成为英国大使的私人朋友的。至于我们这种友谊能不能变得更热烈，更亲密，这却不是我所能说的了。

我遂去了大使馆。

跟我打交道的那个年轻人大概是秘书。我一眼就看得出：他是所谓"英国绅士"的那种人间尤物。除了垒球界以外，我很少看到待客这么殷勤过。他接过我的名片，纯然出于殷勤，他把我足足吊了半个钟头。然后他跑回来照了个面儿，说声："今天天气太好啦。"这句话我在巴黎听得非常熟，不由得马上把手伸到口袋里去掏一毛钱。可是那位年轻人神色太庄重了，我没敢掏出来。

我仅仅回答说："天气确实是太好了，要是一直这么晴下去，浆就一定灌得饱满。不过露水要是太重的话，庄稼就会闹锈病，而且生怕霜降得早，可就会成一场空欢喜啦。"他说："可不是嘛。"然后问我看没看到上期的伦敦《泰晤士周刊》，我说没看到上期的，但是我一年前看过一份，看来那是我生平看到的最精彩的东西，我简直从头笑到尾。

他看上去很高兴，就走开了。

回来的时候，他手里拿着那封介绍信。

你相信吗？多么讲究礼貌呀！信是印就的，每个字都是印就的（除了我自己的名字），信上说我是大使亲密的朋友，大使希望我能到国家图书馆去阅览。

我接过信来。我自然晓得好好酬劳一下这位年轻人的时机到了。可是他的神情那么泰然自若，我还是拿不定主意。

我从口袋里掏出一毛钱来，把它举到一个最能晃他眼睛的地方。

于是我说：

"亲爱的年轻朋友，我希望不至于冒犯你。我看得出你是位英国绅士。从你的举止一望可知。我目前虽然是这个情况，可是，倘若我不是在多伦多长大的话，我也可能跟你一个样子。这种泄气话不说它了——给你一毛钱你收不收？"

他犹豫不决。他朝四下里望了望。我看得出他内心是在挣扎着。巴黎的风气跟他那廉洁的天性搏斗起来。他受到引诱，但是他并没失足。

"先生，对不起，"他说，"我很想收下，但是恐怕这是不被许可的。"

"年轻人，"我说，"我尊重你的感情。你帮了我一个忙。万一有一天你不怎么顺利，需要在加拿大的内阁里弄个地位，或是在我们上议院里弄个席位的话，请你马上通知我一声。"

我向他告了别。

说也凑巧，正当我走过大门的时候，刚巧遇到英国大使本人。他站在门的一边，刚要去开门。没错儿，准是他。从他那顶山形呢帽、黄铜钮扣和横挂在前襟的黄铜表链就可以断定他是大使。从他往后甩门和摘帽子的姿势足以看出他是一位老练的外交家。

时机终于到来了。我手里还攥着那一毛钱。

"大使阁下，"我说，"我了解在巴黎您是唯一不能收小费的，可是我一定得请您收下这笔。"

我把钱偷偷塞到他的手心里。

"先生，您费心啦。"大使说。

就外交程序而言，事件到此就告结束了。

大西洋彼岸的友谊

——当美国把欧洲文物全部搬光以后

过去二十五年间，估计有价值十亿多元的珍贵的艺术品从欧洲运到美国来了。这些交易当中，包括许许多多古典大师的名画——多得连意大利各个绘画馆的管理员都吃惊了。这以外，还有很多很古老的雕像，以及许多文学名著的手稿。已经有人在毫无忌惮地谈论着要把整幢整幢的建筑物都搬去，诸如莎士比亚故居的那所茅屋。

很明显，这件事一动起手来，那就除了美国人的荷包以外，再也没有旁的限制了。既然美国人的钱是源源不绝的，那么早晚有一天纽约的报刊上会登出这么一条新闻，记载着文物业已全部迁光的事实。

录自一九五〇年①的报纸

白金汉宫②已经顺利迁到它的新址——宾西法尼亚州

---

① 此文单行文是1928年出版的，"一九五〇"是作者当时的臆测。
② 白金汉宫是英国君主在伦敦的王宫。

24

的毛赫·冲克了，它将充当扶轮社①的本部，到此，大规模迁移文物的举动可说是告一结束。美国的艺术收藏家们说，现在那边几乎没剩下什么值得一搬的东西。当毛赫·冲克的艺术界人士发现英国国王没跟王宫一道搬过来的时候，还表示颇为遗憾。但是我们从权威方面听说，倘若社员们乐意把国王也一道购买下来的话，扶轮社当局拟再度合计一下，然后向社员们摊派。

把这部文物迁移史从开始到它功德圆满的各个阶段回忆一下，那是十分有趣的事。

欧洲珍贵文物运美这件事，最初似乎是从向欧洲各国绘画馆购买一些绘画和其他美术品开始的。当时，大家觉得美国应该拥有一些艺术大师的代表作。当卢本斯②、提香③、委拉斯开兹④和其他大师的许多幅绘画运到美国的时候，并没听到有什么人表示异议。不久，许多大作家如弥尔顿、拜伦和狄更斯的手稿同样也相继转移到美国人手里了。买这些文物的时候，收藏家倒并没想到收购原作者本人。

过不久才发现绘画和手稿之外，其他过去的文物也可以同绘画和手稿一样轻而易举地搬运到美国来。我们从旧日报章上得知，大约在一九三〇年，墓碣和纪念碑就开始起运了。这方面，我们还可以引用一段饶有趣味的新闻，大概是得克萨斯州的一家大报在一九三五年登的：

---

① 扶轮社为美国上流社会的一个联谊社，成员多为商界大亨。
② 卢本斯 (1577—1640)，佛兰德画家。
③ 提香 (1488/1490—1576)，意大利画家。
④ 委拉斯开兹 (1599—1660)，西班牙画家。

菲尼斯·奎·卡克特斯先生是一位神通广大的公民。他最近捐给本市一件绝无仅有的礼物，这一项捐赠把所有的艺术收藏家都压倒了。卡克特斯先生最近去了趟那个古老的国家，对那边的一些景色大为赞赏，认为颇不亚于得克萨斯州的风物。参观林肯郡①的一片牧草地时，他特别注意到乡村里一座小教堂后面的公墓，东一堆西一堆的坟地，倾坍的墓碣，墓碣丛中矗立着硕大的榆树。这就是美国每个爱好诗歌的人所熟知的格雷②那首《墓园挽歌》的遗迹。卡克特斯先生已经把这片坟地全部买下来了，并且正在连同树木等等一齐运到得克萨斯来。将来公墓迁到新址，坟地就整整齐齐地排成长方形，坟地之间留出便道和林荫道，并且1、2、3、4地编上号数，过去的住户③也都按照姓名字母先后排列起来。大家公认这个崇高的捐赠足以大大激起人们对得克萨斯州历史研究的兴趣。

　　看来这个空前的壮举很可能推动起规模更加宏大的遗址迁移。先是在一九四〇年把黑斯廷斯战场④搬了过来，重新布置在芝加哥的西郊，随后又在欧洲精选了一些古战场——买下，迁到美国来。抢购得最厉害的滑铁卢战场⑤最后是给达科他州法戈⑥的"妇女乡

---

　　① 林肯郡是英格兰东部滨海一郡。

　　② 格雷（1716—1771），英国感伤主义诗人，《墓园挽歌》是他最著名的一首诗，描写乡村教堂公墓的寂静景色。

　　③ 指埋在坟里的死者。

　　④ 黑斯廷斯是英格兰东萨塞克斯郡的一区。战役发生在1066年，诺曼底公爵在那里击败了英国国王哈罗德二世。

　　⑤ 滑铁卢是比利时京城南郊的一个村庄，英将威灵顿率兵在该村以南五公里处击溃拿破仑军。

　　⑥ 法戈是美国北达科他州最大城市。卡斯县历史学会博物馆与法戈市福斯伯格陈列馆藏有拓荒者的遗物。

趣及高尔夫球俱乐部"买去了。

到了这个阶段，才好像听说欧洲那边有人背地里有些非议——如果不是抗议的话。下面这封信写得也许稍嫌激动了些，似乎于一九四五年登在伦敦《旁观者》的某一期上。

《旁观者》编者先生台鉴：

敬启者，近数载来，愚客居东方，最近始返英，特赴欧陆一游，始悉滑铁卢战场业已迁往他处，不胜诧异。愚自无意怀疑该战场购主之合法权益，惟触景生情，不无惆怅耳。及见布伦海姆①、耶拿②、奥斯特利茨③等战场亦遍寻无着，吾深感此种情势殊有唤起贵报注意之必要。

顺致

著安

愚托巴斯可·披波尔
（退伍）驻印度卫戍军中校

尽管战场遗迹的迁移引起了这样的愤慨，可是欧洲名胜迁美的规模更加扩大了，人们惊喜交集，原来的愤慨也早就烟消云散了。当美国联邦政府接受枫丹白露森林④的产权，作为法国债务的

---

① 布伦海姆战役发生于1704年。西班牙王位继承权战争中，马尔博罗第一公爵约翰·丘吉尔和欧仁统率的英奥联军在多瑙沃特（今德国）以西十公里处击败法国塔拉尔统率的法军和巴伐利亚军队。

② 耶拿战役发生于1806年。在拿破仑战争中，法军与普鲁士—萨克森军在萨克森（今德国）的耶拿交战，法军告捷。

③ 奥斯特利茨战役发生于1805年。在拿破仑战争中，法军与反法联盟军在奥斯特利茨（今捷克斯洛伐克的斯拉夫科夫）交战，法军大捷。

④ 枫丹白露森林是法国风景最优美的森林地之一，在巴黎东南六十五公里。枫丹白露镇坐落在森林中，镇东南的别墅是法国国王修造的最大行宫之一。

抵偿的时候，人们殊没料到它会给搬到美国来。那次的迁移规模虽然大得惊人，搬起来却也十分简单：只不过是把一棵棵的树都刨出来，然后重新栽到大西洋的这岸。平均算起来，搬一棵树也不过三块钱的开销，而倘若美国公民赶到法国去观赏，每棵树得花上约莫五块钱；因此，这笔生意做得大为合算。那片美丽的森林已经移栽到哈得逊河的两岸，从扬克斯①一直伸展到南特洛伊，每隔四分之一英里来地就有一座汽车加油站。

蒙大拿州州议会最近提出的一个方案要是实行起来的话，看来一定会使过去的一切壮举都黯然失色。许多年来，大家就感到落基山上名胜很少，游客们游历到那里，时常感到无可观光。所以有人提议修一座特别的城市——挑的地址是著名的"死狗坑子"，城里净是些具有历史价值的欧洲教堂。蒙大拿州的当局已经获得批准，他们可以从已经迁到美国的教堂中间优先选择，同时，还打算把欧洲残存的几座也买下来。这个计划一旦实现，蒙大拿州新建起的城市依克里西亚②就将由若干广场组成，在同一城市里可以看到巴黎的圣母院和圣马德莱娜③教堂，君士坦丁堡的圣索菲亚清真寺，英国的约克教堂，梵蒂冈以及其他一些饶有兴趣的古代建筑。方案里还建议由州议会颁布一系列的刑事法令，以便创造出一种跟这个城市相称的宗教气氛。

非常有趣而又足以告慰大家的是，尽管文物迁移的规模是如此之宏大，可是并没叫美国在钱财上吃亏。老实说，根据哥伦比亚大学耶地教授最近作出的一个估计，美国倒还赚了很大一笔钱。在文物迁移这个大时代到来以前，每年大约有三十三万三千名美国人去欧洲旅游，每人平均要花上三千元。合计起来就有

① 扬克斯是美国纽约州东南部城市，位于哈得逊河东岸。
② 意译是：教堂城。
③ 圣马德莱娜教堂在巴黎，是根据拿破仑的旨意建造的，原是作为庆祝法军胜利的纪念堂。1816年由波旁王朝改为教堂。

十亿元之多，那就相当于二百五十亿元的利息。如今，既然没有必要去欧洲了，也许够买两倍绘画、树木和教堂那么多的钱都省下了呢。

情形还不止这样。目前才发现越来越多的欧洲人到美国来看他们自己的文物了。上星期，仅仅在一条轮船上就看到一批英国青年横渡重洋来游威斯敏斯特教堂①，还有一批兴致勃勃的苏格兰人，急于要瞻仰一下爱丁堡城堡②。

好事不妨推广。有人说，南美洲也还有些值得一搬的东西呢。

---

① 威斯敏斯特教堂为英国国教的著名教堂，在伦敦。历代英王均在此加冕，许多国王和名人也葬于此。

② 爱丁堡城堡是苏格兰首府爱丁堡的名胜，高踞城市中央。六世纪即开始有城堡，现存的最古老建筑为建于十一世纪的小教堂。

照相师的润色

"我要照张相。"我说。照相师不大起劲地望了望我。他佝偻着腰，身穿一套灰色衣服，眼神迷迷糊糊的，像位自然科学家。可是不必去描写他了，人人都晓得照相师是个什么样子。

"坐下等吧。"他说。

我等了一个钟头。我看完一九一二年的《妇女伴侣》，一九〇二年的《少女杂志》和一八八八年的《婴儿杂志》。我开始明白我做了一件千不该万不该的事：此人正在闭门钻研科学，凭我这副尊容是不配来打搅他的。

过了一个钟头，照相师打开里间的门。

"进来。"他声色俱厉地说。

我走进了摄影棚。

"坐下。"照相师说。

正对着朦朦胧胧的天光，悬挂着一块工厂苦布，我坐在透过苦布射进来的光束里。

照相师把机器转到房间的中央，然后从后边钻了进去。

他进去只不过一秒钟（仅仅够从里头望我一眼的工夫）就又钻出来了。他用一根带钩的竿子把苦布和玻璃窗都挑开，显然拼命想争取阳光和空气。

然后他又钻进机器里去，身上蒙起一小块黑布。这回，他

30

一声不响地待在那里。我晓得他是在那里祷告呢，所以我也就没动弹。

等这位照相师终于走出来时，他的神情十分沉重，摇了摇头。

"这张脸长得完全不对头。"他说。

"我晓得，"我心平气和地回答说，"这一点我一向是有自知之明的。"

他叹了口气。

"我想要是你这张脸有七成圆，那就会好一些。"他说。

"我也相信要是那样就好多啦。"我满腔热忱地说，因为我很高兴发现他还有通人性的一面。"你的脸也是那样，"我接着说，"其实，多少张脸看起来都是太僵硬、狭窄、没有点伸缩的余地。只要你能把它弄到七成圆，脸就又宽又大了，几乎是无边无际——"

可是照相师不再听下去了。他走过来，用手捧着我的脑袋，把它往左右拧拧。我还以为他要跟我亲嘴呢，于是，我就闭上眼睛。

可是我误会了。

他把我的脑袋拼命往一边拧，拧到头儿就站在那里凝视着。

他又叹了口气。

"我不喜欢这个脑袋。"他说。

然后他回到机器那边，又瞅了一眼。

"把嘴张开点儿。"他说。

我开始照他吩咐的做了。

"闭上。"他立刻又说了一声。

他又望了一眼。

"耳朵**难看**，"他说，"把耳朵垂下点儿来。好，劳驾。现在来调整一下眼睛。在眼皮下翻一翻眼珠子。请把手放在膝头上，脸再朝上仰一仰。对，这好多啦。现在把胸膛鼓起点儿来！对！再把脖子弯一弯——就是这个样子。喏，再缩一缩腰板，把屁股朝胳膊肘那边撅一撅。好！可是我不喜欢这张脸，就是有点儿太圆了，可是——"

我在凳子上打了个转身。

"停下吧，"我非常激动地（可是我想并没失掉尊严）对他说，"这张脸是**我的**脸。是我的，不是你的。这张脸跟我在一起已经过了四十年啦。它有什么缺陷，我自己晓得。我晓得它长得不端正。我晓得它长得不匀称，然而这是我的脸——我就有这么一张脸。"我已经觉出自己的嗓音都沙哑了，可是我仍然说了下去，"不管我的脸如何不对头，它跟我在一道这么多年，我自然爱它。而且这张嘴也是**我的**，不是你的。耳朵也是**我的**。要是你这架机器容不下的话……"说到这儿，我从座位上站了起来。

呱嗒！

照相师拉了提线，照上了。我可以看出那架机器经这么一震动，还在那儿颤抖哪。

"我想我刚好抓到你激动时候的面部表情。"照相师撅起嘴，心满意足地笑着说。

"哦，面部表情吗？"我尖刻地说，"你大概认为我自己激动不起来吧？拿照片给我看。"

"啊，现在还没有，"他说，"我得先把底片冲出来。星期六来吧，我给你样片看看。"

星期六我就去了。

照相师招呼我进去。我觉得他比上回安详、庄重多了。我还觉得他神情之间颇有些得意。

他打开一张大照相的样片，我们两个都默不做声地望着它。

"这是我吗？"我问。

"是呀，是你。"他安详地回答说，一面继续望着那张样片。

"眼睛可不大像我的。"我带些踌躇地说。

"啊，不是你的，"他回答说，"我给重新描了描。现在好看多了，你不觉得吗？"

"嗯，"我说，"可是我的眉毛总不是那个样子吧？"

"不是，"照相师朝我的脸扫了一眼说，"原来的眉毛消掉啦。我们如今有一种化学方法——叫做德尔非德，专能调换眉毛。你可以看到我们用药水把头发挪得离眉毛远了。我不喜欢头发遮天灵盖遮得那么低。"

"哦，你不喜欢，是吗？"我说。

"对，"他接着说，"我不中意。我喜欢把头发背到后脑勺去，这样，前额就成另外一个样子了。"

"那么嘴呢？"我用照相师已经不大能理会的刻薄口气说，"那是我的嘴吗？"

"我把它稍稍调整了一下。"他说，"你原来的太靠下了，照完以后，发现不能采用。"

"看来耳朵倒还像我的，"我说，"那跟我的耳朵一模一样。"

"对呀，"照相师若有所思地说，"那的确是你的。等晒印的时候，我可以把它纠正过来。我们如今有一种化学方法——叫做苏尔飞德，专能把耳朵完全消掉。我来想想办法……"

"你听着，"我打断了他的话，挺起胸膛，横眉瞪眼，用一种可以把人吓出魂来的鄙夷口吻说，"我是来照张相的，拍个照片儿——说来好像很荒唐，可是我要的是一张像我的模样儿的。我天生的相貌不怎么出色，可是在这张相片上，我希望我的脸跟老天原来赐给我的那张一个样。我要我的朋友们在我死后能把它保存起来，凭这遗像来慰藉他们的哀思。看来你误会了我的意思。你并没照我所要的做。那么你就蛮干下去吧。把你的底片（或者随便你叫它什么）浸到苏尔飞德、布罗梅德、奥克希德、考乌希德①……随便浸到什么药水里去。你可以把眼睛消掉，改变嘴的形状，重新调整脸形，把嘴唇再安上，叫领带闪闪发光，把坎肩拆了重做。你可以在相片上涂一英寸厚的釉，再抹上一层黑颜色；你可以在上头雕花，镀金，直到你自己也不得不承认这下可算完了工为止。等你全都完工以后，相片就留给你自家和你的高朋贵友们欣赏吧。他们也许会珍视它。对我说来，这张相片是连个屁也不值的烂货。"

我不禁热泪夺眶而下，随后就走了出来。

---

① 原文这里用的是四个尾音相同的字，前三个是化学药品，即硫化物 (sulphide)、溴化物 (bromide)、氧化物 (oxide)。因oxide中含有公牛 (ox) 一词，故胡诌出含有母牛 (cow) 一词的cowhide，意思是牛皮。

适者生存

　　我一迈进这家小药房，门上的铃儿就丁零零响了。在这么大城市里的一条装了路灯的街上，还会有这种设备，我觉得很离奇。

　　可是这家小铺子连当中间儿都是昏昏暗暗的，角上就更加漆黑，黑得相当于乡村十字街口的铺子。

　　"我不得不安个铃铛，"柜台里那个人大概猜出我的心思了，就解释说，"眼下铺子里只有我一个人。"

　　"要把牙刷？"他回答我说，"嗯，也许有几把，不定放在哪儿啦。"他弯下腰去在柜台里找，声音传了上来。"不定放到哪儿去啦——"然后他又蹲在一堆纸匣子后边像是跟自己嘟囔着，"星期二我还看见了呢。"

　　假使我照顾对面那家灯光明亮（他们大量用电）的"廉价大药房"的话，只要说一声"牙刷"，十个穿着医院里那样洁白罩衫的售货员中间，马上就会有一个"哗啦"一声往柜台上倒出各式各样的牙刷——有消毒的、化学的，真是种类繁多，琳琅满目。

　　可是我也说不清为什么单单走进对街这家小铺子。

　　"嗯，这些总该是牙刷吧。"他又直起腰来，端着个扁扁的盒子出现了。

　　看来大概是——或者好久以前曾经是——牙刷吧。

　　"没错儿，的确是牙刷。"他一面说，一面用主人的殷切心情望着它们。

"多少钱呀？"我问。

"嗯——"他沉吟了一下说，"我还真——说不上。上边大概一定写着呢。"他仔细看了看牙刷的把子。

要是在对街那家大药房里，一听到问"多少钱"，马上就会有人流水般地报出一串价码。

"这把好像是七毛五。"他说着交给我一把。

"这把好吗？"我问。

"应该不坏，"他说，"凭那个价码想来不会坏吧。"

他一点儿也没有售货员的口才，不会闲扯。

然后，他又更仔细地看了看那把牙刷。

"我不信会是七毛五，"他自己嘟囔着，"我想准是一毛五，你说呢？"

我接过牙刷来望了望说："我看一定是七毛五。"——有时候说上一句半句老实话终归会有好报的。

"那么，好吧，"那人说，"也许是七毛五。我的眼力不如从前啦。唉，这买卖把我累过了头，精力都耗光啦。"

当他弯着腰，在柜台上一边包着牙刷一边这么说着的时候，我留意到他有多么瘦弱不堪。

"我没火漆，"他说，"反正手边没有。"

"没关系，"我回答说，"用纸包上就成啦。"

要是在对街那家的话，我付完款，钱自然马上就会哗啷啷地由自动传递器送到出纳员那里，同时，牙刷立刻就会用雪白的蜡纸包起来，一头涂上火漆，打上商标。

"呃，你这儿很忙吧？"我问。

"柜台上倒不算忙，"他说，"可是收拾这个地方可够我忙的。"说到这儿，他朝周围望了望。天晓得他收拾了些什么，肉眼可是看不到迹象。"您想,我才来这儿两个月。刚来的时候,这地方简直不成样子。可是我一直在收拾。我首先把那两个有藤罩的玻璃罐放到橱窗里,叫灯光从后边照过来。摆出来挺好看的,您不觉得吗?"

"挺好看的!"我重复了一句。

可不是嘛,那昏暗的黄色灯光离罐子还有三四英尺呢。要不是对街那家大药房射过来的灯光,这小铺子的橱窗简直看不见。

"这个地区不坏。"他说。

任何人都可以告诉他,在方圆两英里地以内,就数这个地区糟糕。

"用不了多少日子我就可以把场面打开啦。"他接着说,"自然,开头儿总要吃力一些。地段好,所以房租就高。刚来的头两个星期,我每天要赔上五块钱。可是我在橱窗里点上了灯,又把货底稍稍整顿一下,看起来显眼了些。上个月我算计一下,每天也就赔上三块钱。"

"那好多啦。"我说。

"是啊,"他接着说,在他那深陷的双颊衬托之下,他的眼睛里闪出一道事业心的光芒,"我一定把这个铺子搞起来。前两个星期我每天赔的没超过两块半钱,或者在那个数目左右。主顾总归是会来的。把地方收拾好,打扮得像这么漂亮,大家迟早是会到这儿来光顾的。"

他究竟收拾了些什么,这儿有什么能吸引人的地方,我可不晓得。冷眼是看不到的。也许他把满是尘土的木箱子堆来堆去,在黄色的玻璃罐后边点上小小的蜡烛。这么忙了两个月,内心就涌起一片幻象,小铺子在幻象中俨然比对街那家大药房的玻璃和大理石还要晶莹灿烂。

"是啊,先生,"这人说了下去,"我是拿定主意要干下去的。

我要把它收拾成个样子，修饰修饰门面，不久我就让它——"这当儿，一种对未来的幻想使他的脸上焕发出希望的光彩，"我要让它一分钱也不赔。"

我怀着惊奇的心情望着他。我从来还没听到过这么谦卑的抱负呢。

"唯一叫我着急的是我的健康。"他说下去，"药铺是个好生意，我很喜欢干，可就是太累人了。随时随刻都得留心张望，琢磨着顾客上门后怎样让他满意。忙得我时常夜里睡不好觉。"

我在这个小铺子四下里望了望，阴森、寂寥得像一座东方帝王的陵庙。我真纳闷这个小药商有什么灵丹妙药，居然会把这地方想象成个忙忙碌碌、应接不暇的活动中心。

"至于我的健康，我也有法儿安排，"他又回到原来的话题，"我大概得找个帮手，然后自己好走开，歇一阵子。也许我就这么办了。大夫说我最好歇一歇，走开总可以少操点心。"

说到"大夫"，我更仔细地把他端详了一下。如果不是这个小地方灯光昏暗，一切都摆得十分清楚：他颊上是薄薄一层红晕，对人生的满腔热望，要活下去的意志跟死亡的必然性两相对照着。在他身上可以看出上帝对人的小小嘲笑——所有这一切都摆得明明白白的。惨的是这个小药商所谓的"歇一阵子"，他心目中想的是阳光明朗的亚利桑那州的荒原和科罗拉多州的山麓。

一个月以后我又路过那里。我望了望对街那家小铺子。从放下来的百叶窗和门上的锁，我晓得了他的下场。

那小药商毕竟走开去歇一阵子了，而且一听，才知道他走得并不远，只不过是镇后边那座坟场。如今，他躺在那里，冥想着（如果他还能的话）在这个人人各得其所的世界上，适者生存的规律。

而且他们还说：自从开了这家铺子，它的全部生意也并没动对街那家大药房的一根毛发。大药房连汽水也没少卖一瓶。

我的一位了不起的叔父

　　在我一生所认识的人们当中，我的叔父爱德华·菲立浦·里柯克（五六十年前，温尼伯地方不少人称他作"爱·菲"）是最了不起的一位。他的人品是如此之非凡，只要把他的事迹平铺直叙地写下来，无须怎么渲染就够了。这方面，他已经夸张到无以复加的地步了。

　　我六岁时，父亲带着我们家里一大群人移居到安大略省的一座农庄上去。那地方闭塞的程度在有了无线电的今天，简直是无法想象的。我们离铁路有三十五英里。没有报纸。没有人来人往，因为既无处可来，也无处可往。在孤独、漆黑的冬夜里，万籁俱寂，真如进入了一个永恒的世界。

　　过了两年，我父亲的一位老弟——精力充沛的爱德华叔叔闯入了这个绝缘孤立的世界。他刚刚环着地中海游历了一年，当时大约也就有二十八岁光景，但看上去似乎已过了壮年，古铜色的脸上留着金雀花王室①的国王那样一副方形胡子，神气之间充满了自信。他谈的都是些有关阿尔及尔和非洲黑奴的行市、金角②以及金字塔的话。在我们听来，那好像是《天方夜谭》。当我们问他："爱德华叔叔，你认得威尔士亲王吗？"他只回答一句："熟得很。"

　　———————————
　　① 金雀花王室是1154至1485年间统治英格兰的王室，曾出现十四代国王。
　　② 金角指土耳其的伊斯坦布尔港。

再没有旁的解释了。这是他惯玩的一套把戏，总叫人感到他非同小可。

那是一八七八年，加拿大正举行大选。爱·菲转眼就成为风云人物了。他花了一天的工夫把上加拿大①的历史和政治背景浏览了一下，不出一个星期，乡里的人他就全认得了。只要有集会，他必去演讲一番。但他主要的法宝是通过私人联络和请人去酒吧间喝酒来拉选票。这时，他可以充分发挥他那套逢迎拍马、招摇撞骗的惊人本领了。

"哦，我想想看，"他手持酒杯对身边一个穿得破破烂烂的乡巴佬儿说，"你要是姓弗莱姆雷的话，那你准跟我的一位知交——骑炮兵司令官查尔斯·弗莱姆雷爵士是本家。""也许是的，"那个乡巴佬儿说，他给捧得晕头转向了，"我猜想……也许是这样。老家这些亲戚我都不大清楚。""真的，我一定得告诉查尔斯爵士我见到了你，他听了才高兴呢。"……就这么样，不出半个月，爱·菲就给乔金纳这个乡镇一半人口都冠上了头衔，让他们攀上了显赫的亲戚。大家俨然都与达官贵人称兄道弟起来。投谁的票？出身于那样门弟的人，当然只有投保守党的票喽。

不用说，爱·菲在政治上一向是站在保守党方面——站在贵族方面的。当时如此，后来一直也是如此。然而同时，他跟最寒微的人却也打得火热。对于他来说，这是一种本能。一个民主派是不可能居高临下的，因为他已经在下边了。可是当一个保守党人屈身低就的时候，他着眼的却在于征服②。

这场竞选自然没费吹灰之力就赢得了。爱·菲本可以留在镇

---

① 上加拿大指操英语的地区。

② 这里，作者借用英国作家奥利弗·哥尔德斯密斯（1730—1774）的一部著名喜剧《委曲求全》的剧名来隐示爱·菲对下层人民伪装谦和，以骗取选票。

上来坐享其成，可是他想得更高明些。当时对他说来，安大略的天地是太窄小了。那正是安大略在农业上不景气的日子。抵押出去的田产，由于到期无力偿付，都纷纷垮了下来。庄稼人的全部或部分田产被变卖还债了，要不就是"出奔美国"，还有的从此就无声无息地消失在九泉之下了。

可是人人都在谈论着正在开拓中的马尼托巴。爱·菲一心一意就是要跟我父亲一起到西部去。于是，我们把那个庄园拍卖了。拍卖那天，还按旧俗给买主备下酒点。那头可怜巴巴的瘦牛和那堆破破烂烂的农具卖的数目，还不够付那天喝的威士忌酒钱呢。可是爱·菲对这一切只一笑置之。他引用旁人的话来说，大英帝国的吉星正在西部高照着。于是，就把我们孩子留在学校里，启程西行了。

他们刚好赶上温尼伯市面繁荣的当口。爱·菲立刻拿出本事，大赶浪头。一个"繁荣"城市（诸如八十年代的温尼伯和六十年代的卡森城①），在它那熙熙攘攘、川流不息的尘嚣中，自有一种迷人的魅力……这里，生命都汇集在一个焦点上了，只有此时此地，只有当前，没有过去，也没有外界——到处都在大兴土木，到处都在觥筹交错，到处都是成沓成沓的钞票。在这种气氛中，人人俨然都是一位了不起的、非凡的人物。每个人都各有其特点，个性有如玫瑰般怒放起来。

爱·菲真是如鱼得水。没多久，事事都有他一份，无论谁他也都认得了。波蒂奇大街从这头到那头，人人都被他封上了头衔和爵位。半年光景，他已经拥有一大笔财产——在纸面上。他跑了趟东部，就从多伦多带回一位标致的夫人。他在河边盖起一座宏伟的住宅，里头挂满了画——他告诉人那都是祖先的肖像。于

---

① 卡森城是美国内华达州首府。1859年城东的弗吉尼亚城发现银矿，经济从此迅速发展。康斯托克矿脉（1950年废弃）曾为全世界最富矿藏之一。

是，他就天天在家里大张筵席，结交四方。

他活动的方面很广。他是一家银行（从没开成）的行长，一座酿酒厂的厂长（酿的是红河里的水）。最重要的头衔是:温尼伯—赫德森湾—北冰洋铁路公司的秘书兼司库，这家公司已经得到特许权修建一条通往北冰洋的铁路——等筹备好了以后。目前这家公司连路基也没有，但可大印其信笺及免费乘车证——从而爱·菲也就向整个北美各铁路公司交换到它们的免费乘车证。

不过，他的主要据点自然还是在政治上。他立刻就被选进马尼托巴省的省议会去了。要不是省里那位元老约翰·诺尔奎还在世的话，他们会让他当上省长的。尽管如此，没多久约翰·诺尔奎就仰承爱·菲的鼻息了。他事事都唯爱·菲马首是瞻。记得我还是个学童的时候，他们就联袂到过一趟多伦多，带着一群"西部人"的扈从，一个个穿着水牛皮大衣，留着亚述式的胡子。爱·菲叫他们沿着王家大街列队而过，直如什么探险家带回的一批野人似的。

爱·菲在政治上自然一直是个保守党，可是他对外面吹嘘的比那还要显贵一些。连自家的祖先他都嫌拿不出手去了。他编造出一位葡萄牙大公爵来（我们家上代确有人在葡萄牙做过事），并且用某种牵强附会的办法把这头衔冠在我哥哥吉姆头上——这时候，他已经到爱·菲在温尼伯的办公室里工作去了。每逢爱·菲的府上一来客人，他展示完祖先遗像之后，就用一只手遮着嘴，悄声告诉大家:"说来奇怪，要是死上两个人，那孩子立刻就会成为葡萄牙公爵哩。"可是吉姆一直也不晓得该弄死哪两个葡萄牙人。

门第之外，爱·菲还装出一副随时都可能因要务出门的姿态，替自己增添一份特殊的威望。倘若有人问他:"里柯克先生，今年一冬您都不离开温尼伯吧？"他会回答说:"那大半要看西非洲发生什么事了。"如此而已，西非洲使得大家哑口无言。

后来，马尼托巴的繁荣完蛋了，像我父亲那样普普通通的人，马上就垮了下来。爱·菲却不然。经济恐慌有如溅起的一个巨浪，只不过把泅水能手乘势举得更高些。他的财运照样亨通。我相信实际上他已经完全破了产，但那对他没什么影响。现款没有了，他用期票。他仍然拥有那家莫须有的银行和那条通往北冰洋的铁路。他仍然大张家宴，宾客满堂，店铺照常赊给他。谁要是来讨账，就会得到这样的答复：爱·菲的行踪还没确定，那大半要看约翰内斯堡^①那边发生什么事了。这么一来，账又可以拖下半年去。

在这个阶段，我看到他隔些日子就作一次"东行"，好叫西部那些债主们觉得他还颇为了不起。他靠着向旅馆赊账、举债和开空头支票来周旋，起初飘荡得颇为顺利。首当其冲的自然是银行经理，尤其小城镇的银行经理，更是他的囊中物。只要爱·菲一进门，那些小经理就像只野鸽见着鹞鹰那么战战兢兢的。爱·菲的办法就像用豌豆给乡巴佬儿变戏法那么简单。走进经理的小办公室他就说："喂，怎么，你钓鱼吗？墙上挂的准是根绿鹿牌的钓竿吧？"（爱·菲什么都喊得出名堂来。）过不几分钟那位经理就容光焕发、满心高兴地炫耀开他那根钓竿了，还拉开抽屉给他看一盒子作鱼饵用的苍蝇。爱·菲出去的时候，身上带着一百元钞票。什么抵押也不要，一切商业手续就都完成了。

在应付债务、旅馆费用、马匹租金，以及店铺开来的账单的时候，他都如法炮制，而且个个对他都没办法。他置办起东西来可大方啦，从不问声价钱。他向来不提付钱的事，只在临走时才像偶然想起似的说一声："喂，发票可早点开给我哟，也许我要外出。"然后，仿佛不是说给店铺里听的，对我来个"旁白"说："亨利·洛合爵士又从西非给我打海底电报来啦。"说完，就踱了出来。店铺

_____

① 约翰内斯堡是南非共和国最大的城市，由于南非官方实行种族隔离政策，非白种人的民族被分别限制，只准住在城西和西南一些划定的地区。

里的人与他从没谋过面，那以后也再没见过他。

他对付旅馆的是另外一套办法。小乡镇的旅馆自然不难对付——老实说是太容易了。爱·菲对他们有时候甚至付出现款来，就像猎人不忍开枪射死一只栖在枝头上不动的鹧鸪一般，要是遇上一家大旅馆，那就另说了。临离开旅馆（即是说，大衣、行囊什么的都准备停当，赊等走了）的时候，爱·菲就到账房去算账。一看账单，他就兴致勃勃地议论起价码的公道合理。"想想看！"他朝我作起"旁白"来，"拿这价码跟巴黎克里昂饭店的比比！"旅馆老板无从去比，他只觉得自己开了一家房价低廉的旅馆。接着，又是一段"旁白"："你可千万提醒我别忘记告诉约翰爵士，这家旅馆对我们招待得有多么周到。下星期他要到这里来。""约翰爵士"是我们的总理。事先，旅馆老板并不知道总理要来——总理也并没打算来。……随后，压轴戏来了。"让我瞅瞅……哦，七十六块钱……七十六……你给我（爱·菲目不转睛地盯着旅馆老板说）二十四块，这样，我好记着给你寄一百块整数来。"那人的手直发颤，可他还是如数给了爱·菲。

这么说，丝毫也不意味着爱·菲是个骗子。他一点儿也没有不诚实的地方。那些发票在他都只不过是"延期偿付"而已，犹如英国欠美国的债务一样。他生平从没设过一个骗局，也没骗过谁。所有他那些远大计划都像阳光那么正大光明——也像阳光那么没有实体。

爱·菲见到什么人，就说什么话。有一回我把大学里一些朋友——都是些即将获得学位的年轻人——介绍给他。在这些人看来，学位就是一切。在漫不经心的谈话中，爱·菲转过身来对我说："哦，你一定高兴知道，梵蒂冈给我的那个荣誉学位，终于拿到手啦！"妙在"终于"二字。教皇授予的学位就已经非同小可了，何况还是如此之姗姗来迟！

好景自然不长。渐渐地，信用垮下来了，他不那么吃得开了。债权人对他越来越不客气起来。朋友们众叛亲离了。一步步地，爱·菲潦倒下来。妻子去世后，只剩他孑然一身，时常看到他衣着寒伧，在街头拖着脚步踯躅。亏了他还保持着坚定的自信和敏锐的头脑，不然就会更加狼狈不堪了。尽管如此，生活还是对他越来越无情。最后，酒吧间甚至在一些无足挂齿的小笔欠账上，也让他下不来台。我哥哥吉姆（就是那位葡萄牙公爵）告诉我说，温尼伯一位开酒吧间的终于破了爱·菲的催眠术，有一回竟气冲冲地把他赶了出来。那天，爱·菲带去一帮人。他朝老板伸了一巴掌，说声："里柯克先生的客人，五位！"……老板就破口咒骂开了。爱·菲挽着一位朋友的胳膊说："咱们走吧，恐怕那个可怜的家伙发了疯！可是我不愿意给他报告警察。"

　　不久，他甚至连旅行的权利也失去了。那些铁路公司终于发觉北冰洋根本没有什么铁路，横竖印刷局也不再替他印那些信笺了。

　　他仅仅勉强又"东行"了一遭，那是在一八九一年的六月里。我碰见他一回，他正沿着多伦多市的王家大街踉跄走着——样子微觉寒伧，可还戴着顶丝质高礼帽，上面箍着一道宽黑纱①"可怜的约翰爵士，"他说，"我觉得总不能不来参加一下他的葬礼。"这时我才恍然想起原来总理去世了，他这片怀旧之情又使他享受了一次免费旅行。

　　那是我最后一次看到爱·菲了。过了不久，有人出船资把他送回英国去了。他从家里什么遗产的项下弄到一笔每周两镑的小小进账，靠这笔钱，他就在伍斯特郡一个农村里尽量体面地住下来。他对村里人说（有人事后这么告诉我），他不能确定究竟在那儿住多久，那大半要看中国那边发生什么事情了。可是中国那边

————————
　　① 表示服丧。

45

什么事情也没发生，于是，他就年复一年地定居下来。本来他可能就这么了此一生的。像是一种因果报应，一笔不可思议的意外之财竟然使爱·菲在日暮之前，又来了一次回光返照。

在我们原籍所在的英国那一带，有一个古老的宗教团体，它拥有一座寺院，和几百年来传下的一些破破烂烂的庄园。爱·菲的利爪就落到它的身上了。在他看来，这个团体的会员是不难操纵的，而这种团体的会员照例也确实是如此。爱·菲在虔诚的"隐遁"中，查考了一下这个团体的财务，并且凭他那副敏捷的头脑，一下子就发觉该会早年有一笔可以向英国政府申请补偿的款子，而且数额可观，理由充足。

于是，爱·菲马上就代表那个团体来到威斯敏斯特教堂。应付起英国政府官吏来他是驾轻就熟的，他们比安大略的旅馆老板还要省事些，只要暗示一下你在海外有多么惊人的投资就成了。他们并没到过那些地方，可他们还记得当年差一点点就把约翰内斯堡拿下来了，以及在波斯石油上如何迟了一步。爱·菲只需暗示一下他那条北冰洋铁路就够了。"什么时候您得便，请到那边走走，我一定得陪您视察一下那条铁路。我总想，等铁路修到铜矿河的时候，就得把股票抛到伦敦的市场上来了，纽约那边的局面小了点……"

这样，爱·菲所要的东西就到手了。英国政府对这类追补的申请是习以为常的，与其批驳，不如批准算了。还有的是未申请的呢。

会员们得到一大笔款子。感激之余，他们就聘请爱·菲做他们的常任经理。这么一来，爱·菲又飞黄腾达起来了。他在与十字军同样古老的花圃、果园和鱼塘之间，消磨流逝的岁月。

一九二一年我到伦敦讲学时，他写信给我说："你来吧，我年纪太大了，旅行不便。随便你指定哪一天，我可以派司机开汽车去接你，并派两名在俗的会员陪你来此一游。"我想妙就妙在"在俗的"三个字上——那是地道的爱·菲的手笔。

我没能去。从那以后，也再没见过他了。他是在那寺院里去世的。到死那天，一直也没接到什么召他去西非洲的海底电报。若干年前，我曾把爱·菲看做一个骗子，一个笑料。如今回顾起来，我才能更好地体会到他那种百折不挠的精神，看来那就是英国这个民族的标志。

如果真有一座天堂的话，我相信他也一定混得进去。他会在天堂大门口打招呼说："彼得①吗？啊，你跟蒂奇斐尔德的彼得勋爵一定是本家吧。"

万一他混不进去，那么西班牙人说得好："就让尘土轻轻地覆盖在他身上吧。"

---

① 彼得是耶稣的十二使徒之一，被奉为掌管天堂钥匙的人，见《马太福音》第十六章第十九节。

素昧平生的朋友

他走进卧车的吸烟室，我独自坐在那里。

他穿了一件皮里大衣，提着一只值五十元的手提箱。他把箱子放在座位上。

然后他瞥见了我。

"哦，哦！"他满面春风，像是一下子认出了我似的。

"哦，哦。"我重复一遍。

"天哪，"他使劲和我握手，"谁料到会在这里碰见你！"

我心想，确实没有料到。

他又仔细端详了我一下。

"你一点儿也没变。"他说。

"你也没变样儿。"我热诚地搭讪着。

"你也许胖了那么**一丁点儿**。"他接着评论起我来。

"对，"我说，"胖了那么一丁点儿，可你自己也比以前发福啦。"

这么说当然有助于替自己的发胖作辩解。

"可不，"我接着壮起胆子十分肯定地说，"你跟以前完全一样儿。"

我心里一直在琢磨他究竟是谁。我完全不认得他；丝毫也回忆不起来。并不是说我的记忆力差，正相反，我什么都记得牢牢的。我确实很难记住人们的姓名；我还时常想不起某人的容貌；衣服自然更不会去留意。可是除了这些细节，我从来没忘记过谁，并以此而自豪。倘若我偶尔记不起谁的姓名或面孔，我也不会惊慌失措。我懂得怎样随机应变。需要的仅仅是冷静和机警，总能应付自如。

我的朋友坐了下来。

"咱们可久违啦。"他说。

"久违啦。"我把他的话重复一遍，语气间还带点儿伤感。我要他觉得我也为此而难过。

"可是时光过得好快啊。"

"真是转瞬之间。"我欣然表示了同感。

"好离奇，"他说，"日子一天天地过去，朋友们失去了踪迹。真是恍如隔世。我时常想起这个问题。有时候我纳闷——"他接着说，"那帮老伙计都哪儿去啦！"

"我也时常这么想。"我说。

其实，此时此刻我也正在纳闷。我发现每逢遇上这种情况，对方迟早会提到"那帮老伙计"、"那些小伙子们"或"那伙人"。趁此机会我正可以发现这位仁兄究竟是何许人也。

"你可曾回到咱们那老地方过？"他问道。

"压根儿没去过。"我坚决地、斩钉截铁地回答说。一点儿都含糊不得。我认为在我没发现这"老地方"在哪里之前，绝不可接这个话题。

"没去过，"他继续说，"想必你不喜欢那地方。"

"现在不啦。"我不动声色地说。

"对不起，我了解你的心情。"他说，接着沉默了一阵。

截至此刻，我总算摸索出点儿线索了。想必确有个我不喜欢去的老地方。

这样，谈话就有了点儿基础。

不一会儿，他又开口了。

"是呀，"他说，"有时候我遇到个把老伙计。他们谈起了你，并且很想知道你在干些什么。"

——我心里想，可怜的家伙。但我并没说出声来。

我晓得应该乘这时机来一手猛的。我就拿出自己经常采用的方法。我兴奋地问他：

"喂，比利去哪儿啦？你听到过他什么消息吗？"

这确实是很保险的一着。任何一帮老伙计中总有个叫比利的。

"啊，当然，"我的朋友回答说，"他在蒙大拿①经营牧场哪。春天我还在芝加哥见到了他呢。体重足有两百磅了。你不会认得出他来的。"

"那么，皮特在哪儿呢？"我说。这很保险，总会有个叫皮特的。

"你是说比利的哥哥呀。"他说。

"对，对，比利的哥哥皮特。我时常想念他。"

"啊，"这位素昧平生的人回答说，"老皮特完全变了——成家啦。"他咯咯咯地笑起来。"嗐，皮特结婚啦！"

我也笑开了。在这种情景下，如果某人结了婚，按说总是很可笑的。不管老皮特指的是谁，反正他结婚这件事简直笑死人。我默默地笑着，脑子里光想着这事。只剩五十英里的路程了，我本来希望能一直笑到火车进站。只要你晓得该怎么笑，笑上五十英里并不困难。

然而我的朋友可不甘心就此打住。

"我多次想给你去封信，"他开始用推心置腹的语气说，"尤

---

① 蒙大拿是美国西部落基山区的一个州，北与加拿大接壤。

其又听说你遭受了损失。"

我没吱声。我损失了什么？是钱吗？倘若是的话，那么丢了多少？我为什么会损失钱呢？我纳闷到底什么让我彻底破了产呢，或者只是部分地破产。

"遭受那样一种损失是永远不会忘怀的。"

显然我遭受的损失惨重到家了。可我没搭腔，闷着头等他亮牌。

"是啊，"那个人接下去，"死了人总要悲伤的。"

死了人！哦，原来是这么回事！我高兴得几乎打出嗝儿来。这好办。在这种谈话中，死亡这个题目再好应付不过。我只消纹丝不动地坐在那里，等着发觉究竟死的是谁。

"是啊，"我低声说，"是很难受。可还有另外一面。"

"当然是啊，尤其年纪那么大了。"

"正像你所说的，反正年纪都那么大了，而且过的又是那样的一辈子。"

"想必直到最后都挺硬朗，头脑也清楚吧。"他接着满怀同情地说。

"是啊，"我回答说，这回有了把握，"临死前几天还能坐在床上抽烟哪。"

"怎么，"他困惑不解地说，"你祖母她……"

我祖母！原来如此，对啦。

"对不起，"我说，不禁因自家太笨而生起自个儿的气来，"我刚才说抽烟，指的是她能坐起来，让人朝她喷烟——这是她的一种习惯：让人读给她听，让人对着她喷烟。只有这么做，她好像才能平静下来……"

这么说着的当儿，我听到火车驶经信号灯和侧线的咔嗒声，徐徐停下来。

我的朋友赶紧朝窗外望了望。

他脸上露出不安的神情。

"我的天！"他说，"都到联轨站了。我坐过了头。我本该在前一站下的。喂，脚夫！"他朝车厢甬道嚷着，"这一站停多久？"

"先生，只停两分钟，"听到这么一声回答，"这趟车晚点啦，现在正赶点呢。"

我这位朋友猛地站起来，掏出一串钥匙，摸索着手提箱的锁。

"我得给家里打个电报什么的，"他气喘吁吁地说，"该死的锁。我的钱放在手提箱里啦。"

我当时最担心的是他会来不及下车。

"这里有钱，"我说，一边从兜里掏出钞票，"别折腾锁了。拿去用吧。"

"那就多谢啦，"他一边说，一边就从我手里抄去那沓钞票——慌乱之间，他一张也没替我留下，"我勉强还来得及。"

他跳下了车。我隔着车窗望见他朝候车室走去，步子迈得并不快。

我等着。

脚夫们大声嚷着"上车吧！上车吧！"一阵铃声，蒸气的嘶嘶声。一霎时，车移动了。

我想，他真是个白痴，没赶趟儿，而他那只值五十元的手提箱还在座位上呢。

我等着，一边朝车窗外望，一边纳闷他到底是谁。

随后，我又听到脚夫的声音。他显然在领着什么人从车厢里穿过。

"先生，我在车厢里找遍了。"脚夫说。

"我把它放在那个车厢里我太太后边的座位上啦。"传来了一个陌生人气哼哼的声音。一位穿得很体面的先生把头探进我这个车厢的门。他立即面露喜容，像是认出了什么。认出的不是我，而是那只值五十元的手提箱。

"啊，在那儿呢。"他大声嚷着，抄起手提箱就走。

我颓然瘫在座位上。"老伙计！"皮特的结婚！我祖母的死！天哪！我的钞票却给拿走了！我这时才看穿这套把戏。那个人也在"瞎扯"，有目的地瞎扯。

上当啦！

下回我在车厢里同萍水相逢的陌生人搭讪，就绝不再去显示自己有多么聪明啦。

卧车里的人

我来到卧车准许抽烟的那一端，还没来得及坐下来点上烟斗，他就开口了。

"天儿挺凉，是吗？"他说。

我立刻晓得他是个什么人——就是那种总坐在卧车里等着同我攀谈的人。从他身边敞开着的书包里，我可以看到火车时刻表、一本年鉴和那本小小的《百事通》。他向我卖弄的，就是这些本本里淘来的知识。

换个季节，他就不说："天儿挺冷，是吗？"而改为："天儿挺暖和，是吗？"反正他只有这么两种打招呼的方式。

他朝车窗外望了望。

"火车在这儿开得慢了。"他说。这话就是他对列车特有的技术知识的一部分。卧车里的这个人谈到什么列车，总是直呼其号码，并称司机为"他"。特快车倘若有个轮子瘪了，那瞒不过他。他凭直觉就能晓得火车该加水了，还能在黑暗中辨识出村庄。他管列车员叫"查理"①。同这人一道旅行，就会不时地感到他高人一等。

卧车里的这个人摊开报纸，点燃一支雪茄。

---

① 查理是查尔斯的昵称。

"你看当前的局势怎么样？"

他指的自然是总统选举。毕竟每四年必有一回。足足一整年，都可以念叨："你觉得大选怎样？"随后又这么念叨："好像还没怎么听人说起下次的大选哩。"接着，就只剩两年了，整个被卷入旋涡中。

卧车里的这人并不真正想知道**我**对大选的感想。他只不过想向我陈述**他的观感**，或者更要说的是，大选整个的实情。他可以对所阐述的一切作出个人保证。他**晓得**——他并不推测他**晓得**——大选的确切结果：那些候选人是怎样选出来的，政纲是怎样起草的，以及用何等万无一失的办法（这唯独他晓得）来囊括纽约州的选票。

如果我愿意的话，本可以和盘托出。然而那样做不大公平，而且会引起全国性的混乱。

这么说就够了，全局不但都已确定，而且是**拍了板**的。卧车里的这人说愿拿出一百元来同我打赌。倘若他的预测不准确就认输。可我也不知道他这赌注究竟放在什么上。

当大选形势已大定时，卧车里的这人问我这场激烈的竞争合不合我的胃口。在杰克逊维尔①举行的竞选合不合我的胃口？接着他又把话题连珠炮般地转入一系列角斗、拳击、冠军赛、国际比赛，打破世界纪录的游泳、跳水、飞翔以及吃蚝比赛上。我真难以设想他是怎么记住这一切的。看来大学里也该开这样一门课。

可是他的渊博还远不止于此。

他指着那份报纸的一条新闻说："我看出墨索里尼这小子又在那儿插手了。"接着，他又大致讲了一遍欧洲以及世界新闻。看来墨索里尼是个机灵的小伙子。不过，要是眼看他会遭殃，我这位朋友也一点儿不感到惊奇。

---

① 杰克逊维尔是美国佛罗里达州东北部城市，在圣约翰河入大西洋处。

西班牙国王，虽然看起来也蛮精明，可他随时就会倒运。其实，欧洲大部分尚在位的国王以及统治者——除了乔治国王①——随时都可能倒霉。欧洲真正需要的是实行地方自治——就像这位朋友在中西部的故乡（地名我记不起了）所实行的那样。

不过，欧洲前途这个题目还不够重要，不足以长久引起一个人的兴味。整个欧洲显然在劫难逃，除非折回老路，实行短期选举，用俄勒冈州撤换公务员的制度，马萨诸塞州的预选会规则，方能躲过危机。

于是他换题目了。

他问我："最近那次横渡大西洋的飞行，你中意吗？"为了讨好我，他总认为世界上各种事物都得我中意才行。

然后他向我谈起大西洋了——指的是他那小本"百事通"里所搜集、并由卧车人所掌握的、真正的大西洋。

例如，谁能猜出大西洋宽达三一六〇英里；最浅处深度为二一〇英尺，最深处为五三〇〇英尺；倘若全体美国人手拉着手形成一字长蛇阵，就恰好排到对岸；新泽西州的特伦顿②或者俄亥俄州的阿克伦③全体人口头顶头衔接起来，刚好触到海底。

大学教育是不传授这些知识的。不知怎地，被遗漏了。可如今飞机已飞越大西洋，它已"家喻户晓"了，卧车人自然非掌握这方面的确凿事实不可。

就这样，我们愉快地闲聊了半小时。接着，出了点大煞风景的事。

进来了另外一个人。

只要让这个卧车人充分发表议论的话，同他交谈是蛮开心的，

---

① 指当时的英国国王乔治六世（1895—1952）。
② 新泽西州是美国中部大西洋沿岸的一个州，特伦顿是该州首府。
③ 俄亥俄州是美国中北部偏东的一个州，阿克伦是该州东北部城市。

而且极为融洽。倘若进来了一位本事跟他不相上下、知识同样丰富的人，而且此公一再反驳他，那就危险了。这下子麻烦就来了——我们谈的那天下午，恰巧就这么个情况。

这第二位先生刚刚打开他的手提包，拿出他那本年鉴和铁路指南，他那尖耳朵就听出话茬儿来了。

他说："墨索里尼机灵吗？"接着他就断言墨索里尼究竟能在真正机灵的人当中混多久——我记得他说了四分钟。

由这自然就扯到当年的总统大选了。第一个人此刻重复了他方才对我所作的预测；第二个人不假思索地断定那统统是"胡扯"。看来这第二位刚走遍南方、大部分中西部和临大西洋的整个西海岸。他不但否定了第一个人的预测，并且准备为他所否定的下一笔赌注。我猜想双方各愿出一千元，由我掌管九个多月。

过不久我下车时，两个人还在愤愤地争执不休：总统大选要是没猜中，就输一千元；赌墨索里尼当得上当不上奥地利国王，赌宾夕法尼亚的伊利①比不比得上依阿华的伯灵顿②人口稠密，还赌大西洋的宽度是多于还是少于三千英里。

后来我听说那趟火车开过一站之后脱了轨，卧车滚到堤下边去了。

但是他们很可能照样争论，无所察觉。

---

① 宾夕法尼亚是美国东部的一个州，伊利是该州西北部城市。
② 伯灵顿是依阿华州东南部城市。

"提起印度来……"

倘若你的丈夫当着客人老是来
回重复一段往事，你该怎么办？

有天晚上我参加一个宴会，正像客人们经常做的那样，席间一位客人讲起他的一段我们在座的人早已熟知的往事。

"听您提起印度来，"他说，"倒叫我想起我在加利福尼亚经历过的一件很了不起的事……"

"哎哟，杰姆斯！"这位客人的太太打断他说，"请你可别又来回重复那段老话啦。"

讲故事的人倒还谦逊，他脸红了红，马上就打住了。大家沉默了好一阵子，怪难受的，然后又有人说："提起芝加哥的市长汤普生来——"于是，大家又谈开了。

这件事发生以后，在我心里引起一个问题：当一个人讲起一段大家都听腻烦了的旧话时，他的妻子应不应该半道打断他呢？

要是那位丈夫能说会道的话（做丈夫的口齿大都不怎么伶俐），他满可以替自己好好地辩护一番。他可以说：

"亲爱的玛尔莎，你以为我讲的这套话陈旧了，可我要是不讲我这套，别人也会讲他们的那套；那时候你就会觉得我这套还蛮新鲜咧。这套话你以为你听腻了，他们打算讲的那套，他们的老婆**也**听腻了呢。今儿晚上咱们大家讲的没有新鲜话，当然都是些陈词滥调。你把我们当成什么人啦？难道我们是莎士比亚吗？我们不能坐在这儿老编**新鲜**故事。我们要是会编的话，就早把脸涂黑，到纽约歌舞班子里冒充黑人，一晚上挣上百十块钱啦。

"而且，你再听我讲第二点。旧话有大大强过新鲜话的地方：听起来不那么费劲。既然准知道它什么时候完结，那么讲的时候你就尽可以多吃个蚝，多咬口芹菜，从从容容地喝上一杯姜汁汽水，静等着末尾哈哈笑它几声。

"还得记住一点：在宴席上你要是不谈谈往事，别人就会背起统计数字来啦。背统计数字要比讲往事讨厌上八倍。你别忘记有这么一种人专门到处钻，往脑子里装数字。他晓得美国有多少英里铁路，俄克拉荷马①有多少文盲。在任何宴席上你都可能碰到这种人，要是他在座的话，闲谈就会变成讲学啦。更糟的是，也许有两位这种先生在座，那么一来，闲谈就变成开辩论会啦。"

没有比这再糟糕的了。宴席上要是开起辩论会来，整个晚上谁也不用打算有点乐趣。一个人说点什么——比方说，南北战争吧，于是，另外一个人起来反驳说："请原谅我……"然后，他们就开锣啦。开头他们还蛮讲礼数，过两分钟双方就激动起来了。争执到四分钟光景，两个就成了对头冤家。他们始而互相赔礼道歉，继而又各自引经据典。一个说："对不起，你要是翻翻南北战争史料，就会发现林肯**从来**也没打算过释放黑奴。"那个说："对不起，随便你查哪一部林肯传，都会发现他**一直**是**要**释放黑奴的……"

这当儿，你明白要是想解决关于亚伯拉罕·林肯这个问题，

---

　　① 俄克拉荷马是美国中南部的一个州。

至少也得在图书馆里埋头研究上一年——连那样也不成。

他们越辩越激烈。双方都引用一些书名，然后叫对方到华盛顿找去。最后，他们彼此咒骂起来。

这时候，站在某甲后边的一个女侍想从盘子里给他布点奶油芹菜，好几回盘子都差不多给撞翻了。另外一个女侍把热腾腾的黄油龙须菜洒到某乙的衬衫前襟上了。

这么一来，宴会就算完蛋了。女客退席之后，两个人还继续辩论着。他们把这个话题带到主人的书房里，打桥牌的时候还是没完没了，回到家里仍然唠叨着。

想想看，要是有个人说："提到加利福尼亚，倒叫我想起印度的一件事来……"宴会进行得会多么和谐，女侍会多么顺利地就把龙须菜布到每位客人的盘子上！

问题还不止于此。一个很谦和的人渴望着讲出他那段小掌故，通常他总要做好几番努力才插得进嘴去。我觉得在这位仁兄身上有一种令人鼻酸的可怜劲儿。

他是在大家吃蚝的时候开的口。

"提起印度来……"他说，可是大家一阵谈话声就像浪涛一般把他的话头给淹没了。

等鱼吃到一半的时候，席间的谈笑声有一刹那的间歇。于是他又说："提起印度来……"女主人马上打断他的话题说："您**真**得尝尝这味鱼啦……"随后，大家滔滔不绝地谈开鱼了，又把他的话头刮得没影没踪。等下一道烤肉端上来的时候，他又做了一番努力。他说："提起印度来……"这时候，一个女侍把肉汁溅到他身上了。

终于——终于时机幸而到了。他居然抓住一个空子。他说："提起印度来……"可是这当儿他的妻子打断他说："哎哟，杰姆斯！"

太太，您认为这么做公道吗？当然，像您这么一位聪明无比的妇女，到处拖着像他这么个丈夫，的确是够受的。他确实是块废物点心。您当初实在应该嫁给萧伯纳或是墨索里尼①。

不过您没嫁给那两位，您嫁的只不过是跟我们一模一样的凡夫俗子。他并不特别想当个幽默家，或是一位健谈家，或是一位演说者，或是诸如此类的人。他只巴望当谈话在他身边进行的时候，自己也能插几句进去。

因此，下一次他要是再说"提起印度来……"的时候，您可不可以让我们索性听听印度那边究竟发生了些什么事情呢！

---

① 墨索里尼（1883—1945），意大利首相，欧洲第一个法西斯独裁者，1922至1943年统治意大利。第二次世界大战重要战犯之一，被意共游击队处以绞刑。

编　杂　志

——一个投稿者的梦境

　　不久以前的一个晚上，我梦见我在一家很有地位的画报社里当编辑。我也用不着来替自己解释，我曾多次梦见自己做比那还要没出息的事。不管怎么样，梦总不是我故意做的。我承认我时常也拼命想梦见自己当了威尔逊①总统，或是布赖恩②先生什么的，要不就梦见我是里茨－卡尔顿饭店③或是美孚石油公司的一张股票，这种非分之想的好处在于既豪华，又不费分文。不过这回梦见当上了编辑可完完全全出乎我的意料。我当时正熬夜在赶写亚伯拉罕·林肯的个人回忆录。我是在抢时间。总统选举一天天地逼近了，这当儿，林肯的回忆录在市面上正有销路。自然喽，行情没有准儿，说不定什么时候会一本也销不出去。像我这样的作家就不得不考虑这类事情。比方说，在四旬斋④期间，《关于〈圣经〉的最新见解》这样的书销起来总还不坏。等天热了，圣诞节诗歌就该有市场啦，不少人要求读《南北极航海记》一类的文章。到

----

　　① 伍德罗·威尔逊（1856—1924），第二十八任美国总统。
　　② 威廉·詹宁斯·布赖恩（1860—1925），美国民主党和平民党领袖，1913年被任命为国务卿。
　　③ 里茨－卡尔顿饭店为纽约一家大饭店。
　　④ 四旬斋指复活节前的四十天。

了秋天，我一般总是写一些《从未发表过的歌德给巴尔扎克的信札》一类东西。

可是吃写文章这碗饭可真累人，你得有非常锐利的生意眼，随时留心着行情，不然的话就很容易扑空。

上面这段话也许跑了点儿题。我不过是想说明：一个人肚子里要是有心事，脑子疲劳，用过了度，他甚至可以梦见自己当上了编辑。

我在梦里马上就看出我到了什么地方，正在干着什么。周围都是豪华的设备：一个宏伟的房间，拱形屋顶，窗户上嵌着彩色玻璃。我正用一支值十块钱的钢笔（是钢笔公司送的）在一张漂亮的红木书桌上写文章，稿纸是有凸花的（是凸花纸公司老板送的），我是照每个字八分半钱在纸上头写着稿子。纯粹为了生意经，我故意挑着字母特别少的字用。一看到周围的一切，我立刻就对自己说：

"我是个编辑，这是我的编辑部圣地。"这并不等于说，我曾经见过一位编辑，或是到过一个编辑部。可是我向那么多编辑投过那么多稿子，而且每次又都是很快就被退了回来，所以我对眼前的情景熟悉得就像我是醒着一样。

当我正在望着四周一切可爱的景物出神，欣赏着我穿的那件豪华的黑色羊驼呢上衣和特别考究的马甲的当儿，我听到有人敲门。

一个挺标致的人儿走进来了。看来她一定就是在这里工作的，因为她没戴帽子，腕子上还套着白袖口。她那股能干劲儿真是美得没法形容，正像医院里的护士一样。

我心里想，这准是我的私人秘书。

"先生，我希望没打扰您。"姑娘说。

"好孩子，"我这样回答，说的时候口气感觉像慈父一般，其实，姑娘论年龄差不多可以当上我的老婆啦，"请你不要客气。

坐下吧。你干了一早晨的活儿，一定累啦。我来按按电铃，给你叫一份鸡肉夹心烤面包吃吧。"

"先生，我是来向您报告，"秘书接着说，"楼底下有个人请求见您。"

我的神气马上变了。

"他是位上等人，还是个投稿的？"我问。

"看起来他不怎么像个上等人。"

"很好，"我说，"那么他一定是个投稿的。叫他等着吧。叫看门的把他锁到那个堆煤的地窖子里。麻烦你溜出去，看看这一带有巡逻的警察没有，也许我用得着他。"

"是的，先生。"秘书说。

我待了约莫一个钟头，写了几篇提倡人权的社论，抽了几支土耳其香烟，喝了一杯白葡萄酒，然后又嚼了几口夹鳀鱼酱的面包。

这时候我才按电铃。我说："把那个人给我带到这儿来。"

过一会儿，他们把他带进来了。这个人显得有点儿怯生生的，像是见不得人似的，脸上露出作家所特有的那副下流狡猾的神情。我一眼瞅见他手里拿着一沓纸，就晓得这混账家伙一定是来投稿的。

"那么，先生，"我说，"快点儿讲呀。你是干吗来的？你要什么？"

"我这儿有一部稿子。"他开口了。

"什么！"我朝他嚷了一声，"一部稿子！你好大的胆子呀！居然敢把稿子带到这儿来！你把这儿当成什么地方啦？"

"这稿子是一篇小说。"他吞吞吐吐地说。

"小说！"我尖声喊叫起来，"你这是打哪儿冒出来的想法，以为我们这儿会用得着小说！你当我们就没别的可登，非登你的那篇胡说八道不可吗？你这个白痴，你晓得我们印那五十页带图

64

片的广告就得花多少钱吗？你瞧，"我接着说，一面抓起摆在我面前的一沓图片校样，"这张石棉炉的图片，有多么好看！保证不易燃，没异味，也没什么用处。你瞧这辆独家制造的汽车，装着气垫，一整页形容的都是它的特点。你能想象我们为这些广告得花多少时间，费多少心思吗？你居然敢带着你这部臭小说稿子闯到这儿来！"我边说边从座位上站了起来，"我真想过去把你掐死。照法律的规定，我有权利这样做，并且我也一定要这样做。"

"您别，您别。"他哀求着，"我一定走。我并没有什么恶意，稿子我带走就是啦。"

"稿子你可不能带走。"我打断了他的话，"你甭打算跟我们这个杂志耍你那套花招儿。你既然把稿子投给我了，那么你就得乖乖地把它放在这儿。我要是看了不中意，我就去告你；而且，我相信法院一定会叫你赔偿我的全部损失。"

老实说，当时我忽然起了个念头，心想也许最后我还非得买下这份臭稿子不可呢。尽管我觉得对这个卑鄙下流的家伙发一顿脾气完全是理所当然的，可是我又感到脾气发得也不能太过火。目前读者的趣味太低了，广告中间也不得不夹一点点这类货色。

我又按了下电铃。

"请你把这个人带下去，再把他关起来。叫他们好好看着他，他是个作家。"

"是，先生。"秘书说。

我又把她叫回来。

"可别给他什么东西吃。"我说。

"不会的。"姑娘回答说。

稿子放在我面前的桌子上。看起来厚厚一大摞哪！题目是:《朵洛西·达克莉斯，亦名：她不过是个牧师的女儿》。

我又按了一下电铃。

"劳驾你把听差的叫到这儿来。"

他进来了。从他那坦率、诚实的相貌，我看得出这个人是可以信得过的。

"琼斯，"我说，"你认得字吗？"

"认得几个，先生。"他说。

"很好。你把这部稿子拿下去念一念，从头到尾念一遍，然后再拿到这儿来。"

听差拿着稿子走了。我又转身回到书桌上，一心一意地设计起一整版安装暖气管道的广告。忽然我灵机一动，想到要是把图片安排得整整齐齐，然后照英国一向的做法用通栏大字标题排上：《家呀，可爱的家》那首歌曲，所有商界的读者看着这一版该有多么赏心悦目，这一期杂志一定就大出风头啦。于是，我就聚精会神地做这件事。等听差回来的时候，我才猛然发觉已经过了一个多钟头啦。

"琼斯，怎么样？"看见他走进来我就问，"你把稿子看过了吗？""看过了，先生。""你觉得还过得去吗——标点没错儿？拼写都对啦？""先生，的确很不坏。""我希望里头没有所谓幽默那类玩意儿！琼斯，我要你非常爽快地告诉我——里头没有能叫人看了扑哧一笑，或者甚至哈哈大笑的东西，是不是这样？"

"先生，那可没有，"琼斯说，"一点儿也没有。"

"那么，告诉我——你别忘了，这件事关系着咱们这个杂志的名声——这个故事在你心目中留下什么明确的印象没有！它——"这时候，我的眼睛偶然瞟到跟我们竞争的一家杂志最近一期的预告上，"是不是那种动人心魄①，那种每一页都能叫人看了立刻心惊肉跳②的巨作？琼斯，你仔细研究一下再回答我，因为不是这样

---

①② 原文为法语。

的稿子，我是不收的。"

"我想它还算得上。"他说。

"那么好，"我回答说，"现在就把那个作家给我带上来。"

趁着那个人还没来的当儿，我赶快翻了几页那部稿子。

不一会儿，他们又把作家带来了。他作出一副愁眉苦脸的样子。

"我已经决定收下你这部稿子啦。"我说。

他立刻笑逐颜开了。他凑近了我，简直像要舔我的手。

"等一下，"我说，"我同意把你的稿子留下来，可是里头有些东西，有些琐碎的细节我要改动一下。"

"改哪里呀？"他提心吊胆地问。

"首先，我不喜欢你这个题目。《朵洛西·达克莉斯，亦名：她不过是个牧师的女儿》，这个太平淡啦。我要把它改成：《朵洛西亚·达莎微①，亦名：社会上的危险人物》。"

"可是这总——"投稿人边说边使劲扭自己的手。

"别打断我的话。"我说，"其次，这篇小说太长。"说到这里，我顺手从桌子上抄起一把裁缝用的大剪子。"这篇一共是九千字。我们用稿子向来不超过六千字。所以我一定得剪下一些去。"我用跟前的一条带尺把稿子仔细量了一量，剪下三千字去，还给那个作家，"这段儿你自己可以拿去保存，"我说，"这仍然归你所有，随便你拿去干什么吧。"

"可是这怎么好，"他说，"您把故事的收场完全给剪掉了。这么一来，故事就有头无尾啦。读者没法子晓得——"

我带着近于和蔼的神气朝他微微一笑。

"亲爱的先生，"我说，"读者看杂志上的小说，**从来**也不会

---

① 意译是：草率而成。

看到最后那三千字的。结尾没什么重要。我承认，一个故事的开头儿也许有点儿关系，结尾可没关系！算了吧！反正在我们杂志里，故事的结尾也总是分开来排，放在后边，散填在广告的空白里。这么安排，版面上才不至于单调。不过目前我们手边有的是补白材料。你晓得——"我接着说下去，因为那个人脸上有一种表情几乎感动了我，"我们让登出来的稿子最后那一句念起来像是完结了就行啦。没旁的。好，我琢磨一下。"我又看了看故事剪掉的地方。"最后一句是什么？'朵洛西倒在椅子上，我们只好就这样抛下她。'太妙啦。还能比这个结尾更妙的吗？她倒在椅子上，然后你抛下了她。没有比这个结尾更自然的啦。"

投稿人好像正要抗议，可是我打断了他。

"还有一件小事，"我说，"我们下一期是暖气水管和汽车专号。我得麻烦你在故事里稍稍带上些暖气水管。"我很快地翻了几页，然后说："唉，你这故事的背景大半发生在夏天的西班牙。我要求你把它改成瑞士，季节改成冬天，这样，好提提安装暖气的事。自然，这些都是小节，我们尽可以替你安排，一点儿也不费事。"

我伸出手来。

"好吧。"我说，"咱们再见吧。"

投稿人似乎鼓起一股勇气。

"稿费呢？"他吞吞吐吐地问。

我绷起脸来把这个问题支过去了。"我们自然会按照一般的价码付给你的。小说发表以后两年，你自然会接到一张支票。那笔钱一定足够补偿你一切必要的开销，包括墨水、稿纸、寄稿子用的绳子、火漆和其他零星费用。这以外，我们希望对你所花的时间也给点儿合理的报酬。照钟点计算。再见吧！"

他走了。我可以听到他们把他丢下楼去的声音。

然后我坐下来，趁着心思正在这上头，就替他的小说写了个预告。我是这样写的：

> 《吹牛皮》杂志下期将刊登惊心动魄之小说一篇，题名为：**朵洛西亚·达莎薇，亦名：社会上的危险人物。**
>
> 　　该文作者系文坛后起之秀，一鸣惊人，被美洲世界公认为短篇小说家中第一把交椅。彼行文奔放，匠心独具，出语隽永，文章向为天下冠。《朵洛西亚·达莎薇》一稿所获报酬，据说亦突破出版界之纪录。全文字字珠玉，此绝妙文章读至煞尾，莫不有大惑不解之感。阅毕再请翻看几乎同样精彩，与这篇伟大评论刊在同一页上的斯皮戈特与法福西特家庭暖气管道公司之最新出品，必尤觉趣味无穷。

我把这份广告写完，按了下电铃，刚要对我的秘书说：

"乖乖，你还没吃中饭哪，一定饿极了吧！对不起，让我给忘了。你可不可以赏脸——"

说到这里，我醒了——做梦总是这样，醒得真不是时候！

大演员一席谭

——也就是我们那十六位大演员中间的任何一位

访问是在这位大演员独自在自己的书斋时进行的。不用说，我们费了九牛二虎之力，才算达到目的。他正坐在一张大扶手椅上，深深地陷入沉思，一点儿也没理会我们走近他身旁。他膝头上放着一张他本人的六英寸照片，一双眼睛死死盯着它，像是在探索着什么无穷的奥秘。我们还留意到紧靠他的胳膊肘，桌上立着一幅用照相负片印刷的他自己的肖像，非常漂亮；天花板上还用绳子吊着老大一幅他本人的粉笔画像。我们落了座，掏出笔记本。这当儿，大演员才抬起头来。

"访问？"我们从口气里听出他的厌烦来，不免有些尴尬，"又是访问！"

我们鞠了个躬。

"登报！"他好像不是对我们，而是对他自己咕哝着，"登报！一个人干吗非老得成为报纸采访的对象不可呢？"

我们表示道歉，并且向他解释说，这次访问一个字儿也不会见报，一个字儿也不发表。

"哦，怎么？"大演员嚷起来了，"不见报？不发表？那干吗——"

我们解释说，不得到他的同意，绝不发表。

"啊，先得到我的同意，"他无精打彩地咕哝着，"嗯，这我是义不容辞的。世界这样向我要求，你们随便登什么，发表什么吧。我不希罕恭维，也不在乎名气。后代的人们自然会给我评价的。可是——"他兴致高起来了，"稿子排好以后，赶快把校样拿给我看看，我也许要作一些修改呢。"

我们鞠了一躬，表示一定照办。

"那么，我们可以请教您几个关于您的舞台艺术上的问题吗？首先，您认为您的天才更适合戏剧的哪一方面，是悲剧呢还是喜剧？"

"两方面都适合。"大演员说。

"这么说来，"我们接下去，"您在哪方面也不特别见长？"

"完全不是那样，我两样都见长。"他回答说。

"对不起，"我们说，"我们刚才没把话交代清楚。简单说来，我们的意思就是：您并不认为您在一方面的表演比另一方面更精彩？"

"完全不是那样。"大演员说，他边说边伸了伸他的胳膊，这个优美的姿势我们早已闻名，并且也赞赏多年啦。同时，他又把他那狮子般的脑袋朝后一仰，这样，他那狮毛般的头发就从他那狮子般的额头朝后披散下来。"完全不是那样。我两方面都更好。我的天才同时需要悲剧和喜剧来发挥。"

"啊，"我们似乎恍然若有所悟，"那么，我们可不可以认为，这就是您不久要在莎士比亚戏剧里出现的理由呢？"

大演员皱了皱眉。

"说得更恰当些，"他说，"我想应当是莎士比亚在我的表演艺术里出现。"

"当然，当然。"我们小声说，一面很惭愧自己的无知。

"我要演《哈姆雷特》，"大演员接着讲下去，"可以说，我打算表现一个完全与众不同的新哈姆雷特。"

"一个新哈姆雷特！"我们叫出声来，同时感到莫大兴趣，"一个新的哈姆雷特，这可能吗？"

"完全可能，"大演员说，一面又把他那狮子般的脑袋仰起来，"我花了许多年的心血专门研究这个角色。过去对哈姆雷特这个角色的概念完全不对头。"

我们坐在那里听得发呆了。

"过去一切演员，"大演员接着说，"说得更恰当些，过去一切所谓的演员——也就是说，一切在我以前也想演戏的人——他们的表演完全不对头。那些人扮演哈姆雷特总是穿黑色天鹅绒的服装。"

"是呀，"我们随和着说，"是穿黑色的天鹅绒，一点儿也不错。"

"这简直荒唐到家啦，"大演员接着说，随手又从身边书架子上搬下沉甸甸的两三卷书来，"你们研究过伊丽莎白时代①吗？"

"什么时代？"我们虚心地问。

"伊丽莎白时代。"

我们一声没响。

"你们研究过莎士比亚以前的悲剧吗？"

我们垂下头来。

"你们要是研究过的话，就会知道哈姆雷特穿黑色的天鹅绒完全是瞎胡闹。莎士比亚时代没有黑色的天鹅绒——要是你们有足够的头脑的话，不消一刻我就能证明给你们看，黑天鹅绒这种东西根本不存在。"

"那么您准备怎样演哈姆雷特呢？"我们一面问，一面又感

---

① 伊丽莎白时代指英国女王伊丽莎白一世（1533—1603）在位的时期（1558—1603）。

到困惑迷茫，可是又觉得非常有趣。

"穿**棕色**的天鹅绒。"大演员说。

"好家伙，这可真是个了不起的改革！"我们大声说。

"的确是这样。不过这只是我的学说的一部分。最主要的还是看我怎样表演哈姆雷特的心理。"

"心理！"我们说。

"是呀，"大演员接下去说，"正是心理。为了让观众了解哈姆雷特，我要把他表现成一个被一种精神负担压扁了的人——被一种 Weltschmerz①压倒了，他走到哪里，Zeit-geist②的全部重量就跟到哪里。老实说，他心灵里蕴藏着永恒的否定——"

"您的意思是说，他有点儿吃不消吗？"我们尽量把话说得愉快些。

"他的意志瘫痪了，"大演员完全不理会我们插进的话，接着说下去，"他蛮想朝着一个方向移动，可是命运把他推到另一个方向上去。他一会儿跌进深渊，一会儿又升入云霄。他很想能脚踏实地，可他总是悬在半空——"

"太妙啦，"我们说，"可是要这么表演，您得需要好多机关布景吗？"

"机关布景！"大演员像狮子般朗声笑着说，"我要的是表现思想的机关布景，表现力量、表现吸引力的装置③——"

"啊，用电力操纵。"我们说。

"一点儿用不着电，"大演员说，"你们根本没懂我的意思。完全靠我自己的表演。就拿关于死亡的那段有名的独白来说吧。

----

① 大演员故作高深，这里特别用了个德文字。意思是：悲观厌世的情绪。
② 德文，意思是：时代精神。
③ 原文力量 (power) 与动力同为一字，吸引力 (magnetism) 与磁力又同为一字，因而这位记者马上联想到电力操纵。

你们晓得吧？"

"'生存还是毁灭。'[1]"我们背诵起来。

"别背啦，"大演员说，"你们留意，这是段独白，是不折不扣的独白。这一点是关键。这是哈姆雷特对自己说的话。在我的表演里，实际上**一个字儿也不用说**，完全靠一种绝对的毫不间断的沉默来表演。"

"那您究竟是怎么表演呢？"我们又说了。

"完完全全就凭我的面孔。"

好家伙！这能办得到吗？我们又望了望大演员的面孔，这回看得非常仔细。我们意识到这是可以办得到的，真叫我们又惊又喜。

"我就**这么**走到台口，"他说下去，"然后，这样来独白——诸位，请留意我的面部表情——"

大演员说话的当儿，就双臂交叉抱于胸前，摆出他那独特的姿势。他忽而疑惧重重，忽而充满了希望，忽而又沮丧绝望。总之，可以说各式各样的情绪和表情都神出鬼没地在他那副尊容上出现了。

"太妙啦！"我们喘了口气说。

"莎士比亚的台词是不必要的，"大演员一面说，一面脸上恢复了平素那种宁静的表情，"至少，有了我这样的演技，就不需要啦。他的剧词只不过是一种舞台演出说明。我干脆把它删掉。在全剧里这是常发生的事。就拿大家所熟知的哈姆雷特捧着骷髅说话的那一场来说吧，这里，莎士比亚提示的词是：'啊，可怜的郁利克！我很熟识他——'。[2]"

"对，对！"尽管是在这样一位大演员面前，我们禁不住也

---

① 见《哈姆雷特》第三幕第一场。

②③ 见《哈姆雷特》第五幕第一场。

还是插嘴了，"'他是个顶会开玩笑的家伙——'③"

"你们的腔调真是要命，"大演员说，"不过你们注意听。我表演起来根本用不着什么台词。我只要一声不响地拿着那只骷髅，慢条斯理地从台这头走到台那头。然后，我靠着旁边的一根柱子，把骷髅托在手心里，一声不响，望着它出神。"

"太妙啦！"我们说。

"然后，我大摇大摆地走到台的右首，在一张普通的木凳子上坐一阵子，呆呆望着那个骷髅。"

"真了不起！"

"接着我走到舞台里首，趴下来，肚子贴着地板，仍然把骷髅托在眼前。我保持一阵这个姿势，再轻轻朝前爬几下，用我的腿肚子的动作来形容郁利克一生的悲惨经历。最后，我翻转过来，背向观众，手里仍然拿着骷髅，肩膀一耸一耸地抽搐着，这样来表现哈姆雷特怎样哀悼他的朋友。"

"啊呀，"我们兴奋得失声嚷了起来，"这不仅仅是个革新，简直是个空前绝后的发现。"

"两者都是。"大演员说。

"意思就是说，"我们接着谈下去，"您差不多根本用不着莎士比亚啦。"

"正是这样，用不着啦。没有他我演得反而更精彩些。莎士比亚是我的累赘。我所真正要传达给观众的并不是莎士比亚，而是比他更伟大、更巨大——我怎么说好呢——块头更大……"大演员停了一阵，我们把铅笔举在半空，等待着，然后他抬起头来，放低了声音，欣喜若狂地说，"老实说，我要表达的就是——我。"

这样说完，他就纹丝不动地待在那里。我们把笔记本叼在嘴里，溜到门边，然后爬下了楼。

吃饼冠军乔·布朗

——我们当中的一位伟大人物

吃饼冠军乔·布朗给人的第一个印象是不嚣张，没架子，身材并不怎么出众，举止坦率随便，一点儿也不让人感到拘束。

"请坐吧，"他朝凉台上的摇椅挥挥手，对我们说，（我们是一些从报社来采访的记者。）"快坐吧。天儿挺热的，对不？"

他话说得那么朴实，口气又那么和蔼可亲，我们马上就不再感觉拘束了。实在叫人难以相信：站在我们眼前的竟然就是那位在吃饼——在连续吃饼上，打破了一切活人（直到如今还活着的）纪录的冠军。

"哦，乔，"我们把笔记本和铅笔掏出来，对他说，"谈谈吃饼的事儿吧！"

布朗先生笑了，他笑得愉快而又自在，立刻叫人什么顾虑也没有了。

"我原以为是你们这些小伙子要来谈谈吃饼的事儿呢。"他说。

"乔，全世界都在谈论这件事情呢，"我们说，"你吃饼这件事比谁出的风头都大：有个男人一连打了二十四小时的高尔夫球；印第安纳州一个女人连续剥了三天豌豆；摘浆果的纪录也打破了；

在艾伯塔的梅迪辛哈特①，有个人跷着一只脚足足站了七个钟头；还有依阿华②的胖童冠军，上个星期他已经超过四百磅大关了，可还是你这个吃饼的事最轰动。"

"是呀，"布朗先生不动声色地说，"目前，世界上确实在发生着各种轰轰烈烈的事，我很高兴也能参与上一份儿。可是我并不觉得自己做出了什么了不起的事。"

"噢，乔，别这么客气啦，"我们跟他争辩说，"纽约那边人人都在谈论着，说你吃饼这件事是本月里最惊人的一次持久表演。这把你排在——或者应该排在——当今伟大人物的最前列。"

"其实，"这位冠军虚怀若谷地说，"这也算不了什么。我也只不过尽到了自己的力量而已。我不肯让它难住我，我就把吃奶的劲儿全使上，这一点我倒是办到啦。"

"乔，你最初是怎么想起要吃饼的？"一个小伙子问。

"这就难说啦，"他回答说，"我想我只是不知不觉地吃起来的。甚至在小时候，我还不懂吃饼的意义时，我就喜欢吃饼，而且就喜欢看看自己究竟能吃多少。"

"在比赛的当儿，你吃第一口饼的时候有什么感觉呀？"一个小伙子问。

"别问这个，"另一个插嘴说，"告诉我们你练习的经过吧——你的本事是怎么练出来的？""别问这个，"第三个又插进来，"告诉我们在全部比赛过程当中，哪个阶段是最不好受的？"

这位大人物笑了。"真是的，你们小伙子们一口气问了这么一大堆问题，"他说，"可是基本事实再简单不过，而且，在我看来，并没有什么可以吹牛的。"

---

① 艾伯塔是加拿大草原三省中最西边的省份。梅迪辛哈特是该省东南部城市。

② 依阿华是美国中北部的一个州。

"至于冠军比赛，"他接着说，说的时候，脸色显得平静而认真，"孩子们，我只能说，我很高兴这事儿已经过去了。这种事干起来是吃力的，十分吃力。我永远不会忘记吃完了第二十块又吃到第三十块，然后又吃到第四十块时候的感觉。我对自己说：'总不能老吃下去呀，早晚总有个不得不打住的时候吧。'我不知怎的倒清楚这一点。"

"吃到第二十块，我满心想开快车，每秒钟吃上两口，可是我看出自己很难保持这个速度。于是，我又放慢了些，五秒钟吃四口，并且就那么挺下去，挺到裁判员大嚷了一声，我就知道自己胜啦。那以后，我想我差不多就昏过去了，一点儿气力也没啦。"

"你是半天才缓过气儿来的吗？"有人问。

"不，只有那么两三分钟。然后我回家洗了个澡，把浑身上下搓了搓，吃了点儿东西，就又精神起来啦。"

"乔，听说你要到欧洲去比赛，有这么回事吗？"一个小伙子问。

"这个还不一定。我的经理要我去趟英国，到那边吃饼去。我听说英国那边有几位吃饼的能手，要是能够跟那样头等角色去比赛吃饼，倒是非常荣幸的事。"

"乔，你去不去法国呢？"

"去呀，法国也去。法国那里也有一些能手，一些健将，他们吃饼的技术比咱们的高明。他们的速度更快些，直到现在为止，他们颚部的动作比咱们的先进。要是我跟一位法国吃饼家较量的话，我唯一的长处（如果我有什么长处的话）就是持久。"

"乔，法国吃饼的比赛规则跟咱们这边儿的一样不？"同来的一个小伙子问。

"有些差别，"冠军回答说，"法国在比赛的时候准许喝水，可以喝到六加仑。你们晓得，咱们这儿不许喝水。不过现在有了国际吃饼协会，我估计一定会定出一套大家共同遵守的规则来的。"

"你要是去欧洲的话，先在哪儿练习呢？"

"我很可能就在纽约和几个大城市的饭摊子上，"他说，"不过火车站的餐厅也不坏。我也许到几家大旅馆的冷餐厅去吃它一吃。总之一句话，随便哪里都可以，只要能培养情绪，增加速度。"

"你什么时候动身到欧洲去？"我们问。

"啊，目前我还脱不开身。我先得替电影公司拍完片子。我每天替他们吃上四五个钟头。我们正在试着表演高速度吃法。"

"你不是要举行公开讲演吗？"

"是啊，多半下个月就开始作巡回讲演①啦，一直绕到滨海的城市，题目是《吃与食物的关系》。"

"乔，你打算替学校效点儿劳吗？"

"当然喽。我也许会到许多学校里去讲演。"

"讲什么？"

"讲《食物与吃的关系》。所以你们看，我一时还不能动身到欧洲去。"

我们坐在那里，跟世界上新近出现的、在某种意义上来说也是最有趣的冠军，足足攀谈了半个多钟头。跟他谈话时，想到人类对生活的态度已大大改善，不由得叫人心里万分高兴。对大小战争、对经济和工业的那种兴趣显然已渐渐消失，大家现在感到兴趣的是更富有人性，对国计民生更加重要的吃饼、跷着脚站立和摘浆果的比赛。

---

① 巡回讲演指职业性的讲演，听者须买票。

从这个角度来看乔·布朗先生，我们认为站在我们面前的是一位新时代的典型人物。

　　不过看样子，冠军这时候好像稍稍有些倦容。

　　"孩子们，"他说，"我只好向你们告罪啦。我肚子里开始觉得有点儿饿。我想我得到里边找点儿东西吃去。"

　　"乔，你平常吃些什么？"我们问。

　　"饼。"他回答说。

访问典型的小说家们

——埃德温与埃塞琳达·阿弗特叟特夫妇
可喜的家庭生活之一瞥

我们是在坐落于乌纳干赛特河畔的阿弗特叟特夫妇那漂亮的乡村别墅里,荣幸地访问了他们的。承他们的殷勤邀请,我们是从最近的火车站徒步走去的——相距大约有十四英里。的确,一听说我们要前来访问,他们就邀我们步行。"我们很抱歉,没有能够派汽车来接你们,"这对夫妇在信里写道,"无奈路上尘土实在大,深恐我们的司机会招上一身土。"这种对人的一点点体贴正是他们性格的主要方面。

房子本身是一座很可爱的老式宅第,通向一座大花园,花园尽头是一个宽敞的凉台,下临河流。

名小说家在大门口迎接我们。我们本以为这位《安吉拉·里沃尔斯》和《欲望之园》的作者一定像个面容清癯、神态颓废的唯美派——我们在访问以前心目中所设想的,总是与事实不大对头。当我们发现他原来是位身材魁梧的户外运动家时,我们禁不住大吃一惊——老实说,我们很少这样。据他自己告诉我们,穿上长袜后他的身体净重一百石①——他说的仿佛是石。

_____

① 石是一种重量名称,量体重时,每石折合十四磅。折合率因物而异,自五磅(玻璃)至三十二磅(麻)不等。

他很客气地跟我们握了手。

"来参观参观我的猪吧。"他说。

"我们是想来请问几个关于您的大作的问题。"我们一边沿着甬道走，一边这么开始访问了。

"咱们先来看看猪，"他说，"你们二位对于猪在行吗？"

出去访问的时候，我们讲话总是想尽量随和，但是我们不得不承认，对于猪我们是不大在行的。

"啊，"伟大的小说家又说了，"也许你们对于狗更在行一些吧？"

"对于狗是一窍不通。"我们回答说。

"那么蜜蜂呢？"他问道。

"稍微了解一些。"我们说（我们曾经被一只蜜蜂蜇过）。

"啊，"他说，"那么要不咱们马上弄弄蜂窝去？"

我们告诉他说，我们情愿迟一些再去看蜂窝。

"那么咱们到猪圈去，"伟大的小说家说，随后又补充一句，"也许你们不大搞配种吧。"

我们脸红了，心里想着家里围着桌子的那五张小脸还等着我们写出访问记好有米下锅呢。

"不大搞，"我们说，"我们不大搞配种。"

"好，这儿就是，"走到目的地的时候，伟大的小说家说，"你们喜欢这个猪圈吗？"

"确实很喜欢。"我们说。

"我新近又用瓷砖铺了一道排水沟——这是我自己设计的。这么一来，圈里香喷喷的了，你们理会没有？"这我们倒没有理会。

"猪在里头恐怕都睡着了。"小说家说。

我们恳切地请求他无论如何也不要去惊动它们。他说可以打开旁边那道小门，叫我们爬进去，我们怎么也不肯去打搅它们。

"我们想领教领教的，是您写小说的工作方法。"我们说。这时候我们还抱着一种特殊的信念：除了马上写成这篇访问记，我们自己也一直很想了解一下小说究竟是怎么写成的。要是我们摸到窍门，也许我们自己也能写它一部。

"先来瞧瞧我的公牛，"小说家说，"我这圈里有两头小公牛，你们一定会感兴趣的。"

我们准知道会的。

他把我们领到一道绿色的小篱笆跟前，里头有两个样子凶猛的家伙正吃着谷子。它们一边吃一边朝我们翻眼珠子。

"你们的印象怎么样？"他问。

我们告诉他说，在我们的印象中，它们是天字第一号的公牛。

"想进去到它们跟前走走吗？"小说家说着，打开了小门。

我们缩回脚步。这么去惊动这些公牛，不大应该吧！

伟大的小说家看出我们裹足不前。

"别怕，"他说，"它不会伤害你们的。每天早晨我都把我的雇工派进去，从来也没犹豫过。"

我们用一种钦佩的心情望着这位名小说家。我们晓得他正像今天许多作家、戏剧家，甚至思想家那样，是个不折不扣的户外运动家。

可是我们摇了摇头。

我们向他解释说，关于公牛的研究，我们毫无准备。我们想了解的是他的工作方法。

"我的工作方法？"拐到甬道上以后，他回答说，"老实说，我简直不晓得我有什么工作方法。"

"您在写一部长篇小说的时候，开头是怎样构思、布局的？"我们一边问，一边取出笔记本和铅笔。

"通常我都是到这儿来，"小说家说，"坐在猪圈里，一直坐到我把人物想好了。"

"时候长吗？"我们问。

"不很长。一般说来，在圈里安安静静地跟猪在一起待上半个小时，至少可以把主人公想出来啦。"

"然后做什么？"

"噢，然后我总是点上烟斗，坐在蜂窝中间来寻找情节。"

"能找得到吗？"我们问。

"万无一失。那以后，我记一些笔记，然后带着我的北极狼犬到野外走上十英里。回来刚好可以看看牛棚，跟我的小公牛们耍一阵。"

我们叹了口气——我们没法不叹气——越谈，离小说写作好像越远了。

"府上也有只公羊吗？"我们问。

"当然喽。老家伙好极啦——跟我来，瞧瞧它去。"

我们摇摇头，脸上准是露出失望的表情来。常常是这样。我们认为今天我们那些伟大的小说应该是在公羊、狗、猪和小公牛的协助下创作出来的，这样做是正确的，健康的，然而我们也感到自己并没这个福分。

我们又冒昧地问了一个问题。

"您早晨几点钟起床？"我们说。

"噢，总在四五点之间。"小说家回答说。

"啊，那么您一起来，是不是总洗个冷水澡——甚至在冬天也是这样？"

"对。"

"您一定更喜欢水上厚厚冻着一层冰吧？"说的时候我们没法掩盖自己的沮丧。

"啊，那当然喽。"我们没再说什么了。长久以来我们就晓得我们自己为什么一事无成，可是当我们再一次得到证实以后，那是痛苦极了。四十七年来为了这个冰的问题，一直使我们不得发迹①。

伟大的小说家似乎看出我们的沮丧来了。

"到屋里边坐吧，"他说，"我太太会给你们倒杯茶喝的。"

我们三生有幸，得以见到这位丰姿绰约的女主人。一刹那间，什么烦恼都烟消云散了。

我们坐在紧挨着埃塞琳达·阿弗特叟特的一条矮板凳上。她以她独特的优美方式主持着这个茶会。

"这么说来，你们想了解一下我的工作方法，对吗？"她边说边把热茶倒在我们的腿上。

"是的。"我们回答说，然后掏出小本子来，原有的访问兴致又恢复一些了。只要人们把我们当人看待，热茶倒在腿上我们也不在乎。

"您可以指点我们您写小说的时候怎样开头吗？"我们接着说。

"我总是先做一番研究。"埃塞琳达·阿弗特叟特说。

"研究？"我们追问了一声。

"对，我指的是对具体事实的研究。就拿我那部《蒸汽洗衣厂里一个女工生活中的片断》来说吧——再来点儿茶吗？"

"不，不啦。"我们说。

"好，为了写那部书，我先到洗衣厂去干了两年活儿。"

"两年之久！"我们嚷出来了。

"为什么呀？"

"为了得到气氛。"

"得到蒸汽？"我们问。

"不，不是。"阿弗特叟特太太说，"蒸汽我另外解决。我先

---

① 作者这里侧面讽刺的是资产阶级社会里那些喜欢吹嘘"成功术"的"名流"，把自己的发迹归诸于奇奇怪怪的理由，例如在冰水里洗澡的习惯。

到一家技术学校上了一门关于蒸汽的课。"

"这是可能的吗？"我们说，心里又凉了半截儿，"用得着那么做吗？"

"我看没有旁的办法。你们一定还记得，那部小说是从——要茶吗？——洗衣厂的锅炉间开始的。"

"是的，"我们挪了挪腿，"不要啦，谢谢。"

"你们想，开头唯一可抓的据点①，就只有蒸汽机内部的一段描写。"

我们点了点头。

"确实是大手笔！"我们说。

"我太太工作起来真是了不起。"伟大的小说家插嘴说。他坐在那里，膝头上捧着一只丹麦大猎狗的脑袋，跟那狗分享着一片涂了黄油的烤面包，同时还在整理着一些钓鳟鱼用的苍蝇。

"您一向采用的都是这套方法吗？"我们问。

"一向都是，"她回答说，"为了写《工厂里的弗莱德莉卡》，我在一家针织工厂待了六个月。为了写《泥砌的公寓里的玛格丽特》，我专门研究了好几个月。"

"研究什么？"我们问。

"研究泥。学着做模型。你们知道，为了写这样一个故事，首先就得对泥有最充分的知识——各种各样的泥。"

"您底下打算写什么？"我们向她打听。

"我下一本书是一种研究——要茶吗？"女小说家说，"研究的是泡菜工业。这个题材还是崭新的。"

"一定很有吸引力。"我们小声说。

"而且十分新颖。屠宰场我们有几位作家已经搞过了，关于

---

① 原文为法语。

果酱工业，英国方面已经写了不少啦。然而到现在为止，还没人来搞泡菜，可能的话，我想来搞搞，"埃塞琳达·阿弗特叟特又补上一句，这话是用她那特有的文雅谦逊风度说的，"我要它成为用泡菜作题材的系列小说的第一部，我想表现整个泡菜制造业的地区——你们晓得吧？——也许通过一个四五代都是制造泡菜的工人家庭来表现。"

"四五代！"我们兴奋地说，"索性搞成十代吧。这以外，您还有别的计划吗？"

"噢，当然有啦，"女小说家笑了，"我一向总是预先都计划好。写完了那个，我想去写监牢的内部。"

"内部？"我们打了个冷战说。

"是啊。为了写这部书，自然我得坐上两三年监牢。"

"可是您怎么能进得去呢？"我们问道，深深为眼前这位弱不禁风的女人处之泰然的果断而感到惊奇。

"我要作为一种权利去要求。"她从从容容地回答说，"我要率领一群热心的妇女去见监牢当局，要求他们把我送进去。不管怎样，以我已经做出的贡献，这点点权利至少总得让我享受吧。"

"您一定能享受的。"我们热烈地说。

我们站起身来告辞。

两位小说家都非常客气地跟我们握了手。阿弗特叟特先生还把我们一直送到大门口，指给我们一条近路：走过蜂窝，从公牛吃草的草地上径直穿过去就是大路。

我们在暮色苍茫中悄悄地离去，一边走一边作出结论：写小说这一行不是我们干的，要进监牢我们必须通过另外的途径。

可是我们认为不妨仍然把这访问记写出来，作为其他人的指引。

记一位记者朋友

我的演讲刚完，他就走上台来，手里拿着打开了的笔记本。

"您可不可以把您演讲的要点告诉我一下？"他说，"我没来得及听。"

"讲的时候你不在座？"

"不在。"他说，又停下来削了会儿铅笔，"我在看曲棍球呢。"

"是为了报道吗？"

"不，我不报道那种事，我只搞学术讲演和高级玩意儿。可是刚才这场曲棍球打得可是真精彩。您都讲了些什么？"

"题目叫做《科学的胜利进展》。"

"哦，关于科学呀？"他边说边在本子里飞快地记着。

"是啊，关于科学。"我回答说。

他歇了一阵。

"胜利的'胜'字怎么写，是'月'字旁还是'目'字旁①？"他问。

我告诉了他。

"好，"他接下去，"主要的意思是什么？只告诉我要点就成啦。您难道还不晓得自己讲了些什么吗？"

---

① 原文问的是"胜利"（triumph）的拼法，字尾是ph还是f。

"我讲的是我们对于放射性物质的知识一天比一天丰富了，"我说，"以及这种知识对于原子结构学说的启发。"

"等一等，等我把它记下来，"他说，"是放——射——性吗？……以及这种知识……呃？……好的……我大概把它记下来啦。"

他准备合上他那个小本子。

"您以前到过此地吗？"

"没有。我这是头一趟。"我说。

"您下榻的是新开的那家旅馆吗？"

"是的。"

"您觉得怎么样？"

"很舒服。"我说。

他又打开那个小本子，飞快地涂了几个字。

"您看到正在建造的那所大屠宰场了吗？"

"没有，也没听说过。"我说。

"在费城北边那属第三了。您觉得怎么样？"

"我没看到。"我说。

他记了点什么，然后又歇了口气。　．

"您对市议会的大贪污案有什么感想？"他问。

"我没听说过。"我说。

"您认为那些市参议员一个个都是骗子吗？"

"关于那些市参议员，我什么也不晓得。"我说。

"嗯，也许您不晓得，"他回答说，"可是您是不是认为他们很可能是骗子？"

"市参议员往往是些骗子，"这一点我同意了，"老实说，他们往往是一群无赖。"

"哦，您说什么？一群无赖？好极啦，这真是太好啦，"他浑身都兴奋起来了，"您知道，敝报最爱登的就是这类东西。您瞧，时常去采访一次讲演，听了半天什么内容也没有——没有像您刚才说的那么精彩，您明白吗？怎么写也写不出什么内容来……可是您这段话登在报上一定很生色。'一群无赖'！好极啦。您估计他们从屠宰场的建筑费里贪污了很大一笔款子吗？"

"关于这一点，我恐怕丝毫也不晓得。"我说。

"不过，您认为他们很可能干出那样的事来吧？"他哀求着我来搭腔。

"不晓得，真不晓得，"这话我重复了两遍。"关于这一点，我连点儿影子也不晓得。"

"那么好吧，"他很不甘心地说，"这一点我只好不写进去啦。劳您驾了。希望您以后再来。祝您晚安。"

第二天早晨我坐火车离开那个城市，在报上拜读了那位记者的报道。题目用适当的大字标出，还加了个副标题。全文如下：

名演说家畅论基督教科学①

——认为市参议员乃一群无赖

　　昨日著名人士某来埠，于青年会大礼堂举行讲演，题为基督教科学，内容有趣，座无虚席。据云，吾人今日乃生活于无线电时代，并认为市参议员俱为一群无赖。讲员详谈及解剖学②之构造，认为此种构造乃从无线电里

----

① 基督教科学是美国基督教的一个支派，主张人生病只靠祈祷来治疗，不许就医吃药。记者将"科学"误作为"基督教科学"。

② 记者把"原子的"(atomic) 误作为"解剖学"(anatomy)。

放射①而来。彼对新建屠宰场印象颇深，谓虽赴各地讲演，从未见有如此考究者。至于有关此项建筑之贪污问题，彼不便轻易发表意见。讲演进行时，听众精神贯注，掌声不绝于耳。会后听众咸表示希望讲员前往其他城市继续作此演讲。

瞧吧！记者先生就是这么个搞法。凡是跟他们打过交道的，一定都深深领教过。

难道我生他的气吗？我才不呢。他不是说"座无虚席"吗？其实，只到了六十八个人。他不是还说"听众精神贯注"，"掌声不绝于耳"吗？……这以外，讲演者还能希望什么呢？至于参议员和贪污那段话以及标题，那错在我们，怪不得他。我们打开早晨的报纸，要的正是那一套，所以他也就照我们要的给了我们。

他这样做时，还加上他自己的一份宽宏大量、善良、富于人情味的"满不在乎"，他从来也没成心开罪过谁。

让他握着那个小本子和铅笔，带着任劳任怨的辛勤，也带着我的祝福，深一脚浅一脚地消失到黑夜里去吧。

---

① 记者将"放射"（radiating）与"无线电"（radio）二字混清起来了。

我何以不参加国际冠军赛

世界拳击锦标赛已告结束，世界网球冠军业已决出，世界缝纫冠军赛也已发过奖，如今世界垒球赛又即将来临。此时此刻，理应有人出来唤起大家对这种世界冠军惊人的发展予以注意。

眼下的局势已发展到：除非是具有世界性的，再也没有人对任何成就、竞赛或比试感到满足了。往日，一个人即便在十分有限的范围内，也能博得名声，并引以为莫大光荣。

我认识一个人，只由于他在安大略约克①的棋艺比赛中得了个亚军，生前及死后就都备受尊敬。

我还认识一个人，他在佛蒙特州②的贝洛斯福尔斯③得了个跳远冠军，从而出了名。要是那人读到在君士坦丁举行的那场由各地跳远运动员参加的百万元奖世界跳远赛的消息，又将作何感想？

这种世界冠军赛把人们对规模较小的各种比赛的乐趣一股脑儿剥夺了。这里，我想举一个很简单的个人经历为例。一年以前，我相当发福，胖得很舒坦，并为之自豪。可是一家报纸登载的下列这段话顿使我的欣慰之感荡然无存。

---

① 约克是安大略省的自治区。

② 佛蒙特是美国东北部新英格兰地区的一个州，北与加拿大魁北克省接壤。

③ 贝洛斯福尔斯是美国佛蒙特州东南部罗金厄姆镇所属村庄。福尔斯 (Falls)，意译为瀑布。当地瀑布水力资源丰富，促进了工业发展。

依阿华胖童世界冠军

来自依阿华州锡达福尔斯[①]的胖小子爱德华·阿斯匹列雄·斯密斯获得世界胖小子锦标赛的冠军。爱德[②]在本州出生并长大，年仅十五，体重已达四百五十磅。他在此读了三年中学，每学年增长一百磅，今秋经人敦促，他参加了在依阿华州印第安人峡谷秋季博览会上举行的胖人比赛。全世界人人均可参加。谈到自己取得的成功时，爱德颇为谦虚，说他父母的功劳不亚于他本人。

我读了那段记述之后，认为我的任何努力均属徒然了。这个恶少随时都可以把我击败。我增加一磅体重时，他毫不费力地就能增加十磅。世上既有爱德·斯密斯其人，我甚至无心去在我那条街上当个胖子泰斗了。

如今，我只能满足于从报端读到爱德华·阿斯匹列雄·斯密斯在世界上一次接一次的胜利，读到他在华盛顿哥伦比亚特区[③]举行的泛美胖子比赛中获得奖章，以及总统将对他说："哦，爱德，你可真壮！"然后，他又去伦敦把所有的参加者击败。乔治国王将对他说："哦，爱德，你可真胖！"随后他再去巴黎参加世界胖子比赛。普恩加来[④]先生将对他说："啊，爱德先生，你个儿可真大！"[⑤]

---

① 锡达福尔斯是美国依阿华州中东部城市，濒临锡达河。
② 爱德是爱德华的昵称。
③ 哥伦比亚特区是美国东部联邦特区，范围同华盛顿市。
④ 普恩加来（1860—1934），法国政治家，1913年至1920年任法国总统。
⑤ 原文为法语。

在爱德华·阿斯匹列雄·斯密斯的整个经历中，我能做的只是在他每次比赛时去同人打赌。我们这些无资格参加世界比赛的两亿芸芸众生——体重不足四百二十磅，不能在高空中跳八英尺高，不能唱歌给一万人听，又不能在十二万人面前一拳把谁打成肉泥的我们，也只能如此。我们只能打赌，我们就打赌。我们充其量也只能如此。

例如今天在古巴举行世界跑马赛，我正在下着赌注。现在世界名手正在横渡爱尔兰海峡——不，他淹死了。总之，必然有什么人在横渡什么海峡——世界驰名的海峡。他是为了世界性奖章什么的而泅水，反正我就把赌注押在他身上。我凭什么不呢？至于我自己，我连拉欣运河①也泅不过去。所以我只能打打赌。你也是如此。

聊以自慰的是：这些参加世界性比赛的人，都会自自然然地被淘汰，总有高手胜过他们。我准知道爱德华·阿斯匹列雄·斯密斯早晚会碰上一位比他本人还胖那么一点点的人。在洲际寰球百万元比赛中，他将被来自中国山东的一名既不会读也不会写的小伙子击败——他比爱德的体重多了半磅。那半磅肉足以把爱德重新掷到底层。人们看见他，将嫌他太瘦。他所著的那本《我的发胖术》也将无人问津。这就是世界性比赛的弊病。

看来我们将有一帮高于我们大家的世界级比赛参与者了。我们坐在那里静观着。一天在一家纽约餐馆里，人们指给我看一位世界工资最高的管子工，正同野蛮装卸工世界冠军在共进晚餐。同席的还有获得世界选美冠军的女服装模特儿。我能请她与我共餐吗？不能。我是不入流的。

倘若事态继续这么发展下去，我就建议成立一个世界刺客协

———————————
① 拉欣运河是1825年竣工的，位于加拿大魁北克省。上端有拉欣瀑布以及拉欣市。

94

会，把他们都派出去。如果这样，我就警告查理·卓别林先生、费尔班克斯①先生和滕尼②先生以及获得世界选美冠军的女服装模特儿，要多加小心。但是，唉，那又有什么用！我这个协会成立不到一个月，它就会举行一次比赛。会员中就必有拿到世界刺客冠军奖牌的，我又得到他身上下赌注了。

但是我至少想告诫公众，有些世界冠军的后果将是难以预料的，也是万分严重的。以战争而论——这件事本身对世界来说与拳击、网球或选美竞赛一样不重要，可我们有打输的危险。不久以前，人人都满足于——十分满足于一两个国家之间的小型战争，在不牵涉局外者的情形下尽力而为。

例如，我们中间任何人都会满足于美国与英国之间进行一场精致的小型战争。双方在不受外界干预的情形下决一胜负。我们也许让法国人来观战，甚至让他们也参加一小部分，因为大家总是老朋友。此外，我们就别无指望了。

然而看看眼下的景况！我们在思想上过够了打世界大战的瘾，简直对规模较小的战争不感兴趣了。那天我同一名美国陆军高级将领谈话，他对我畅谈了他那一界人对前景的看法。

"要是我们灰心丧气，"他说，"那也怪不得我们。打一场真正的战争——一场世界大战的希望是微乎其微。自然，最近有几回我们几乎同墨西哥打起来。但是我们那伙人说，绝不去上当，不值得。几年前，对于同日本打一场仗，倒颇有人跃跃欲试。可他们统共只有七千万人，而我们有一亿一千万人。两国加起来才一亿八千万——只相当于一个二流的棒球队！"

"至于世界大战嘛，"他接着说，"你简直没法叫他们参加，

---

① 道格拉斯·费尔班克斯 (1883—1939)，美国电影明星。

② 吉恩·滕尼 (1887—1978)，美国职业拳击运动员，世界最重量级拳击冠军。

或者至少同意什么时候打。有些国家希望在圣诞节前打，有的则愿意等到新年过后——那时公众就没那么忙了。结果必然是：我们首先得知，根本什么仗也打不起来。"

好了，这就是我对现状的认识，以及促使我写此文的严峻状态。写完之后，我唯一要做的就是：把这篇稿子交给一家世界机构，由世界印刷商去排印。

哀后院的消失

——又一种社会革命临头

"我们刚刚找到一所可爱的公寓套房，"我的年轻朋友范莱特太太说，"约翰和我对它完全着了迷。真是太漂亮啦。"

"你们着了迷？是吗？它真那么令人着迷？"我回答说。

"套房里简直应有尽有，"这位年轻太太接着说，"暖气灯光等等自然齐备，而且还有个利用蒸汽什么的开动的制冰设备。这么一来以后就再也用不着去买冰啦。"

"听起来蛮好。"我说。

"可不是嘛！套房里还有一种高级洗碟机，墙上随手可以摘下来的熨板，一个自动焚烧垃圾的地方。真是要什么有什么。"

"你怎样从套房里走到后院去呢？"我问。

"后院？"

"对呀！是怎样通后院的？你们是走下楼梯呢？还是乘电梯？"

"哦，根本没有什么后院。我们要后院干什么用？"

"你们有接雨水的水桶吗？"我还是一个劲儿地问。

"当然没有。"

"可假若你们想接点儿软水用，怎么办？难道你们就没有垃圾堆？你们的衣裳晾在哪儿？垃圾怎么处理法儿？"

"这些事我想就统统包给楼里的听差啦。衣服自然就用新式的喷水办法弄干。"

"孩子们在哪儿玩耍？"

"孩子们，"范莱特太太说，"公寓里自然设有公用游戏室，里边有机器摇木马，铺着人造橡胶草坪。真是好极啦！"

"噢，"我说，"那么你们就不再需要后院了。"

"我们从来也没想到过后院。"

听完这话，我就无限惆怅地向她告别了。因为我领悟到随着我们所生活的这个迅速变化的时代的前进，又一种伟大的社会变革悄悄地产生了——后院的消失。

旁人曾为标志着时代变迁的这个或那个的消失而表示哀伤。有人为马车、帆船、西部以及三楼后面空地的消失而掉泪。

让我来往后院的垃圾上——不，往垃圾里掉一滴泪吧。随着现代化套房、林荫马路和新式卫生设备的兴起，幽静的生活那美好的小天地正在从我们的城市中消失殆尽。

作为一份有价值的历史记录，听我来描述一下以往的后院是个什么样子吧。也许我不如把它写成百年之后准会列入《社会百科全书》的一个词条，就会更中肯一些，请看：

后院（古英语作：Bugge Yearde；法语作 Yarde de Derriere；意大利语作 Yardo di Bacco）系指十九世纪住房后边一块不规则的、成直角的平行四边形空地，周围是供猫坐的木栅栏。

沿着后院的栅栏脚下延伸着一片花坛，里边的花统统凋谢，上面掉满了碎石半砖以及其他无机垃圾。这些物件当中丛生着牛蒡，帮助保持了家庭"花坛"的名分。据说每年春天时常可看到后院的主人使劲地刨着牛蒡根部，想把它恢复成"花坛"。

这种时候人们通常栽上大丽花的根茎、唐菖蒲的球根以及郁金香。五月底，该刨该种的全完了，然而除了牛蒡，什么也没长出来过。

后院往往有一棵树，丫杈大多已干干脆脆地锯掉。据说那是一棵苹果树。这树原是爬着玩、拴晾衣绳或捉猫等用的。每年到树叶长得最茂盛的季节，只要找到一个适当的天文角度，使阳光部分地被遮住，放上一把破椅子，就会明确地获得坐在树荫下面的感觉。

接雨水的桶（罗马人最早引进的）及垃圾桶（查理曼①引进的）是后院常见的特征。

后院主要的居民是儿童们。在十九世纪的大城市里，儿童还很多。说实在的，人们认为公寓时代《反儿童法令》之颁布大大有助于消灭城市中的儿童。

儿童们把后院当做用途很广的体育场：踢足球、打高尔夫球、玩曲棍球或滚木球。根据当时的不成文法，儿童被公认为享有雨水桶、垃圾堆和苹果树的使用权。还有个美妙的习俗：允许孩子们把垃圾堆上的煤灰抹在脸上。他们在后院不论捡到什么，都可以收为私财。孩子们在后院的活动还得到狗（另见"狗"条）的协助，这种动物现已绝种。

据说，后院的消失曾给城市中残余的儿童带来一种奇特的孤独感。甚至还有一种传闻：往昔曾经在现已消失的后院玩耍过的幼童，他们的灵魂还萦绕着代替了他们当年的游戏场的摩天楼的房间不散。不过，这多半不准确。他们的灵魂现时更接近天空一些。

---

① 查理曼（742—814），由教皇加冕的法兰克国王。

我的幽默观

倘若两个星期以前我提笔写写幽默观，我还会像个公认的行家那样充满自信。

可如今不同了。我已经丧失了这种威信。老实说，我的假面具已被扯下来了。一位英国评论家在某文学杂志（只要一说出它的名字，就没人敢出来反驳）上曾这样评论过我的写作："里柯克教授所写的幽默，充其量也不过是夸张术和缩小术的结合而已。"

这位仁兄说对了。他究竟是怎么摸索到这行当的秘密的，我不得而知。但是秘诀既然被人戳穿，我就甘愿承认我长期的做法是：每逢写一篇幽默文章，我就走到地窖子里，在半加仑①的缩小剂中兑上一品脱②的夸张剂。倘若想叫文章带上显著的文学味道，我发现最好再加上约莫半品脱的局部麻醉剂。整个生产过程简便得惊人。

我一开头先交代这一点，是为了避免有人只当我狂妄到想作为行家权威来谈论幽默，就像埃拉·惠勒·威尔科克斯③阐述恋爱，或者伊瓦·坦圭④谈论舞蹈那样。

---

① 加仑是液量名，按美制，一加仑相当于3.7853升。

② 品脱是液量名，按美制，一品脱相当于0.47升多。

③ 埃拉·惠勒·威尔科克斯（1850—1919），美国新闻记者及诗人，以《热情之歌》（1883）诗集闻名于世。

④ 伊瓦·坦圭（1878—1947），加拿大出生的喜剧歌舞演员。早年随父母赴美国，八岁首次登台。

我唯一敢说的是，我具有与世上任何人一样的幽默感。奇怪的是，我留意到人人都这么声称。必要的时候任何人都肯承认目力差，或者不会游泳，或枪法不准。可是一提到他缺乏幽默感，他就会愤愤不平。

我的一位朋友那天说："不，我向来不去大歌剧院，"并且带着自豪的神情加上一句，"你要知道，我完全没有欣赏音乐的能力。"

"不会这样吧！"我嚷道。

"真的！"他继续说下去，"我分辨不出曲调来。闹不清哪是《可爱的家》①，哪是《上帝保佑国王》②，我也说不出演奏者是在拉提琴还是弹奏鸣曲。"

谈起自己的每一项无能，他好像越来越感到自豪。最后，他说起家里有一条狗，它对音乐的听觉也比他强得多，他太太或者来客一弹钢琴，狗就必然叫起来——叫得那么惨，他说——好像什么东西伤害了它。他本人可从没这样过。

等他说完，我表示了一下自以为是无伤大雅的看法。

我说："想来你一定发现自己对幽默感也同样缺乏吧——这两样通常是老搭档。"

我这位朋友立即气得脸色发青。

"幽默感！"他说，"我缺乏幽默感！哼，在这城里，我的幽默感比任何人都强——或者比任何两个人加在一起还强！"

接着他就狠狠地对我进行人身攻击，他说看来我的幽默感已经整个枯竭了。

他离开我时还在气得发抖。

就我个人而言，不管多么有损名声，我倒不在乎承认自己不

---

① 《可爱的家》是家喻户晓的美国民歌。
② 《上帝保佑国王》是英国国歌。

会欣赏某些形式的所谓幽默，或者至少是玩笑。

"你一直不认得麦克甘吗？"前几天我的一位朋友问我。

当我告诉他我从未跟麦克甘结识时，他就摇头叹气地说：

"啊，你应该认识这位麦克甘先生，他是我所认识的人当中最富于幽默感的了——他总变着法儿逗人乐。我记得一个晚上，他在我们所住的公寓走廊里拦起一根绳子，然后摇了开饭铃。结果，一个房客被绊得摔断了一条腿。真把我们笑死了。"

"哎呀！"我说，"好个幽默家！他时常这么干吗？"

"是呀，他经常来这一手。他曾经往西红柿汤里放过沥青，在椅子上涂过黄蜡或放过铁图钉。他真是诡计多端，似乎不费吹灰之力就能想出新花样。"

据我了解，麦克甘已经不在人间了。我并不感到难过。说实在的，我想，就大多数人而言，往椅子上放图钉，被子里放蒺藜，或者往人家长靴子里放活蛇那种恶作剧早已过时了。

我一向认为好的幽默的本质就在于它必须不加害于人，不怀歹意。我承认我们当中每个人对别人的不幸都多少抱有原始人那种幸灾乐祸的恶魔性幽默感或快意，那就像原罪一样巴在我们身上。看到一个人——尤其是一个肥胖而大摇大摆的人，忽然踩上一只香蕉皮跌了一跤，这不应是桩可笑的事，可它确实可笑。当一个滑冰人在结了冰的池面上优美地兜着圈子，在众人面前炫耀技巧时，跌进冰窟窿，竟成了落汤鸡，观众就一齐欢叫起来。对原始的野人来说，倘若跌跤者的脖颈断了，或者落水者再也没上来，就能找到笑话的真髓。我可以想象一帮"史前人"站在那人跌进的冰窟窿周围，笑得前仰后合。倘若有这么一份《史前报》的话，此消息必冠以这样的大标题：

趣闻：某先生跌入水中淹死

可是随着文明开化，我们这种幽默感衰退了。对这类事我们已不大感到可笑。

不过孩子们仍旧大量保留着这类原始的快感。

我记得一回看见两个小孩在街旁攥雪球。他们准备了一堆雪球。正当他们攥着的时候，一位戴绸帽的老人走来，看样子是属于"快乐的老先生"那类人物。一看到孩子们，他就从金丝眼镜里闪出慈祥的欣悦。他朝孩子们扬起臂来，大声喊着："喏，孩子们，来吧，随便朝我扔！随便扔。"他只顾高兴了，一下子跨过人行道边，冲上街心，刚好被一辆轻便运货车撞倒，在雪堆上跌了个仰面朝天。他气喘吁吁地躺在那里，试图把脸上和眼镜上的雪掸掉。孩子们却把雪球拢在一起，朝他奔去。他们大声嚷着："随便扔！埋上他！埋上他！"

我重复一遍，不仅对我来说，我想对大多数人而言，幽默的首要条件是不伤害，不存歹意，同时也不应带来任何悲哀、痛苦或死亡的真实图景。我承认总的来说，苏格兰的幽默是好的，但以我这个非苏格兰人看来，不少苏格兰幽默有这方面的缺陷。举个大家熟悉的例子来说吧（我是假定大家已经知道它，却不是为讲而讲）：

一个苏格兰人有个小姨子——他太太的妹妹。他们两人一见面就抬杠，他一向不喜欢同她一道到任何地方去。尽管他太太一再央求，他总是不肯。后来他太太病危，弥留之际她躺在床上小声对他说："约翰，送葬那天，你让珍妮特搭一次车吧，可以吗？"那个苏格兰人经过一番内心斗争，回答说："玛格丽特，看在你的面子上我只好答应，但是那么一来我这一天的情绪可就全破坏了。"

想到那实际而生动的情景——快要咽气的妻子、昏暗的房间以及最后吐露的要求——不管那故事有多么幽默，我也笑不起来。

苏格兰人肯定看法不同。依我看来，那个了不起的民族（我个人并不怎么敬慕他们）对逆境的兴味好像向来大于吉祥。他们对众人遭劫难表示欢迎。他们宁愿在死亡的阴影下坚强而快乐地生活。在许多民族里，只有苏格兰人把魔鬼（还给它起了"老犄角"等名字）变成了故交，并且赋予它不无某种冷酷的妩媚。难怪他们的幽默里也掺进了对事物的一些原始野蛮的态度。因为在经常直接接触到死亡的原始人看来，来世竟真切得可以**感觉到**，正如午夜在森林中听得到风暴的咆哮。于是，为了绕过恐怖的一面，自然而然地就强制自己快活而开心地与冥界交往。守灵以及围着尸体狂欢的做法都使我们回到宇宙开化之初。可怜的野蛮人在惊惧哀伤中，假装死者依然在世。我们在葬礼中使用黑色装饰品并举行隆重的仪式，是与古时的狂欢一脉相承的。我们的殡仪馆人是由亲切和蔼的司仪（其职责是让死亡舞蹈保持欢快活跃的气氛）演变而来的。葬礼的仪式以及黑色装饰品随着岁月起着变化，最后，装出来的快活消失了。如今用黑色灵车和肃穆沉默来表达我们的绝望是多么冷峻端庄。

对不起，我怕文章越写越一本正经了。

当我离开正题时，我原想说，另外还有一种我完全无法欣赏的幽默。这是一种特殊形式的故事，比方说①，可称之为英国掌故，说的总是名门贵胄。据我所知，除了谈到的人物是尊贵的以外，内容彻头彻尾是空洞的。

下面便是一例。

第四代马尔巴勒公爵大人祖居布兰希姆府邸②向以慷

---

① 原文为法语。
② 布兰希姆府邸位于英国牛津郡伍德斯托克附近。1705年建成，由英国议会赠给第一代马尔巴勒公爵约翰·丘吉尔以表彰其功绩。

慨好客闻名于世。一天，他走进餐厅用膳，发现有三十位客人在场，而餐桌只能容二十一人。但公爵丝毫未为之发窘，他说："喏，好办。咱们当中的一些人只好站着吃罢了。"众人哄堂大笑。

我唯一惊奇的是，他们竟没笑死过去。听了这么一句俏皮话，仅仅哄堂大笑，好像有失公允。

以威灵顿公爵①为中心而大量编造出来的这类打趣的故事，足足传了三代人。老实说，最典型的威灵顿公爵的故事变得越来越单薄，只剩下一副骨架了，内容如下：

"一次，一名年轻副官遇上威灵顿公爵从威斯敏斯特教堂走出来。他说：'大人，您早安。今天早晨挺阴湿的。'公爵非常僵硬地还了个礼说：'是的，先生，可是滑铁卢那个早晨，天要比这阴湿多了。'年轻副官遭到正当的谴责，把头耷拉下去了。"

滥用掌故的，并不单是英国人。

其实，我们可以大胆地主张一切用以使旁人开心的故事，都应严格定出范围。很少人体会到为了真正逗趣而讲个故事——或者用演员的说法，"取得效果"——是多么不容易。光把故事的"情节"摆出，难得使人觉得可笑。必须使用妥帖的字眼，每个字都得放在恰当的位置上。有时——也许一百回有那么一回，会碰到个不需怎么编排就令人发笑的故事。结尾处②忽然一转，或者是那么出人意表，故意的幽默发挥得淋漓尽致。不论讲述者多少拙劣，也不会全然失败。

比如这个尽人皆知的例子——在这种或那种形式下，人人都

———————————

① 威灵顿公爵 (1769—1852)，英国著名军人和政治家，1815年率领联盟军打败了拿破仑军，从而成为欧洲首屈一指的英雄。

② 原文为法语。

听过的故事。

"有一回，著名喜剧演员乔治·格罗史密斯①身体颇为不适，去看大夫。恰好那位大夫像一般人那样，经常在舞台上见到格罗史密斯，只是从未见过卸了妆的他，所以没认出他来。大夫检查了患者，看了看舌头，号了号脉，敲了敲肺部。然后摇头说：'先生，你没什么病，你只是由于过累和过虑才垮了的。你需要休息和娱乐，找个晚上到萨沃伊剧院去看看乔治·格罗史密斯。'患者说：'多谢，我就是格罗史密斯。'"

读者请留意，我故意把这故事讲得完全不对头，要多不对头有多不对头，可是依然有几分可笑。请读者回到故事的开头，并且想想该怎么讲它，以及我的讲法有什么明显的错误。如果他有一点点艺术家气质，就会马上知道故事本该这么开始：

"一天，一个面容憔悴、显得神经过敏的病人来到一位红极一时的医生家里云云。"

换句话说，这个笑话的关键就在于把这个关子留到最后再卖——即病人说'多谢，我就是乔治·格罗史密斯'的时候。然而这故事太精彩了，即便讲得蹩脚，也不至于整个砸锅。这一特定的逸事在不同的场合曾安在乔治·格罗史密斯，科克兰②、乔·杰斐逊③、约翰·黑尔④、西里尔·莫德⑤以及其他六十来个人身上。我还留意到有一种人听到关于格罗史密斯这个故事之后，马上又

---

① 乔治·格罗史密斯（1847—1912），英国喜剧演员、歌唱家。

② 贝诺瓦康斯坦特·科克兰（1841—1909），法国演员，1900年到美国巡回演出。

③ 乔·杰斐逊（1820—1905），美国演员，因扮演瑞普（根据欧文的短篇小说《瑞普·凡·温克尔》改编的舞台剧中的主角）出名。乔是约瑟夫的昵称。

④ 约翰·黑尔（1844—1912），英国演员和经理，被认为是当时最优秀的性格演员，1895年至1901年访问美国。

⑤ 西里尔·莫德（1862—1951），英国演员。

去传舌，把故事安在旁人身上，并且照样引起哄堂大笑，仿佛换了个人名，故事就又新鲜起来。

但是我再说一遍：很少人了解根据故事本身的精神来取得幽默或喜剧效果是多么不易。

那天，我同在证券交易所工作的朋友格里格斯在城里一道散步的时候，他对我说："昨天晚上我见到了哈里·劳德①，他穿着苏格兰短裙上台啦（这时，格里格斯咯咯笑起来了）。他肋下夹了块石板（这时，格里格斯开怀大笑），并且说：'我总喜欢带一块石板'——自然他是用苏格兰话讲的，可他那苏格兰腔我学不来——'万一碰上什么数字，我好记下来'（这时，格里格斯已经笑得差不多喘不过气来了）他从口袋里掏出个粉笔头，并且说……（格里格斯这会子笑得简直失去了控制）'我喜欢带上小小一节粉笔，因为我发现没有粉笔石板就……（格里格斯这会子笑得快晕过去了）没有粉笔石板……石板就……没多大用处了。'"

格里格斯只好停下来，手捧着肚子，倚着路灯柱子，重复说："当然，哈里·劳德那苏格兰腔我学不来。"说的一点不差。苏格兰腔他是学不来的，也学不来劳德先生那圆润柔和的嗓音，他那容光焕发、神情快活的面庞，他那副闪烁着喜悦的眼镜，更学不来那块石板和那"小小一节粉笔"——说实在的，他什么都学不来。他只应说声"哈里·劳德"，然后就倚着路灯柱子笑个够算啦。

然而尽管大煞风景，人们却硬要讲个什么故事，把谈话的兴致破坏掉。我看最可怕莫过于一个不会讲故事的人在宴席上偏要去讲——倘若席间有两个这样的人，就更要命了。约莫讲了三个故事之后，席间就会笼罩着不愉快的沉默，在座的每一位都晓得其他所有的人统统在徒然地搜索枯肠，以便另讲个故事。乃至一

---

① 哈里·劳德（1870—1950），苏格兰杂耍喜剧演员。自1900年起，通常穿苏格兰短裙上台表演。他曾带自己创作的大量节目到美国公演。

位思想坚定而稳重的人对邻座的人说了声："不管咱们喜欢不喜欢，反正肯定要实行禁酒啦。"席间才恢复了平静。于是，大家都心里念叨："谢天谢地！"一桌人这才感到高兴而满意，直到好讲故事的人们之一"另想起一个"，并滔滔不绝地讲了。

最糟糕莫如一个腼腆人讲故事了。他总害怕席间有人曾听过这个故事，他一再对你这么试探：

"那天我在去百慕大的轮船上听到个有趣的故事……"然后他顿了顿，脸上露出点疑虑之色，"也许你已经听说过了。"

"没有，没有。我从没去过百慕大，讲下去吧。"

"喏，故事说的是一个冬天有个男子到百慕大去治风湿症——不过，你大概听说过了吧？"

"没有，没有。"

"他的风湿症闹得很厉害，所以他才到百慕大去治。他走进旅馆就对账房先生说……可是，你也许知道这个。"

"不，不知道。说下去吧。"

"他对账房先生说：'我要一个朝海的房间。'不过，你也许……"

明智的办法是就此把讲故事的人煞住，安详而坚定地对他说："对了，我听说过这个故事。自从这个故事登在一八七八年的《闲言杂语》上之后，我一直喜欢它。我一见到这故事，就又读上它一遍。你给我把这故事讲下去吧。我闭上眼，靠后坐着，欣赏它。"

毫无疑问，讲故事的习惯多半是由于一般人不知不觉地把幽默估计得很低才养成的——我的意思是说，他们低估了"幽默"的难度。他们绝不会认为幽默是难以做到、很有价值而又极为庄严的。正因为幽默造成的气氛是欢快轻松的，人们认为它创作的过程必然也轻而易举。很少人会意识到欧文·席曼①在《笨拙》②

———————————————

① 欧文·席曼（1861—1936），英国幽默家。
② 《笨拙》是英国幽默杂志。

上发表的一首"滑稽"诗，要比坎特伯雷大主教^①的一篇说教文难写多了。马克·吐温的《哈克贝利·费恩历险记》是一部比康德的《纯粹理性批判》更伟大的书。在人类情操的提高上，查尔斯·狄更斯所创作的匹克威克先生要比（我这是极其认真地说的）纽曼主教^②的《光啊，仁慈地引导我，冲破周围的黑暗》贡献更大。纽曼仅仅在悲惨世界的黑暗中嚷着要光明，而狄更斯却给予了光明。

然而我们所谓的幽默后面及其更远的背景，只有极少数人出于本能或经过努力，对之进行过思索并得到启示。就其最好及最伟大的意义来说，幽默也许是我们人类文明最崇高的产物。这里我们想到的不是喜剧演员那单纯逗人阵阵狂笑的效果，或杂耍表演中把脸涂黑的行家，而是一代人当中至多产生一两个的、真正伟大的幽默，它们照亮了并且提高了我们的文学。这种幽默不再依赖文字游戏或耍嘴皮子，或者利用事物莫名其妙而毫无意义的不协调，使我们感到"可笑"。它植根于生活本身所提供的更为深刻的对照：我们的希望与实际成就之间奇特的不相称；从今天的急切而坐立不安的焦灼淡化到明天的一场空；凄厉的痛苦和酸楚的悲哀被柔和的时光所削弱。事过境迁，当我们回顾自己走过的历程时，便能看到生活的全景，就像人到老年悲喜交集地追忆孩提时代那怒气冲冲的争吵似的。这里，在更大的意义上幽默是夹杂着悲天悯人之感的，直到二者浑然融为一体。历代的幽默都表现出泪水与笑声相汇合的传统，而这正是我们人类的命运。

---

① 坎特伯雷大主教是英国圣公会体制中全英格兰的首位主席和坎特伯雷区大主教。

② 约翰·亨利·纽曼主教（1801—1890），英国基督教圣公会内部牛津运动领袖。他在《光啊……》这首颂诗中描述了自己改奉天主教之前思想斗争的过程。1879年，教皇利奥十三世任命他为韦拉布罗的圣乔治教堂枢机助祭。

巴黎的朴素生活

　　巴黎——至少那奢侈、时髦的巴黎——是一座没有儿童的大都会。街上人群成天络绎不绝，然而其中却根本没有孩子。你站在林荫道上，得数上一千个路过的成人，才能遇见一个娃娃。

　　当然，在城市较僻静的地区，情形并不至于极端到这样的地步。在香榭丽舍大道上，我有时也看见过两三个孩子在一道。在杜伊勒里花园里，有一次我瞧见六个孩子相聚，好像在玩耍。一个过路人把他们拍摄下来而居然并没赶走他们。在较贫穷的地带，孩子就多得相当可观了，足够贩卖的。然而在巴黎阔人住的地区，孩子却是罕见的。外国旅客出门不带孩子来，地道的巴黎夫人们也早已不再侍弄囡囡了。

　　偶尔，你还可以看到装束入时的巴黎孩子跟母亲一道坐在双马四轮敞篷大马车里，或是在保姆照看下，在和平大街上散步，打扮得像个玩偶，过的再也不是往昔那种童年了。这就是巴黎的时髦囡囡。至于性别，通常是女孩儿——这是一眼就能断定的。她总是穿款式最新颖的衣裳，一顶庞大的阔边帽从她头上朝四面八方扩展开来。长长的手套将她的小胳膊裹住，唯恐她会自由舒展。一层高雅的香粉将她的脸庞固定住，免得一笑就走了样。她那件价值一百块钱的小小外衣，下摆形成质朴可爱的轮廓。她还系了根带子，绕过大腿，然后匀称地分开。下面光着粉红色小腿，蹬着一双每英寸价值一块钱的丝质小短袜和用一颗质朴的绿宝石饰纽扣住的纤小软鞋。这样，小孩儿当然就只好听任时兴的潮流摆布了。最新一期的《巴黎时装》告诉我，不尚修饰乃是巴黎服装的主调：质朴，简洁，毫不卖弄。观看歌剧的时候，一位法国太太头发上仅仅佩戴一副简单的冕状头饰，那是用一排朴素的独粒钻石编成的，轮廓优雅淳朴到你甚至看得见突现出的每颗钻石，估量得出每颗的价值。巴黎绅士只在上衣纽扣眼里插一朵兰花——而不是半打；领带上仅仅别上一枚质朴普通的红玉，周围用蓝宝石镶成极为朴素的光芒。毫无疑问，这种巴黎的质朴是无与伦比的。当我读《巴黎时装》时，这种质朴使我开了窍，给予我一种灵感。我把自己这顶加拿大克里斯蒂帽子上那条精心打成个臃笨结子的古板黑帽带摘了下来，绕上一根黑驼鸟毛，并且用最朴素的银色鹭鸶毛帽饰将它系紧。我戴上这顶帽子，又用一枚别针在上衣下摆缀起一截旧花边。然后，我就时刻不忘要避免过分花哨，安详庄重地走在街上。

然而这只是几句闲话。我刚才谈到的孩子，身上穿着价值两百来块钱的衣服，而且我相信，倘若你攥住她那双值十块钱的软鞋，将她整个儿倒提起来，你就会发现还要多值五十块。法国儿童已被改造成一具穿戴考究的玩偶了。她完全是为炫耀给人看的，成了她那位装束入时的妈妈的附属品，母女俩的衣服和阳伞都是相配的。她不再是个孩子，而是个活玩具或玩物。

就连在这些方面，孩子也并没取得成功。有个劲敌，正在使她一败涂地，那就是巴黎的狗。不论是作为追求时髦的工具还是妇女的陪衬物，以及作为狂吻与热烈搂抱的对象，巴黎狗即便在百分中让给孩子四十分，它也还要占上风。它可以穿得更讲究，显得更聪明，吠得更动听——事实上，孩子简直算不上数。

正因为如此，我想在巴黎的繁华世界中，狗已经把孩子一股脑儿挤了出去。我已经说过，在林荫大道和马路上，你看不到孩子，然而却有成百条的狗。每一辆穿过香榭丽舍大道的小轿车或双马四轮敞篷大马车上，无不坐着一只小巧玲珑、系着缎带的狗，夹在乘客们那小白云彩般毛茸茸的阳伞和游园软帽丛中。在每条马路和每个散步场所，你都能瞥见成百条浑身绒毛修剪成球饰状的长卷毛狗以及供玩赏的哈巴狗。在时下每座教堂里，你都可以看到狗儿们在低头祈祷。

这是一场公平的竞争。孩子原本也有机会的，然而却被击败了。孩子不会穿戴，狗会；孩子不会或不肯祷告，狗会，或者至少学会了怎样祷告。无疑地，起初也很不自在，然而它定下心来，以至今天一条法国狗可以跟它的女主人同样虔诚地走进一座大教堂，并且能够以不逊于女主人的谦恭，在条凳一角祈祷。你一旦跟这些巴黎狗混熟了，就能够轻而易举地将罗马天主教徒与英国圣公会低教派教会信徒区分开来。我晓得一条原先属于长老会的狗改了宗（大家都说是出于政治动机）。但是且慢，议论这件事是不公平的。如今，那条狗已去世了，不论它的信仰谬误到什么程度，也不该横加指责。

不管怎样，不去提它了。我刚才正说的是，在孩子和狗之间，本来是机会均等的，蛮可以公开较量的，怎奈孩子却一败涂地。

连从外面也未曾一睹巴黎社交界现状的人们，简直无法想象它已被对狗的狂热侵袭到何等程度。狗儿们坐在小轿车或敞篷马车里兜风。它们身上的绒毛，有专门的"梳头匠"来精心修剪，并擦满香粉，颈间还系上了缎带。它们身穿带扣子的小外衣，披着毛毯。坐小轿车时，它们还戴上遮风镜（对这一点我不完全有把握）。在巴黎，至少开着三四家（据我所知，兴许还不止）专门供应宠犬用品的时兴店铺。紧挨着歌剧院大街的小田园路上就有一家，任何好奇的旅客都能轻而易举地找到。另外，在去王宫的木廊商场中途还有一家。在这些店铺里，首先映入眼帘的是链子、项圈和鞭子，标志着狗儿们依然生活在奴隶状态下。不过，附带说一下，有些狗已经在开展声势浩大的犬类参政运动了。你还能看到花样新颖、美妙无比的狗大氅。式样非常、非常简单，前面只用一个银质钩子(仅仅一个)扣住。王宫商店里有这样的广告："承做一九一三年度最新款式犬类时装。"另有柳条编制的摇篮式狗床，上罩绸面鸭绒被。

　　不久前，纽约各报大登特登一位时髦透顶的美国太太在范德比尔特饭店为狗举行午餐会的消息。据报道，东道主是纽约 H 太太的北京长毛垂耳狗维辛，它宴请的都是些价值万把块钱的"时髦"狗儿们。我不晓得是否确有其事，我只不过是在巴黎的报纸上读到的，然而这一事件肯定并不能轰动巴黎。狗在饭馆里就餐，乃是最司空见惯的景象了。仅仅在几天以前，我就曾和一条狗共进午餐。那是一条非常温和懂事的比利时长卷毛狗，它的穿着极其简单：朴素的深蓝色晨肚兜，镶着皮革。我简直对它着了迷。我说和它共进午餐，其实，应该解释一下，它是由一位太太（它的女主人）陪伴着的——在巴黎，这也是习以为常的事。然而我和这位女主人素昧平生，而她又坐在它的另一边，所以我仅仅向那条狗致以一般性的餐桌上的礼节。为了节省，我只叫了一客普普通通的煎蛋饼，而这位狗吃的却是一小盘由首席厨师所烹调的羔羊排配龙须菜①。当那位太太同侍役交谈时，我乘机尝了一口，味道确实很不一般。信不信由你，然而一只狗走进一家法国餐馆，坐下来，有人替它订饭叫菜，这丝毫也不足奇。倘若把一个小孩带进一家真正的好餐馆，倒会被人们看做是颇严重的事。

　　狗不仅生前是宝贝，死后，它也不会被遗忘的。巴黎有一座

---

　　① 原文为法语。

专门埋葬狗的公墓，它坐落在塞纳河一个小岛（叫做利塞特岛）上那低垂的树丛间，搭乘开往阿斯耐尔郊区的电车，就能找到。那里有小小的坟石、墓碑以及花团锦簇的小径。一个如丧考妣的教师在一座狗坟上镌刻着："我越观察人类，就越爱我的狗。"[①]

公墓里最引人注目的是巴利（一条圣贝尔纳犬）的墓碣，上面记述着它曾在阿尔卑斯山间救过十条人命。

然而对养狗的狂热毕竟还只是时下流行的豪华奢侈的标志与范例，说明它兴旺发展到怎样程度。我想，这方面世界上再也没有比巴黎——这座尘世享乐的名利场——更触目惊心的了。宴会、舞会和游园会的女主人，竞相标新立异，追求骄奢豪华的效果。这里有个前些日子撷自现实生活报道的上好范例，是关于在巴黎某私邸举行一席"东方式盛宴"的描述。

报道是这么写的：

> 当艾纳德·德查布利昂伯爵夫人在她那坐落于克里斯托弗·哥伦布大街的华丽巴黎私邸举行波斯式宴会以款待众多友人时，那里真正幻演出一幕《天方夜谭》式的场景。
>
> 院子里搭起了庞大的帐篷，上悬绚丽的波斯罩毯和壁毡。巴黎的社会名流身着豪华的东方服装，在此聚集一堂。
>
> 主持宴会的伯爵夫人本人身着缀满绿色及金色饰物的华贵波斯服装，发间插着巨大的白色枝状头簪。

请注意，是何等简朴！衣裳上只有绿与金，没有银，没有锡，

---

① 原文为法语。

114

也没有马口铁，只有黄金，普普通通的黄金，而且只插了一根"巨大的白色枝状头簪"。这是何等雍容大雅！

文章接下去说：

> 每一位令人瞩目的贵客驾临，都由具有巴黎风度的司仪安德烈·德福吉耶尔先生通报。
>
> 当晚最壮观的场面莫过于达伦伯格公主的大驾光临，她骑着一头用富丽堂皇的印度装饰点缀起来的巨象，随后是坐在金笼子里的克勒蒙·托内尔公爵夫人和斯坦尼斯拉夫·德卡斯特朗伯爵夫人。接着就是德布朗特侯爵夫人，她坐的是铺满鲜花的埃及轿子，由法老及其奴隶们相陪。
>
> 在众多宾客面前，德卢伯尔撒克伯爵夫人体态优雅地跳了东方舞。西班牙的路易·费尔南多亲王穿着轻飘飘的衣服，脸蛋儿涂成绿糊糊的颜色，表演了印度舞。

你赛得过吗？他把脸蛋儿涂成绿糊糊的颜色！瞧吧，他蛮可以抹一些现成的高级香粉，或透明的铅白——他花得起。其实，对他来说，不显眼的单一的颜色就足够了。

我禁不住要根据同一消息来源，把那晚的贵宾一一开列出来。倘若有人希望拿到一份足以巡回演出三百次晚场滑稽戏的角色名单，都可以免费提供，且不追究侵犯版权问题。

> 巴黎社交界几乎所有的显赫人物都在场，包括格布尔特拉的女大君普列姆·考尔和大君阿加·可汗①，奥地

---

① 格布尔特拉是印度旁遮普邦格布尔特拉县县城。女大君是印度女土邦主（译音作马哈拉尼），大君是印度土邦主（译音作马哈拉贾）。

利大使和塞克桑伯爵夫人；波斯及比利时的两位大臣；斯坦奇奥弗夫人；德诺艾斯公爵与公爵夫人；亚·波托卡伯爵夫人；德曼侯爵与侯爵夫人；杜布尔·德勃扎斯伯爵夫人；穆尔太太；吉·德瑟恭泽克伯爵夫人以及德克洛伊亲王与王妃。

深感遗憾的是"穆尔太太"居然也在场。她想必是趁人没注意溜进来的。

一般人所不知晓的是，当时我本人也在场。为了跟路易·费尔南多亲王一比高低，我特意装扮成一只孟买苏打水瓶子，服装四周发射出一束束透明的乳光条纹，用一根钢丝绑在一起。

宠犬威吉——一首夏日牧歌

我们正坐在索普利家度夏茅舍的阳台上。

"这里多么可爱啊,"我对东道主夫妇说,"而且多么安静。"

就在这当儿,宠犬威吉朝我那条网球长裤的裤腿上狠狠地咬了一口。

"威吉!"女主人用很重的语气嚷道,"**坏**狗!你怎么竟敢这样,宝贝儿!**坏**狗!"

"但愿它没伤着您。"我的东道主说。

"哦,没什么,"我快快活活地说,"它几乎连我的一层皮也没抓破。"

"您知道吗,我不认为它有什么恶意。"索普利太太说。

"我确实相信它不会有。"我回答。

我正说着的时候,威吉又朝我身边凑过来了。

"**威吉**!"我的女主人嚷道,"你这淘气的狗,坏!"

"这条狗可怪啦,"索普利说,"它很了解人。这是凭着一种本能吧,它一眼就看出您是个陌生人。喏,昨天肉铺老板来的时候——货车上新换了个车把式,威吉立刻就觉察了。它马上叼住那个人的小腿,怎样也不撒口。我大声对那个人说,不碍事的,不然的话,他兴许会伤害威吉哩。"

这时,威吉又咬住了我另一条裤腿。短暂的咯吱声,接着是一阵骚乱。

"威吉！威吉！"索普利太太嚷道，"你怎么竟**敢**这样，宝贝儿！简直是一条**坏狗**！宝贝儿。我很抱歉。我想，您知道，它咬的是您那条白裤子。不知怎的，威吉非常**讨厌**白裤子。但愿他没把您的裤子扯破。"

"啊，没有，"我说，"没什么——只扯破了一点点。"

"喂，威吉，威吉，"索普利说。他急于岔开话题，于是就拾起一小片木头，"追上去，把它叼回来！"说着，他就做出要把木片投进湖里的姿势。

"可别扔得太远啦，查尔斯，"他的妻子嘱咐着，"威吉的水性不是特别好。"然后，她又转过来朝我说，"我总是提心吊胆，怕它到太深的地方去。上星期，它差一点儿就淹死啦。梵·托伊先生来游泳，穿的是藏青色衣服——威吉看到藏青色好像就气不打一处来——威吉干脆跟在他后面猛冲过去。您晓得，它并没什么**恶意**，只不过是那件**衣服**把它惹恼了——其实，它蛮喜欢梵·托伊先生的——可当时我们着实吓坏了。要不是梵·托伊先生把威吉抱了进来，它也许会淹死的。"

"好家伙！"我用这腔调表示自己有多么惊骇。

"我来扔这根棍儿吧，查尔斯，"索普利太太继续说下去，"喏，威吉，瞧。威吉，喂，乖狗儿，瞧啊！哟，瞧。有时候威吉就是不肯照人们的意思去做。喂，威吉。唷，乖狗儿！"

威吉把尾巴从两腿之间斜耷拉下来，又朝我踱过来了。

"站住！"索普利厉声说，"我把它扔进去。"

"可得小心点儿，查尔斯。"他的妻子说。

索普利拎着威吉的项圈，把它送到水边——足有六英寸来深——然后往水里一扔，用的也就是将钢笔伸入墨水或用刷子去蘸罐里的清漆那么点儿力气。

"那就够了，那就十分够啦，查尔斯，"索普利太太嚷道，"我想，它最好还是别游泳。一到傍晚，水总是有点儿凉。乖狗，乖乖狗儿，乖威吉！"

此刻，"乖威吉"已经从水里出来了，正朝着我踱过来。

"瞧，它径直朝您走来，"我的女主人说，"依我看，它必是喜欢上您啦。"

可不是嘛。

为了证实这一点，威吉就像是滴溜溜地抡着的墩布那样打了个滚儿。

"哦，很抱歉，"索普利太太说，"非常抱歉。它把您弄湿了吧。威吉，快趴下，趴下，宝贝儿。乖狗，坏狗，趴下！"

"不要紧，"我说，"我箱子里还有一套白衣服呢。"

"可您一定湿透了，"索普利太太说，"也许咱们不如进屋去。反正已经不早了，对不？"接着，她又对丈夫说："如今威吉的身上湿了，我认为它不宜再待在户外了。"

于是，它就进去了。

"我相信您需要的东西统统能找到，"索普利领我去看我的屋子时说，"顺便说一下，要是半夜里威吉进了您的屋子，可别介意。我们喜欢听任它在房屋里到处串，而且它经常睡在这张床上。"

"好的，"我愉快地说，"我会照看它的。"

那晚上，威吉果然来了。

等到深夜，连湖泊和树木都静悄悄地入睡之后，我把威吉带了出去，并且——底下的细节我就不必描述了。

这样，索普利夫妇至今还在纳闷威吉究竟哪儿去了，他们翘盼着它回来，因为它是那样聪明，绝不会迷路的。

但是从威吉待的地方来看，谁也回不来。

在理发师的剃刀下

"那天晚上你去竞技场了吗？"理发师俯身朝我小声耳语了这么一句。

"是的，"我说，"我去啦。"

这下子他看出我居然还能照样说话。于是，他又在我脸上蒙起一条厚厚的湿毛巾，接着又聊下去。

"你觉得那场比赛怎么样？"他问。

然而他估计错了。隔着那湿毛巾，我依稀还能发出点微弱的声音。于是，他又把三四条厚厚的毛巾蒙在我的脸上，并且用五个指尖按住我的脸，免得他栽倒。我周围升起浓重的水蒸气。隔着这些，我听见理发师的嗓音以及他在皮带上打磨剃刀的刺啦声。

"是啊，先生，"他继续用安详的职业腔调说下去，时而被剃刀的声音所打断，"从开头我就知道这些小伙子准能赢。（刺啦刺啦）那天晚上我刚一望到冰场，又看见小伙子们起跑的情况，我就知道了。（刺啦刺啦）吉米刚一板击中冰球①……"

听到这里，管旁边那把椅子的理发师实在忍无可忍了。

"他一板击中啦！"他边大声嚷，边把满满一刷子肥皂沫愤愤地涂在他手下那位顾客的脸上。"他能击中！那家伙的本事谁也

---

① 冰球运动起源于加拿大，比赛中所使用的冰球作饼状，用黑色硬橡胶制成。

比不上！——喏，伙计们。"说着，就朝那八个理发师掉过身去，好像向他们求援一般。那些人边倾听着这番愈益激烈的争辩，边个个将臂肘靠在顾客脸上。连那位修指甲的姑娘也兴奋得什么都不顾了，她用白皙的手指紧紧攥住顾客那只粗糙的手。"喏，伙计们，那家伙击冰球的本领还不如……"

"喂，喂，"我的理发师抽冷子气愤地边说边攥起拳头使劲敲着蒙在我脸上的毛巾，"我敢跟你打赌，五对一，吉米准能在冰场上对付队里任何两个人。"

"他还配溜冰呢！"另一位边冷笑着说，边往他手下的顾客脸上喷了一股令人睁不开眼睛的水蒸气，"他的本事还没有这块抹布大。"于是，他刷的一下就把一条湿毛巾横甩到顾客的脸上。

这下子理发师们统统兴奋起来了。八把椅子后面发出一片喧哗。"他才不会滑冰呢！""他就是会滑冰！""我跟你打赌，十对一！"

他们全都大发脾气，用湿毛巾抽打起顾客，并且把一大刷子一大刷子的肥皂沫戳进顾客的嘴巴。给我理发的这位师傅把整个儿身子靠在我脸上。不一会儿，不定哪个就会被激怒到从背后给顾客一记耳光。

忽然鸦雀无声了。

"老板！"一个人说。

又过了一分钟，尽管瞧不见，我却觉察出：一位身穿白外衣、威风凛凛的人物，沿着这排椅子走了过来。这时，屋里沉静下来，只听得见洗发刷子那机械、单调的嗡嗡声，以及柔和的流水声。

理发师着手从我脸上一条条地撤掉湿毛巾。他就像埃及考古学家解开木乃伊身上的包裹那样，以职业性的灵巧将毛巾一一揭去。当他望到我的脸时，就仔细端详着。他的眼神里含有疑惑。

"出城了吗？"他问。

"是的。"我承认道。

"谁替你做活儿来着？"他问。理发师这么问并不涉及对方的日常工作，他的意思是："谁替你刮脸来着？"

我知道还是坦白出来的好。我做错了事，打算干脆承认下来。

"我自个儿刮来着。"我说。

这位理发师带着轻蔑神情后退了一步。那一排理发师显然都激动了，为了表示唾弃，其中一个理发师啪嚓一声将一团湿毛巾丢到角落里，另外一个用喷雾器猛地朝顾客的两眼喷射了一通。

我的理发师继续细心地审视我。

"你用什么样的剃刀？"他说。

"一把安全剃刀。"我回答。

理发师正开始往我脸上涂肥皂沫，一听到这话就吓呆了。他停下手来。

对理发师来说，安全剃刀就像是红布之于一头公牛。

"要是我的话，"他一边说一边往我脸上涂抹肥皂沫，"我绝不让这玩意儿碰着我的脸！不，先生，它们一点儿也不安全。会把你的皮一股脑儿剥了去，将你的毛发连同毛囊一道薅掉（他边说边用剃刀戳来戳去地示意）。那玩意儿简直会把人的脸切成碎片（他用一根明矾戳了戳他在我脸上割的伤口）。为了清洁，为了卫生，为了保健，并为了防止细菌感染，给我万贯财产我也不会去碰它。"

我什么也没说，晓得我这是咎由自取，不如保持缄默。

理发师逐渐地平静下来了。换个情况的话，他会告诉我棒球俱乐部春季训练的什么消息，或是杰克逊维尔田径赛最后几项的结果，以及有教养的绅士在吃罢早餐开始料理事务之前所喜欢听的那类话题。然而我不配。及至快把我的脸刮完，他又开口说话了。这回用的是一种贴己的、几乎是殷切的腔调："按摩一下吗？"他说。

"不，谢谢喽。"

"洗洗头皮吗？"他悄悄地说。

"不啦，谢谢。"

"吹风吗？"他劝诱道。

"不啦，谢谢。"

理发师又作了一番努力。

"喏，"他就像是谈一桩只跟他本人和我有关的事情似的打耳语说，"你的头发可快掉光啦。你最好让我给你洗洗头皮，把毛囊稳住，不然的话，很快你可就没有……"

"不，谢谢，"我说，"今天就算了吧。"

理发师再也按捺不住了。他看出我只不过是个寒酸的穷措大，到理发店来只是为了刮刮脸，并且把头皮、毛囊和理发师的小费一股脑儿带走，就好像是属于自己的似的。

刹那间他已把我从椅子上推出去。

"下一个！"他大声喊着。

当我沿着那排理发师往外走的时候，可以瞥见每一只眼睛里对我都含有轻蔑之色。他们把电动洗发刷开足了马力，咔嗒咔嗒地旋转。在机器的一片嗡嗡声中，我可怜巴巴地溜了出来。

售书窍门

"您想到店里看看吗？哦，当然欢迎，先生。"他说。

然后，他一边彬彬有礼地搓着双手，一边隔着眼镜锐利地瞥了我一眼。

"店里后面靠左边，"他说，"您会找到感兴趣的东西。我们有一批再版书——《知识大全——从亚里士多德至亚瑟·巴尔弗①》，每本一角七分钱。您或许想浏览一下《已故作家人物志》，每本一角。喂，斯佩罗先生，"他大声招呼着，"让这位先生瞧瞧咱们的经典再版书—— 一角丛书。"

他边说边朝一位店员摆摆手，并早把我抛在脑后了。

也就是说，他一眼就把我看透了。我白白在百老汇买顶灰绿色软呢帽和一条有着镍币那么大斑点的十字形运动领带了。这些小小的装饰永远也遮掩不了内在的灵魂。我是个教授，这他是晓得的，或者至少作为他分内应具有的眼力，他能够立刻识破这一点。

对左近十个街区内这样一家最大的书店的门市部经理，顾客是什么也瞒不住的。而且他当然晓得，作为一个教授，我就不会有什么油水的。正如所有那些逛书店的教授一样，我到书店来也好比是

① 亚瑟·巴尔弗（1848—1930），英国政治家。

黄蜂钻进一罐敞着口的橘子酱。他料到我准会在书店里转悠两个小时，碍手碍脚，最后买上一本柏拉图的《对话集》、《约翰·弥尔顿散文集》或洛克①的《人类理解论》，以及类似的无聊作品。

至于对文学的真正鉴赏力——懂得赞赏上月出版的一部定价一元五角的小说（鲜艳封面，扉页还印有跳探戈舞插图）的本事，我是没有的，而这他也一清二楚。

他当然瞧不起我喽。不过，干书店这一行的都恪守这么一条准则：店里要是有位教授站在角落里埋头看一本书，总会壮壮门面，让真正的顾客们感到满意。

因此，就连塞勒尔先生这样新潮的经理都能容忍我待在他那店堂后方的角落里，从而使我有机会观察他怎样应付真正的顾客——他的办法是如此地成功，我甚至可以说，对于被所有干出版这一行的看做是美国文学的一根栋梁，他是当之无愧的。

我无意站在那儿像个密探似的偷听。说实在的，我立刻就对爱比克泰德②的《道德谈话录》的一部新译本发生了兴趣。此书印刷清晰，装订精美，标价一角七分。我当即强烈地想把它买下来，不过，似乎最好先浏览一下再说。

头三章几乎还没读完，书店柜台前的一席谈就使我的注意力分散了。

"你能保证这是他**最新的**一部吗？"一位穿着入时的妇女正在跟塞勒尔先生说着。

"哦，对，拉思莱尔太太，"经理说，"我担保这是他最新的。说实在的，昨天刚刚运到。"

他边说边用手指着一大摞书（套着蓝白两色的华丽护封）。我

---

① 约翰·洛克（1632—1704），英国哲学家。他在《人类理解论》（1690）中制定了现代科学认识论基本原则。

② 爱比克泰德（约55—约135），罗马哲学家。

能辨认出那烫金的书名是《金色的梦》。

"啊，是的，"塞勒尔先生重复了一遍，"这是斯拉施先生的最新著作，畅销得惊人。"

"那就好啦，"那位太太说，"你知道，人嘛，有时候会大大地受骗。上星期我从这儿买了两本看上去非常有趣的书。回家一瞧，原来都是旧书。我猜想是六个月前出版的。"

"唷，天哪！拉思莱尔太太，"经理用抱歉的口吻说，"实在对不住。让我们派人去取回来，替您调换一下吧。"

"哦，没关系，"那位太太说，"我当然没有去读它。我把书给了我的女仆，反正她大概分不出好坏来。"

"我想是这样的，"塞勒尔先生谦虚地微笑着说，"但是当然啦，太太，"不知不觉地他就开始了时髦书商那种轻松的闲聊，"这样的错误肯定是经常会发生的，昨天就有一起极其糟糕的事。我们的一位最老的顾客慌慌忙忙地冲进来，要选购一批书带到轮船上去读。我们还没理会发生了什么事，他早已选定了书（我猜他仅仅是根据标题而选的，就像某些先生可能会做的那样）。他买走了两本去年出版的书，我们马上给轮船发了电报，然而我担心已经来不及啦。"

"哦，说说这本书，"那位太太边懒洋洋地翻着边说，"写得究竟好不好？写的是什么？"

"这是非常动人的一本，"塞勒尔先生说，"老实说，写得**精彩到家**啦。评论家们说，这也许是本季度最**动人**的一本。它有那么一种……"这时塞勒尔先生顿了顿，不知怎地，他那态度使我回想起我在大学课堂上讲解连自己都不懂的事物时那副样子，"它有那么一种……一种……**动人之处**，可以说是非常特殊的动人之处。事实上，我们可以毫不夸张地说，这是本月最**动人**的书。确实是这样，"他用较平缓的腔调又添上一句，"它的销量十分惊人。"

"这书，你们这儿好像多得很哪。"那位太太说。

"哦，我们非这样不可，"经理回答说，"人们不断地来抢购。说实在的，这是一本必然会引起轰动的书。事实上，在某些区域，他们说这本书不该……"说到这里，塞勒尔先生的声调变得那么低微殷勤，以致我都听不见句尾了。

"哦，真的！"拉思莱尔太太说，"那么我就买一本吧。不管怎样，总该知道人家都在谈论些什么。"

她已经开始扣手套纽扣并整理她那圆筒形的羽毛围巾了（这下子柜台上的复活节贺卡都被她撩下地了）。忽然，她想起什么事。

"啊，我差点儿忘了，"她说，"我能不能同时也往我家里给拉思莱尔先生送一本什么书？他要到弗吉尼亚去度假。你了解他喜欢看哪种书，对吧？"

"哦，完全了解，"经理说，"拉思莱尔先生通常读的是……呃……我想，他大都买……方面的书，呃……"

"哦，游记那一类的吧。"那位太太说。

"一点儿不错。我想，我们这儿有。"于是他指了指左边的柜台，"拉思莱尔先生所要的书是（他指着一排漂亮的书）《撒哈拉七周》，七块钱；《货车上的六个月》，实价六块五；《牛车里的下午》上下卷，四块三，减收二角。"

"我想，这些他都已经读过啦，"拉思莱尔太太说，"至少家里有许许多多这一类的书。"

"哦，完全可能。可是您瞧瞧这本：《生活在科孚①的食人族中》——对，我想他已读过这一本了——《生活在……中》，我想这本也读过了。但是我敢说他准喜欢这一本，还是今天早晨刚进货的：《生活在新几内亚的猴群中》，实价十块钱。"

塞勒尔先生边说边把手放在一堆新书上，显然与《金色的梦》

---

① 科孚是伊奥尼亚海中的一座岛屿，与毗邻小岛组成希腊科孚州。

一样堆积如山。

"《猴群中》。"他几乎是爱抚般地重复了一遍。

"定价好像挺高的。"那位太太说。

"哦，可不是嘛——一部顶贵的书，"经理用热忱的腔调又重复了一遍，"您瞧，拉思莱尔太太，插图都是实地拍摄下来的照片，"他用手指翻着书页，"用照相机拍下的真猴。还有这纸张，您瞧。说实在的，太太，这书光是成本就得九块九角。我们当然赚不了钱，但这是我们喜欢经销的书。"

谁都愿意听人透露点内行细节。当然喽，每个人又都喜欢知道书商正在亏本。我领悟到，塞勒尔先生正是本着这两条生意经来开书店的。

于是，拉思莱尔太太自然就买下了《猴群中》。塞勒尔先生旋即吩咐一下伙计记下第五街道的一个地址。他把那位太太送出门时，还向她深鞠一躬。

回到柜台上后，他的态度好像大大地改变了。

"那本猴书，"我听见他对店员小声说，"可是个老大的难题。"

但是他没工夫去做进一步推测。

另一位太太踱进来了。

这回，就连经验不如塞勒尔先生那样丰富的也一眼就能从她那身昂贵的深色丧服看出，这是一位沉浸在悲伤中的寡妇。

"您要一本新出版的小说吧，"经理重复了一遍，"是的，太太，这里有一本好看的书——《金色的梦》（他亲切地拖长了语音）。一个非常好看的故事，格外好看。说实在的，太太，评论家们说，这是斯拉施先生所写过的最好看的故事。"

"这是好书吗？"那位太太说。

我开始意识到所有的顾客都这么问。

"是一本写得很有趣的书，"经理说，"写的是恋爱——非常

128

质朴可爱，而且很有趣。说实在的，有篇评论说，这是本月最有趣的一本书。就在昨天晚上，我内人还大声朗读来着呢，她哭得几乎都念不下去啦。"

"这本书想必读来很保险吧？"那位遗孀问，"我是买给我的小女儿的。"

"哦，十分保险，"塞勒尔差不多是用为人父母的那种腔调说的，"说实在的，这完全是用老派风格写的，就像过去那些可爱的老书一样。十分像……（说到这里，塞勒尔先生略顿了一下，眼神里露出淡淡一丝迷惑）狄更斯、菲尔丁和斯特恩[①]，还有别的。太太，神职人员可从我们这里买去了不少本。"

那位太太买下了《金色的梦》，把包在绿色亮光纸里的书接过来，走了出去。

"你们有没有供假期读的轻松佳作？"另一名顾客扯开了嗓门嚷道——看他那派头，俨然是个要去度假的股票经纪人。

"是的，"塞勒尔先生说，当他回答的时候，几乎笑逐颜开。"这里有一本极好的书——《金色的梦》，可以说是本季最幽默的书，简直让人笑破肚皮。就在昨天，我内人还大声朗读来着，她笑得几乎都念不下去啦。"

"多少钱，一块吗？一块五。好的，包上吧。"

柜台上钱币丁当一响，顾客走了。我开始懂得了想买几册一毛八一本的埃比克泰德以及若干册一毛二一本的《世界文学》翻版的教授和大学职工在书店这个行当中所处的位置。

"哦，法官，"经理招呼着另一位顾客（头戴阔边呢帽，身材魁梧，神态严峻），"您要写海洋的故事吗？当然有。毫无疑问，这是最适合像您这样想必用脑过度的先生阅读的了。这里有最近

---

① 劳伦斯·斯特恩（1713—1768），英国讽刺小说家，被视为现代心理小说的先驱。著有《项狄传》（1759）和《感伤旅行》（1768）。

出版的《生活在新几内亚的猴群中》，原价十块钱，减价四块五，光是成本就得六块八，眼看就快脱销啦。谢谢您，法官。送到府上去吗？好的。再见。"

这之后，顾客们一个挨一个地进来又走了。我注意到，尽管店里堆满了书——估计总有万把本，可塞勒尔先生显然只卖两种。每个女人进来之后，都带着一本《金色的梦》走出去，每个男人都被递给一本《生活在新几内亚的猴群中》。把《金色的梦》卖给这个女人是恰好供她在假期中阅读，卖给那个女人是因为它正宜于在度假后来读；另一个是作为供下雨天读的，第四个则作为适合在晴天读的。《猴群》忽而作为海洋的故事，忽而作为陆地的故事，要么就作为丛林或群山的故事而售出的，价格也因塞勒尔先生对顾客的估计而定。

忙了两个钟头，店堂里终于暂时空荡下来。

"维尔弗雷德，"塞勒尔先生转过身来对他的大伙计说，"我要出去吃午饭啦，尽量推销这两本书。咱们再试着推销一天，然后就甩卖了。我就去找出版商多凯姆和迪斯康特，跟他们发通牢骚，看他们有什么办法。"

我觉得自己已经泡得够久的了，就拿着一本爱比克泰德，凑近了他。

"哦，先生，"刹那间塞勒尔先生又恢复了职业本能，"爱比克泰德吗？一本有趣的书。也许我们另外还有一些会使您感兴趣的书。在壁橱里，我们有一些旧书，或许您愿意看看。有一套亚里士多德，两卷本，非常了不起，字迹简直难以辨认，说不定您会喜欢的。昨天还进了一本西塞罗，是精品，由于受潮损坏了。我相信我们还有一部马基雅弗利①，是珍本，简直都快成为碎片了，

---

① 尼克洛·马基雅弗利（1469—1527），意大利政治家，著有《君主论》、《论蒂托·李维的最后十年》、《论战争艺术》等。

封皮都没有了。先生，倘若您是位专家的话，就知道那是一部极其罕见的古书。"

"不，谢谢你。"我说。这时，出于一股越来越强烈的好奇心，我再也按捺不住了，便问了句："你好像认为那本《金色的梦》是一部了不起的书，对吗？"

塞勒尔先生朝我投来他那锐利的一瞥。他晓得我不会想买此书，兴许像少数人那样，他偶尔也有开诚布公的时候。

他摇了摇头。

"倒霉的生意！"他说，"出版商们把货卸给了我们，我们只好尽力而为。我了解他们拿它没办法，指望我们来帮他们一把。他们正在大登广告，兴许能摆脱掉。当然喽，仅仅一线希望而已，倒也很难说。我们有可能让它引起教会人们的恶感，那样一来，我们这事儿就好办啦。除非是这样，否则我们永远也成功不了。我料想这是一部糟透了的书。"

"你不是曾经读过吗？"我问。

"天哪，没有！"经理说，他那神情就像是被人用他自产的一杯牛奶来款待的挤奶工人，"我要是想把这些新书读了，那可够呛。不去读，光这么追踪一下来龙去脉，就已经够我受的了。"

"但是那些人买了这本书，就不会大失所望吗？"我大惑不解，继续问下去。

塞勒尔先生摇了摇头说："不会的，您知道，他们也是不会去读的，他们永远也不会读。"

"不管怎么说，"我坚持道，"你太太总认为这是一本好小说。"

塞勒尔先生咧嘴笑了。

"先生，我是个单身汉。"他说。

超人塞吉

——一篇俄国小说①

编者特别按语，或编辑向读者介绍这类故事时怎样抽一阵风。

  我们用不着为了介绍给读者一部俄国小说而道歉。毫无疑问，文学的前途仰仗于俄国。托尔斯泰、屠格涅夫以及陀思妥某某的名字，在美国已经家喻户晓。我们有把握地说，《超人塞吉》是多年来所出版的最具有俄国特色的读物。俄国人的人生观既忧郁又听天由命，是伏尔加河大森林的黑暗以及西伯利亚旷野那无穷的静寂使它阴沉沉的，涂上一层悲哀的色彩。因此，俄国的语言，正如俄国的思想，是率直的，简洁的，粗犷得几乎返璞归真。在《超人塞吉》中，这些都可以看到。这是我们所见到的最率直、最简洁、最粗犷的作品。我们曾把原稿拿给一位朋友看过。他是位评论家，当前在纽约，论驾驭批评语言，他也许是首屈一指的。他读罢立刻说："伟大。这是一部伟大的作品，出自伟人之手——有着宏

---

  ① 原题上端有"分期发表的进口外国小说"字样，题下还在括弧中注明"用手压泵译自原文"。

伟思想，是以他最伟大的气魄写出的作品。整个作品是宏伟的，也就是……"说到这里，他顿了顿，略一沉吟，又补充道，"伟大的。"然后，他深深地坐在椅子上说："伟大，伟大，伟大。"直到我们离开了他。接着，我们又把这故事拿给一个英国评论家看，他毫不迟疑地（或几乎毫不迟疑地）说："这确实不赖。"最后，我们自己读了这故事，读毕（这本身并非易事）站起来说："非常精彩，然而可怕。"那天吃那顿（免费）午餐时，我们始终浑身发抖。

第 一 章

塞吉的童年是和他父亲（伊凡·伊凡诺维奇）和母亲（卡特丽娜·卡特丽娜维奇）一道度过的。家里还有女仆尼茨卡，男仆伊赤和他的妻子——厨娘尤姆普。

他们那栋房子坐落在一个俄国镇子的边沿上，位于俄国中心。周围都是广漠的平原，河水在低矮的两堤之间流着，上边是黯淡的天空。

驿路穿越平原，光秃秃的，一无遮拦。远处，可以瞥见一个农夫赶着一辆三驾马车，要么就是猪倌斯维尔在牧放猪群。道路伸向遥远的地方，消失在地平线上。

"那条路究竟通到什么地方？"塞吉问。但是没有人能告诉他。

入冬后，下了大雪，河结了冰，塞吉能在上面行走。

在这样的日子，邮差约布就来到门口，边把信件递给伊赤，边冻得跺着脚。

"这天儿好冷啊。"约布会这么说。

"这是上帝的旨意。"伊赤说。于是他从立在厨房里的木制大火炉那儿端出一玻璃杯热腾腾的克瓦斯来。

"喝吧，小兄弟。"他对约布说。约布回答道："小叔叔，我为你的健康干一杯。"随后他继续行路，边走边冻得直跺脚。

然后春天来了，平原遍布各种鲜艳的花儿，塞吉便去采摘。接着下起雨来，塞吉就用杯子去接。随后夏季到来，天气炎热，还有暴风雨。于是，塞吉就观看闪电。

"闪电是干吗的？"他向正在为第二天做准备的厨娘尤姆普问道。尤姆普站在那儿揉着煎斯拉布（即薄饼）用的玛施（即生面团），摇摇她的克诺布（即头）。她那张大马各（即脸）上露出困惑之色。

"这是上帝的旨意。"她说。

塞吉就这样成长为一个喜动脑筋的孩子。

有时他问母亲："马特林斯卡（小妈妈），为什么天空是蓝的？"她回答不上来。

有时他又会对父亲说："布勒（俄文中的父亲[①]），三乘六是多少？"然而他的父亲不晓得。

塞吉逐年长大了。

生活开始使这个孩子感到困惑，他简直不理解它。没有人能教给他任何事情。

有时他和仆人伊赤聊天。

"伊赤，"他问，"道德是什么？"但是伊赤不知道。在他那单纯的生活中，从未听说过这个词儿。

人们时而到他们家来，能读会写的教师斯尼普啦，制造马具的挽具师辛赤啦。

[①] 布勒和前边的斯拉布、玛施、克诺布、马各、马特林斯卡以及后文中的一些音译单词，均不是俄文，而是作者为了模拟文体所杜撰的。

有一回，身穿镶毛皮蓝大衣的警察巡官波波夫来了。他站在炉火前面，记下了全家人的姓名。他来到伊赤旁边时，塞吉注意到伊赤怎样在波波夫跟前畏畏缩缩，浑身发抖。伊赤取来一只三脚凳，战战兢兢地说："请坐在火炉旁边吧，小老爷，天儿多冷啊！"波波夫笑道："跟西伯利亚一样冷，对吗，小兄弟？"然后说："露出你的胳膊，让我看看我们烙的印记还在不在。"于是，伊赤就把袖管捋到肘部，塞吉瞧见那儿有块又深又黑的烙印。

"我早就料到了。"波波夫说着笑了。然而厨娘尤姆普正用棍子拍打着火焰，弄得火星都迸溅到波波夫脸上了。"你挨火太近了，小巡官，"她说，"会烧着的。"

整个傍晚伊赤都坐在厨房角落里，塞吉瞅见他脸上淌着泪水。

"他为什么哭？"塞吉问。

"他在西伯利亚待过。"尤姆普一边往大铁壶里灌水，一边说，那是为下周做汤用的。

塞吉一年年地变得更加思虑重重了。

日常生活中发生的各种各样的事无不引起他的思考。一天，他看见几个庄稼人把一个收税官丢进河里淹死，这给他留下了深刻的印象。他简直不明白这是怎么回事，他觉得这好像有点儿不对头。

"他们干吗要把他淹死？"他向厨娘尤姆普问道。

"他收税来着。"尤姆普说，随即将几只杯子丢进碗柜里。

后来，有一天镇子里沸腾起来了。身穿制服的人们走来走去，所有的人都站在门口谈论着。

"出了什么事？"塞吉问。

"是波波夫，警察巡官，"伊赤回答说，"他们在河边发现了他。"

"他死了吗？"塞吉问。

伊赤虔诚地指着地下，"他在那儿哪！"他说。

那天塞吉从早到晚问这问那，然而谁也不肯告诉他任何事。"波波夫死啦，"他们说，"他们在河边发现了他，肋骨戳进了心脏。"

"他们为什么要杀他呢？"塞吉说。

但是没有一个人回答他。

从此，塞吉越发感到困惑了。

每一个人都注意到塞吉的心事有多么重。

"他是个聪明的娃娃，"他们说，"迟早有一天他会成为一个有学问的人。他将学会读书写字。"

"上天保佑！"伊赤大声喊道，"那可是件危险的事儿。"

有一天，牧师利多夫到他们家来了，手里拿着一大卷纸。

"那是什么？"塞吉问。

"这是字母。"利多夫说。

"给我吧。"塞吉热切地说。

"不能全给，"利多夫温和地说，"这儿是其中一部分。"于是，他撕下一片，递给孩子。

"上天保佑！"厨娘尤姆普说，"可这不是件明智的事儿。"于是她摇摇头，往木制炉里新填一块泥土，好让火燃得更旺一些。

这下子人人都晓得塞吉学起字母来了。他学会之后要去莫斯科，进技校，还学旁的什么。

一天天、一月月地过去了。这时伊凡·伊凡诺维奇说："现在他已经准备好了。"于是，他把收藏在厨房那座木制炉子旁边的架子上的一口袋卢布取下来，按照俄国方式点数。"一十，一十，再来个一十，还是一十，一十。"直到没得可数了，方才罢休。

"上天保佑！"尤姆普说，"如今他可阔气啦。"于是，她把掺了沙子的油和脂肪倒进面包，用棍子敲打。

"他得准备停当，"他们说，"他得买衣服。他很快就要去莫斯科进技校,成为一个有学问的人了。"

就这样,有一天门口来了辆单驾敞篷四轮轻便马车,上面坐着一个男人,旁边是个少女。男人勒马停下,向伊赤打听路。伊赤把平原上那条驿路指给他看。但是当他指路时,手发颤,膝盖战栗着,因为问路者的眼睛被仇恨变得黑黑的,充满了权力带来的残酷。他身穿制服,便帽上有着黄铜徽记。然而塞吉只望着那位少女。她眼睛里没有仇恨,只是好像火辣辣地燃烧着,她的目光眺望着平原更远的地方——塞吉也不知道是何处。当塞吉这样望着的时候,少女转过脸来,他们的视线相遇了。他明白自己永远也不会忘记她。从她的神色他看出,她也是永远不会忘记他的。因为那就是爱情。

"那是谁呀?"跟伊赤一道走回家的当儿,他问。

"那是警察局长克瓦尔兹。"伊赤说的时候,膝盖还在发抖。

"他把她带到哪儿去?"塞吉说。

"带到莫斯科,关进监狱,"伊赤回答说,"在那儿,他们会给她套上绞索,她就一命呜呼啦。"

"她是谁?"塞吉问,"她究竟干了些什么?"他这么说的时候,依然能看到少女的脸以及她脸上的神色。一股烈火般的激情冲过他的血管。

"她是奥尔加·伊利依奇,"伊赤回答说,"她制造了那颗炸死巡官波波夫的炸弹。现在他们会给她套上绞索,她就死啦。"

"上帝保佑!"尤姆普喃喃地说着,一个劲儿地往炉子里填进更多的泥土。

第 二 章

塞吉去了莫斯科,进了技校,成为一名学生。斯托杰教授教他地理，助教福德杰教他天文以及地球构造学、器官学①和其他俄国本地的学科。

他整天用功，孜孜不倦，勤奋不已。他的导师们都满怀热忱。"假若他这么持续下去，"他们说，"迟早有一天，他会学有所成。"

"了不起，"一个人说，"假若他这样下去，他必然会当上教授。"

"他太年轻啦，"斯托杰摇着头说，"头发也太茂密啦。"

"他的视力太好了，"福特杰说，"等到他视力衰弱一些再说吧。"

然而，塞吉学习的时候成天心事重重。他在思念曾经和警察局长一道行路的少女奥尔加·伊利依奇。他纳闷她为什么要杀死警察巡官波波夫，想知道她究竟死没死。这里好像毫无公道可言。

有一天他向教授提出这个问题。

"法律是公正的吗？"他说，"杀人合理吗？"

可是斯托杰摇摇头，不置一词。

"咱们还是回到器官学上去吧。"教授说，他浑身打哆嗦，以致手里的粉笔都颤了起来。

于是，塞吉也就不再发问了，可是他思考得更深了。从技校返回到他租住的公寓时，他一路都在思索着。当他爬上楼梯来到房间时，他还在思索。

塞吉租住的是瓦塞利奇太太的房子。那是坐落在一条黑糊糊的街道上的一栋高大幽暗的楼房。街上没有树，也没有娃娃们在嬉戏。在瓦塞利奇太太这栋房子对面，有一座石造建筑，窗户统统钉上了铁格子，总是寂然无声。里面没有灯光，也没有人出出进进。

"那是个什么地方？"塞吉问。

---

① 原文作giltiodesy和orgastrophy，均系作者杜撰之词。现译为发音相近的地球构造学（geognosy）和器官学（organography）。

"是死宅。"瓦塞利奇太太回答说，她摇摇头，再也不吱声了。

瓦塞利奇太太的丈夫已经去世，谁都不提起他。楼里只住着学生。大多数是野小子，学生们都是这样的。晚间他们就在大屋子里围桌而坐，喝着克瓦斯（把锯屑泡在糖浆里发酵而成的）或俄国苦艾酒咯尔咯尔（把醋栗浸在一桶苏打水里酿的）。接着他们就斗牌，将火柴放在桌子上打赌："十啊，十啊，还有十啊。"直到所有的火柴都消失了为止。于是，他们就说："火柴没有了，咱们跳舞吧。"他们就在地板上翩翩起舞。最后瓦塞利奇太太手执蜡烛，走进屋来说："小兄弟们，已经十点钟了，该上床去睡啦。"于是，他们就去睡了。他们是些野小子，所有的学生都不外乎这样。

然而瓦塞利奇太太家里有两个学生并不野。他们是哥儿俩，住在底层的一间长形屋子里，地势比街面还要低。

哥儿俩面色苍白，留着长发，双目凹陷。他们没有什么钱，瓦塞利奇太太供他们膳食。"吃吧，小儿子们，"她说，"你们可不能死啊。"

哥儿俩成天用功，他们是真正的读书人。哥儿俩有一个名叫哈尔弗夫，比另一个高大结实。另外那个叫奎托夫，他可没有哈尔弗夫那么又高又壮。

一天，塞吉到他们房间去了。哥儿俩正在用功。哈尔弗夫面桌而坐，桌子上摊开着一本书。

"那是什么？"塞吉问。

"是立体几何。"哈尔弗夫说，他目光一闪。

"你学这个干吗？"塞吉说。

"为的是解放俄国。"哈尔弗夫说。

"你这是一本什么书？"塞吉又向奎托夫打听。

"汉布林·史密斯的《初级三角学》。"奎托夫边说边像一片叶子般地颤抖着。

“它能教给你什么？”塞吉问。

“自由！”奎托夫说。

哥儿俩面面相觑。

“咱们干脆把一切都告诉他吧？”哈尔弗夫说。

“还不到时候，”奎托夫说，“让他先学习吧，以后他会晓得的。”

打那以后，塞吉经常到哥儿俩的房间里去。

哥儿俩拿书给他看。“读吧。”他们说。

“这些是什么书？”塞吉问。

“英文的，”奎托夫说，“它们是禁书，在俄国是禁止阅读的，但是里面有真理和自由。”

“给我一本。”塞吉说。

“拿这本去，”奎托夫说，“掖在你的上衣底下，别让任何人看到。”

“是什么书呀？”塞吉问，他不禁打起寒战来。

“是考德威尔的《实用主义》。”哥儿俩说。

“是禁书吗？”塞吉问。

哥儿俩注视着他。

“读它就犯死罪。”他们说。

从此，塞吉每天都来向哈尔弗夫和奎托夫借书，夜间就阅读。书点燃了他的脑子。那些统统是禁书，俄国人一概不许读。塞吉读了汉布林·史密斯的《代数学》，他狂热地从头读到尾。他还读了穆雷的《微积分学》，这使他的头脑充满激情。“这难道是真的吗？”他问。

这些书为塞吉开拓了一个崭新的世界。

当他阅读的时候，哥儿俩往往审视着他。

“咱们把一切都告诉他吗？”哈尔弗夫说。

“还不到时候，”奎托夫说，“他还不成熟。”

一个夜晚，塞吉到哥儿俩的房间去了。他们没在那儿读书。屋里横七竖八地丢着铁匠用的工具和电线，地板上撂着金属片。那儿有个熔罐，底下熊熊地燃烧着蓝色的火。哥儿俩在旁边干着活儿。闪烁的火光映照下，塞吉可以看到他们的脸。

"咱们现在告诉他好吗？"奎托夫说，另外那个弟兄点了点头。

"告诉他吧。"他说。

"小兄弟，"奎托夫说着从火焰旁边直起身来，他个子蛮高，"你肯牺牲生命吧？"

"为了什么？"塞吉问。

哥儿俩摇了摇头。

"我们不能告诉你，"他们说，"那就过分了。你肯参加到我们当中来吗？"

"为了什么？"塞吉问。

"我们绝不能说，"哥儿俩说，"我们只能问你，愿不愿意竭尽全力来帮助我们的事业？必要的话，还要为之献身？"

"你们的事业是什么？"塞吉问。

"我们绝不能泄露，"他们说，"只问你这个：你能够献身去救另一个人的生命——去救俄国吗？"

塞吉考虑了一下。他想到了奥尔加·伊利依奇。只有为了救她的命，他才肯牺牲自己的。

"我不能。"他回答说。

"晚安，小兄弟。"奎托夫温和地说，并转过身干他自己的活儿去了。

就这样过去了好几个月。

塞吉夜以继日地学习着。"倘若有真理的话，"他想，"我总会找到的。"他时刻不停地怀念着奥尔加·伊利依奇。他的脸色越来越苍白了。"公正，公正，"他想道，"什么是公正和真理呢？"

第 三 章

塞吉在瓦塞利奇太太家住上六个月后，他父亲伊凡·伊凡诺维奇打发仆人伊赤及其妻子——厨娘尤姆普到莫斯科来看望他。伊凡首先点着数往口袋里装卢布："一十，一十，再来个一十。"直到伊赤说："这就足够啦，我给捎去吧。"

于是，他们做动身的准备。伊赤从池子里逮了只鸭子，又往兜里揣了条鱼，并带上一块香喷喷的奶酪以及一把美味的蒜。尤姆普在生面团里和上油，再掺上黑咖啡，用铁棍敲打成布丁的形状，随身带着。

这样，他们就动身了，徒步走到莫斯科。

"这地方好大呀。"伊赤说，并且四下里打量着那些灯光和人。

"上天保佑，"尤姆普说，"这可不是女人待的地方。"

"啥都不要怕。"伊赤拿眼睛盯着她说。

于是他们继续走下去，一路寻找着瓦塞利奇太太的房子。

"灯光多亮啊！"伊赤说。他停下脚步，环视了一番。随后，他指着一座布尔列斯基（即剧场）说："咱们进去歇会吧。"

"不，"尤姆普说，"咱们还是赶路吧。"

"你累啦，"伊赤说，"把布丁交给我，赶紧往前走吧，你也好睡个觉。我迟一些再来，带着布丁和鱼。"

"我不累。"尤姆普说。

这样，他们终于来到瓦塞利奇太太的家。当他们看见塞吉之后，就说："他长得多么高，出挑得多么英俊啊！"然而心里却想："他的脸色苍白，可得让伊凡·伊凡诺维奇知道一下。"

于是伊赤说："这是伊凡·伊凡诺维奇捎给您的卢布。数一数吧，小少爷，看看对不对。"

"应该是多少呢？"塞吉说。

"我不知道，"伊赤说，"您应该数一数看。"

随后，尤姆普说："这里有个布丁——小少爷——和一条鱼，还有只鸭子、一块奶酪和一把蒜。"

这样，当天伊赤和尤姆普就在瓦塞利奇太太家过了夜。

"你累啦，"伊赤说，"你应该睡觉。"

"我不累，"尤姆普说，"我只不过头疼，脸也热辣辣的，都是风刮太阳晒的。"

"我到前面去，"伊赤说，"找一家菲斯基（即药铺），弄点什么擦脸的东西。"

"你就待着吧。"尤姆普说。于是，伊赤就待在那儿了。

这当儿，塞吉带着鱼、鸭、奶酪和布丁上楼去了。他边走边想："光一个人吃太自私了，我要把鱼分一部分给别人。"他又迈上几个阶磴后，想道："我要把整条鱼都给他们。"他往上走了几步后，暗自思忖："一股脑儿都给他们算啦。"

于是，他打开门，走进大屋子。学生们正围着大桌子玩那火柴游戏呢，还喝着盛在杯子里的咯尔咯尔。"这儿有吃的，弟兄们，"他说，"拿去吧，我什么也不需要。"

学生们接过食品就嚷着："啦，啦！"他们用鱼敲打桌子，但是他们不肯接受布丁。"我们没有斧子，"他们说，"你自己留下吧。"

然后，他们给塞吉倒了一杯咯尔咯尔，说："喝吧。"

但是塞吉不肯喝。

"我得学习去。"他说。于是，所有的学生都笑了。"他得学习去！"他们大声说，"啦，啦。"

然而塞吉上楼到他的房间去了。他点燃了把小线浸在油脂里做成的灯芯，开始用功。

"我得学习。"他重复了一句。

于是，塞吉坐在那儿读起书来。夜深了，房子宁静下来。楼下学生们的喧嚣也停止了，万籁俱寂。

塞吉彻夜研读。黎明倏然来临，黑暗被曙光所取代。塞吉隔着窗户可以望见街对面那座窗户上钉了铁格子的大建筑，矗立在清晨的灰雾中。

塞吉常常像这样彻夜读书，天亮后他就说："早晨啦。"并下楼帮助瓦塞利奇太太拉开铁制百叶窗的闩，摘掉门上的链条，还拔下窗框上的插销。

然而这一天的早晨当塞吉朝窗外眺望的时候，他瞧见对面那扇钉了铁格子的窗户后边有个身影——是个少女的身影。她正跪在地上祈祷呢，因为塞吉看得出她用双手把脸捂住。他望着的时候，尽管看不见少女的脸，浑身的血液还是沸腾起来，冲上了头，他四肢颤抖。接着，少女站起身来，把脸掉向窗格子。塞吉认出那就是奥尔加·伊利依奇，而她也瞧见并认出了他。

然后，他走下楼梯。瓦塞利奇太太正在那儿卸百叶窗，拔掉窗框上的插销。

"你瞧见了什么，小儿子？"她问，她的嗓音挺柔和，因为塞吉面无血色，一双眼睛睁得大大的。

但是塞吉没有回答她。

"那是一座什么房子呀？"他说，"我指的是窗户上钉了格子、你管它叫做死宅的那座大建筑。"

"我该告诉你吗，小儿子？"瓦塞利奇太太说。她望着他，一时拿不定主意。"好的，"她说，"应该让他知道。"

"那是座死囚牢，等在他们前头的只有死亡。你听我说，小儿子，"她使劲攥着塞吉的手腕子，继续说下去，他简直能感觉到她手指的骨头硌着他的肉了，"我丈夫万格洛德·瓦塞利奇就曾经躺在那里面，等着死。他在铁格子后面被关了好几个月，谁都看不见他，也不晓得他什么时候会被处死。我弄到了这座高房子，为了起码可以挨近他，直到最后。但是他们准许那些躺在那儿等死的人们，在死以前朝外面世界望上一眼，仅仅一眼而已。于是，我就弄到了这座房子，等待着。每天黎明时分，我隔街望过去，可他并不在那儿。后来他终于出现了，我看见他在窗口，脸色苍白，表情严肃。当他扶着窗格子时，我可以看到他手腕上打的烙印。尽管这样，我看得出他的精神没垮。他们没能把他摧垮。然后，他看见了待在窗口的我。就这样，我们隔着狭窄的街道告了别，那只是一刹那的工夫。'索妮亚·瓦塞利奇，'他说，'不要忘了。'于是，他走了。我没有忘记。我就在这座黑房子里住了下来，我并没有忘记。我的儿子们——对，小兄弟，我说，我的儿子们——我并没有忘记。现在告诉我，塞吉乌斯·伊凡诺维奇，你看见了什么？"

"我看见了我所爱的姑娘，"塞吉说，"她跪在铁格子后面祷告着。我看见了奥尔加·伊利依奇。"

"她的名字，"瓦塞利奇太太说，她的眼睛里没有泪水，她的嗓音是平静的，"她名叫奥尔加·瓦塞利奇。她是我女儿，明天就将死去。"

第　四　章

瓦塞利奇太太握住塞吉的手。

"来呀，"她说，"你跟我的儿子们一道聊聊吧。"于是，她领着他下了楼梯，到哈尔弗夫和奎托夫的屋里去。

"他们是我的儿子，"她说，"奥尔加是他们的妹妹。他们正在设法营救她。"

她打开了门。哈尔弗夫和奎托夫就像过去塞吉见过的那样在熔罐旁干着活儿，闪烁的蓝色火光映在他们的眼中。

他们彻夜未眠。

瓦塞利奇太太开口了。

"他看见了奥尔加，"她说，"今天就要执行了。"

"我们来不及啦。"哈尔弗夫说，他哀叹着。

"鼓起勇气来，兄弟，"奎托夫说，"太阳升起来之前她是不会死的。现在天刚蒙蒙亮，咱们还有一个小时，干吧。"

塞吉瞧着哥儿俩。

"告诉我，"他说，"我简直不明白。"

哈尔弗夫停下手来望了望塞吉。

"兄弟，"他说，"你肯牺牲性命吗？"

"为了奥尔加吗？"塞吉问。

"为了她。"

"我心甘情愿。"

"那么，听我说吧，"哈尔弗夫说，"我们的妹妹由于杀死了警察巡官波波夫而被判死刑。她被关在死囚牢——也就是街对面的那座死宅里。她的牢房紧挨着我们，中间只隔一道墙。看哪……"

哈尔弗夫说着就撩开垂在屋子尽头的帘幕，塞吉朝黑暗中望去。那是一条隧道。

"它一直通到她那间牢房的墙跟前，"哈尔弗夫说，"我们已经紧贴着墙了，但就是捣毁不了它。我们正在制造一颗炸弹。我们所能制造的炸弹，爆炸力不够。我们只能实验一次，要是失败了，那声音就把我们毁了，再也没有第二次机会啦。我们在熔罐里试验炸弹，一颗颗地都失败了——没有爆炸力。我们太无知了，我们还在学习，我们是从书本——那些禁书——里学来的。我们

146

花了一个月才学会给炸弹装上引爆的电线。隧道是现成的，我们用不着再去挖。原是为我父亲万格洛德·瓦塞利奇挖的，他不让我们用它。他隔着墙敲打，通报说：'留着它，好派上更大的用场。'如今，他的女儿被关在那儿了。"

哈尔弗夫说不下去了。他气喘吁吁，胸脯起伏着，脸上淌着汗水，乌黑的头发已经湿漉漉的了。

"鼓起勇气来，小兄弟，"奎托夫说，"她是不会死的。"

"听我说，"哈尔弗夫继续讲下去，"炸弹已经制造好了，就在熔罐旁边，它的爆炸力足以把整个监狱炸毁。但是引信有毛病，不起作用，通不上电流。有点什么毛病，我们没办法引爆。"

"勇气，勇气，"奎托夫说，他的双手在前面那堆导火线中忙碌着，"我还在干呢。"

塞吉看着哥儿俩。

"那就是炸弹吗？"他指了指熔罐旁边那个巨大的金属球说道。

"正是。"哈尔弗夫说。

"边儿上那根小小的引信会使炸弹起火吧？而导火线传来的电流又会点燃引信吧？"

"是的。"哈尔弗夫说。

哥儿俩朝塞吉望了望，因为他的音调里有一种含意，脸上泛着奇异的神情。

"要是把炸弹紧紧贴在墙上，然后点燃引信，就会爆炸的。"

"对，"哈尔弗夫沮丧地说，"但是怎么去做呢？引信一瞬间就会起作用。没有导火线，我们就没法点燃它。那会死人的。"

塞吉拿起炸弹，他面色苍白。

"就这样吧！"他说，"我甘愿为救她的命而献身。"

他举起手里的炸弹。"我穿过隧道，把炸弹贴在墙上，点燃它，"他说，"哈尔弗夫，用火焰替我点根蜡烛。墙塌下来的时候，要做好准备。"

"不，不，"哈尔弗夫攥住塞吉的胳膊说，"你不能死！"

"我的兄弟，"奎托夫安详地说，"照他说的去做吧，这是为了俄国！"

但是，当哈尔弗夫转过身去用火焰点燃蜡烛时，楼上传来了大声敲门的声音，街上人声鼎沸。

大家都不吭气了。

瓦塞利奇太太用手捂住嘴。

随后传来了仿佛是将滑膛枪放在铺石路上的音响，再就是尖声喊出的号令。

"士兵们！"瓦塞利奇太太说。

奎托夫转向他的弟兄。

"完啦，"他说，"就地引爆炸弹，咱们一道死吧。"

瓦塞利奇太太猛地大叫一声。

"那是奥尔加的声音！"她说。

她跑到门边，打开了门，听到了欢欢喜喜的喊叫声。

"是我，奥尔加，我自由啦！"

"自由啦！"哥儿俩嚷道。

大家都冲上了楼梯。

大厅里，奥尔加站在他们跟前，旁边是警官们，街上是士兵们。楼上的学生们沿着阶磴一拥而下，仆人伊赤和厨娘尤姆普也跟他们在一起。

"我自由啦，"奥尔加大声说，"蒙沙皇的恩典，被释放了——为了全世界的自由，俄国宣战了，所有的政治犯都获得了自由。"

"啦，啦！"学生们呐喊道，"战争，战争，战争！"

"她被释放啦，"站在奥尔加身边的警官说，"杀害波波夫的诉状撤销了。如今，谁也不会为这档子事受惩罚啦。"

"我从来没杀他，"奥尔加说，"我发誓。"她随即举起一只手。

"你从来没杀他？"塞吉满怀喜悦地嚷道，"你没杀波波夫？那么是谁干的？"

"上帝保佑，"厨娘尤姆普说，"既然再也不会为这档子事受惩罚了，那么，是我亲手杀了他。"

"你！"他们大声说。

"是的，"尤姆普说，"为了维护我的贞操，我在河边杀了他。"

"是为了维护她的贞操，"哥儿俩大声说，"她干得好！"

他们紧握她的手。

"你是用炸弹干掉他的吗？"

"不是，"尤姆普说，"我把他活活压死的。"

"啦，啦，啦。"学生们说。

沉寂片刻之后，奎托夫开口了。

"朋友们，"他说，"新的一天到来了，快要破晓啦。月亮升起，星宿沉落，这是自由的诞生。看哪！我们不需要它啦！"他边说边双手攥住那颗尚未点燃引信的炸弹，"俄国自由啦，咱们现在都是亲兄弟啦，让咱们把炸弹投向敌人吧。前进！到前线去！沙皇万岁！"

史密斯先生的旅馆

　　我不晓得你知不知道马里波萨，要是不知道的话，倒也没关系，因为倘若你对加拿大稍稍有所了解，多半就会对十来个跟它大同小异的镇子十分熟悉。

　　在阳光照耀下，山脚下，一个小小湖泊扩展开来，小镇就是沿着山坡自下而上地建起来的。湖畔有座码头，一艘轮船正停泊在码头旁边。轮船是用两条缆绳系在码头上的，缆绳的粗细跟"路希塔尼亚号"①所用的差不多。由于湖被陆地圈起，它除了在七月一日②和女王诞辰③"巡回航行"而外，"马里波萨佳丽"没有航务。此外，它还载着派希尔斯骑士团和戒酒之子协会④的成员们，往返于那些对是否准许销售酒类等拥有地方主权的镇子之间。

　　就地理上而言，这湖泊名叫维萨诺蒂，从湖里分流出去的河名叫欧萨维匹。正像马里波萨的通衢大道名叫密希纳巴大街一样，本县也叫密希纳巴县。然而这些名称无关宏旨，没有人那么叫。人们干脆就把它们叫做"湖"啦，"河"啦，"大街"啦，犹如他

---

　　① "路希塔尼亚号"是第一次世界大战期间被德国潜水艇击沉的一艘英国大型海轮。这里暗指大材小用。

　　② 加拿大于一八六七年七月一日被命名为自治领，故那天就是自治领日。

　　③ 指英国女王维多利亚（1810—1901），她生于五月二十四日。加拿大为英联邦成员国之一。

　　④ 旨在禁酒、戒酒的民间团体。

们总是把大陆饭店称作"彼得·罗滨逊那家",并把药店称作"艾略特杂货店"似的。然而我估计其他任何人的城镇都跟我这座不相上下,我也就用不着强调这一点了。

说起来,这个镇子有一条从湖畔一直往上延伸的宽街,通称大街。毫无疑问,它是宽阔的,为马里波萨做规划的时候,丝毫也不缺乏远见,不像华尔街①和皮卡迪利大街②,显得那么逼仄拥挤。密希纳巴街宽得即使你把杰弗·索尔普那爿理发店掀倒在路面上,就连当中间儿都还够不着呢。整个大街都栽着巨大粗壮的杉木电线杆,东倒西歪地竖立着,上面所架的电线简直比平常我们看到的发送横越大西洋海底电报的电信局的电线还要多。

大街上有好几幢异常重要的建筑——史密斯旅馆,大陆旅店,马里波萨酒馆以及两家银行(商业银行和汇兑银行),更不用说还有麦卡锡大楼(建于一八七八年)和葛洛维尔五金店以及它楼上的共济会③会堂了。密希纳巴大街跟"横街"交叉的十字路口最重要的拐角处,则是邮局、救火队、基督教青年会和《马里波萨新闻邮报》报社。老实说,有眼力的人一下子就瞧得出,一幢幢公共机构自自然然挤在一起,只有针线街或南百老汇④才能与之相比。所有的小街上都栽着枫树,还有宽宽的人行道。修剪得整整齐齐的花园里长着挺拔的水芋花。那些带有阳台的房子,正被周围有着空地的东一座西一座住宅所取代。

漫不经心地望去,夏日午后这街景是一片深邃永恒的静谧。空荡荡的大街在阳光下酣睡着,一匹马和一辆轻型马车拴在葛洛维尔五金店前面的柱子上。史密斯旅馆的老板史密斯先生那魁梧

---

① 华尔街位于美国纽约曼哈顿区,系美国的金融中心,然而狭窄短小。
② 皮卡迪利大街位于英国首都伦敦西部,为繁华区,但街道也较窄。
③ 共济会是起源于中世纪的石匠和教堂建筑工匠的行会。
④ 针线街在伦敦金融区,南百老汇是纽约繁华区。

的身子上穿着花格子背心，他通常总是站在旅馆的台阶上。也许再往前几步，马卡尼律师正去领取他下午的信件。要么就是德罗恩牧师先生，英国教会那位乡区主任牧师，开罢母亲辅导会，正回家去取他的钓鱼竿。

然而这种宁静仅仅是表面现象而已。其实，那些熟悉内情的人都晓得，这里简直是个熙熙攘攘、忙得不可开交的地方。可不！在奈特利肉店（开业于一八八二年），地窖子里就有不下四个人正在忙忙碌碌地操纵着制香肠的机器。《新闻邮报》办公室里，则有更多的人忙着印外活。长途电话局里有四个耳听八方、应接不暇的姑娘，她们坐在高凳上，头戴钢质小帽，嘴巴说个不停。麦卡锡大厦的办公室里，有着脱掉了外套、随时准备工作的牙医们和律师们。再就是从湖畔铁路岔道那儿的一家大锯木厂里，夏日下午几个钟头地传来拉锯那拖长了音调的乐声。

忙得很——喏，可不是嘛！你随便向马里波萨的任何居民问一声：这是不是一座繁忙、活跃、兴旺的镇子？问问汇兑银行的经理穆林斯，他每天十点半钟从马里波萨酒馆风风火火地赶到办公室，整个上午几乎都抽不出时间去跟商业银行经理喝上一盅。要么就去问问——喏，随便你问哪个人，他们可晓得有哪座镇子比马里波萨更富于创业精神呢？

当然喽，倘若你是乍从纽约来到此地，你就会受蒙蔽，你那判断的标准就整个搞拧了。你真的会认为，这个地方蛮清静。只由于史密斯先生闭着眼睛站在那儿，你会以为他睡着了。然而等你在马里波萨住上一年半载，你就会对它了解得更清楚了。在你眼里，建筑物会变得越来越高，马里波萨酒馆越来越豪华，麦卡锡大厦高耸云霄。公共汽车呼啸着轰隆轰隆驶向车站，火车发出尖锐的汽笛声。交通愈益频繁，行人越走越快。密集的人流涡旋般地在邮局和五分一角店①里滚动，熙来攘往。至于消遣娱乐嘛，嗒，看哪！长曲棍球、垒球、旅游、跳舞、消防队的冬季舞会和天主教的夏季野餐会，还有音乐——每星期三傍晚，镇上的乐队在公园里演奏；每隔一周的星期五，共济会的铜管乐队在街上吹奏。再就是马里波萨的四重奏，救世军②——唉，住上几个月后，你就会开始领悟到，这里简直是一片狂欢之地。

至于镇上的人口，倘若非要拿出数字不可的话，那么每次加拿大人口普查都定为五千上下。然而在马里波萨，尽人皆知，这个统计数字在很大程度上是出自恶毒嫉妒。人口普查后，《马里波萨新闻邮报》的主编一般都重新做一次精密的估计（根据拖欠报费的订户得出的相应数据），将人口增加到六千。随后《马里波萨时代先驱报》又做出估计，把数字提高到六千五百。接着，为省政府搜集重要数字的殡仪承办人金罕穆先生，又把他叫做"作古者"的数字与他不那么感兴趣的依然在世者的数字作了比较，估计出人口有七千名。这之后，另外又有什么人计算出是七千五百人。接着，马里波萨酒馆那位老板从柜台后面向济济一堂的顾客们说，他敢打赌马里波萨的人口有九千，就这样定了。当联邦的人口普查员下次突然来临时，人口就已接近一万了，镇子只得重新调查一番。

尽管如此，毫无疑问，这是座兴旺的镇子。镇上的任何居民都会告诉你，就连横贯大陆那条铁路也穿过马里波萨。说实在的，火车大多在夜间由这儿驶过，并不停下来。然而在夏季不眠之夜那片寂静中，你也可以听到西行直达列车风驰电掣地经过马里波萨时所发出的悠长汽笛声。火车嘎嘎地辗过一节节岔道铁轨，掠

---

① 每样商品只售五分钱或一角钱的廉价店铺。

② 救世军是1865年创始于英国的基督教组织，以救济为手段，在贫民当中从事宗教活动。因采取军队编制，故名。

过一盏盏信号灯。最后，当它跨过欧萨维匹河上的高架栈桥时，发出悠长而沉闷的吼声。最好是在冬天傍晚大约八点钟光景，你可以望到夜班快车那一长串卧车和餐车车厢朝着北方的矿区疾驰而去，由一扇扇车窗闪出辉煌的亮光，窗内是令人赏心悦目的雕花玻璃餐具和雪白的亚麻桌布，笑容可掬的黑人侍役以及下巴下掖着餐巾的百万富翁在猛烈的暴风雪中疾驰而过。

我可以告诉你，尽管列车并不在马里波萨停留，这里的人们都对一趟趟火车引以为荣。镇子坐落在铁路干线上这一点使马里波萨人十分开心，身份从而比毗邻的特库姆瑟和尼古斯角的居民高出一等。他们处在交通发达，生活丰富、广阔大千世界的气氛中。当然喽，他们也拥有自己的火车——马里波萨本地线。火车就在车场那儿挂好，驶向镇子以南一百英里远的一座城市。那自然是一辆真正的火车，旅客车厢尽头有个箱状炉子，木柴是乱七八糟地添进去的。火车头与旅客车厢之间挂了十七节松木平底车皮，这样火车在转轨的时候就能产生充分的冲击力了。

马里波萨郊外分布着一座座农场，近郊那几座还算富饶，离镇子越远就越贫瘠寒伧，更远处就都是丛林、沼泽和北方乡村的山岩了。再往前眺望，尽管很遥远，你还是多少可以意识到伐木区那参天松林无穷无尽地向北延伸。

小镇也并不总是欢欢喜喜的，永远在阳光下生气勃勃，再也没有像它那样随着季节的转换而改变特色的了。在冬夜，它看上去够昏暗的，而且沉闷。用木板铺成的人行道上结满了霜，嘎吱作响。店铺窗户里的灯光朦朦胧胧，往昔点的是煤油灯，而今当然用的是电——或者据认为是电——喽。那是从十九英里外欧萨维匹河下游的发电站输送过来的。尽管起初从欧萨维匹河激流发出的是电，然而不知怎地，传到马里波萨并流进一家家店铺那结了霜的窗子里的小小灯泡后，它就重新变成煤油灯了，跟以往一样发黄，模模糊糊。

冬季过后，积雪融化了，湖里的冰解冻，太阳高高地照耀着。伐木者从林区下山来，喝得醉醺醺地胡乱躺在史密斯旅馆外面的人行道上——春季来到了。于是马里波萨成了一座残暴险恶的伐木镇，准能吓掉一位新来者的魂儿。他并不晓得这也仅仅是表面现象而已，那些貌似粗莽的伐木者会改换装束，重新变成庄稼汉的。

于是，阳光更温煦了，枫树绿叶婆娑，马卡尼律师穿上他的网球裤——夏季来到了。小镇变成一种避暑胜地，旅游者从城里翩然而至，湖畔的七座村舍全部客满。当"马里波萨佳丽"在云丛般的旗帜飘扬下从码头起航时，将维萨诺蒂湖的水搅动得泡沫翻滚。甲板上，乐队演奏起来，派希尔斯骑士团的女儿们与姐妹们正欢乐地跳着舞。

这种情景也变化无常。白昼越来越短，游客消失了踪影。草地旁的黄菊开败，连梗带茎都枯萎了。枫叶火红得艳丽夺目，接着就纷纷凋谢。暮色苍茫，昏暗阴冷。在马里波萨通衢大道拐角处的一片朦胧中，救世军簇拥着一盏石脑油灯，提高嗓门忏悔他们的罪愆——秋季来到了。在马里波萨，岁月就是这样送旧迎新，周而复始，更迭变幻，跟别的地方一般。

那么，倘若你觉得自己对这个镇子已经熟悉得能够步入它的内在生活和动态，就请你在六月间的这个下午沿着通衢大道往下走半条街。要么，如果你愿意的话，还可以从码头往上走半条街：史密斯先生就在那儿，站在他那家旅馆门口。当你走近时，你会发觉站在你眼前的是一位不同凡响的人物。这不仅仅由于史密斯先生是个大块头（经奈特利那家店的磅秤称过，不折不扣是二百八十磅）；也不仅仅由于他的装束，尽管他那件藏青花格子背心，那条苏格兰彩格呢牧人式长裤，他那双有着灰色靴罩的漆皮靴子，构成了不同寻常的配色。也不仅仅由于史密斯先生那张布满了细微斑点的面孔。毫无疑问，这张脸是值得注目的：一本正经，没有表情，捉摸不透，生就的一张旅店老板的面孔。不仅这样，此人有着能够支配旁人的奇异性格，不知不觉地你就会被他俘虏了。除了拿破仑皇帝与御林军的关系，我不晓得历史上有谁的地位能够跟史密斯先生在他那些酒客心目中的地位相比，只不过在程度上略微逊色而已。

当你乍一见到史密斯先生的时候，你会觉得他看上去活脱儿像个打扮得太考究的海盗。接着你就开始认为他是个人物，你会对他那庞大身躯感到惊异。随后你就会领悟到，仅仅观察史密斯先生的容貌是完全没有希望了解他正在转些什么念头的。相形之下，蒙娜丽莎①的面部表情犹如一本摊开的书，令人一览无遗。普通人的面容就像阳光照耀下的水洼子那么浅薄。直到你在史密斯先生的酒吧里喝上一盅，而他又直呼你的教名，你就会领悟到自己是在跟旅店业中最伟大的人物之一打着交道。

史密斯先生这么伫立着的时候，就拿他头顶上那块伸向街头的大招牌为例吧，上面写着什么呢？"约瑟·史密斯，老板"，如此而已。可这玩意儿仍不失为天才的闪现。在史密斯先生之前拥有过这家旅馆的人们曾给它起过皇家旅店、女王旅店、亚历山大利亚旅店等平淡无奇的名称，他们个个都失败了。当史密斯先生接手这家旅馆后，他就干脆打出"约瑟·史密斯，老板"这么一块招牌，自己则作为活生生的证明沐浴着阳光站在招牌下面：这么个体重将近三百磅的人理所当然地就是旅馆业之王。

然而在今天这个特定的下午，尽管阳光和深邃的静谧一如往日，史密斯先生却露出一副前所未有的、近乎极度关切和焦虑的

---

① 蒙娜丽莎是莱奥纳多·达·芬奇（1452—1519）所画的妇女肖像，以面部表情令人莫测高深闻名。

神情。

这确实是个令人焦虑的时刻。史密斯先生正在企盼着他那位法律顾问的一封电报。那天法律顾问代表老板的利益到县城去会晤聚在那里的执照处的官员们。倘若你对旅馆行业略有所知，就会晓得，跟密希纳巴县执照处官员们所作出的决定相比之下，枢密院大臣们的见解就微不足道了。

待解决的这档子事是非常严重的。由于史密斯先生又在规定的时间过后售酒，马里波萨法院刚刚再度对他罚款，因而执照处官员就有权吊销他的售酒执照了。

史密斯先生晓得自己有过错，供认不讳。他犯了法。至于他怎么会竟然干出这等事来，他无论如何也记不起来了。事后回顾犯法的过程，似乎总会认为那是不可能的。回想出事的那个晚上，他究竟是凭着哪股子疯劲儿把酒吧打了烊，从而让密希纳巴县的地区法官裴波利吃了闭门羹呢？况且对于酒吧按时打烊一事，一向都是由老板本人根据省里规定严格的执照法照办的，从来不曾委托过任何旁人去经手。每晚到了十一点钟，史密斯先生就准时从圆形大厅柜台踱到酒吧门口。要是酒吧里人好像真正地坐满了，酒客个个欢快畅饮，他就打烊。不然的话，他就让门继续再敞上几分钟，直到里面确实有了足够的酒客再打烊。可是，除非老板坚信裴波利法官和马卡尼律师已双双稳坐在酒吧间或雅座里，他是绝对、绝对不敢打烊的。但是，偏偏就在这个不幸的夜晚，裴波利和马卡尼吃了闭门羹——他们竟然滴酒未进地被撇在大街上，只得不停地敲打酒吧的旁门，这才进入。

这种事真不能宽容。你要么把一家旅馆开得像个样子，要么就关门拉倒。第二天经人告发，不出四分钟史密斯先生就被判有罪。他的辩护律师们干脆拒绝替他申诉。当主审法官不醉的时候，他冷酷严峻，而马里波萨法院有着公众舆论做后盾，就成为一个伸张正义、严惩罪恶的可怕机构。

所以，无怪乎史密斯先生会焦虑不安地等待他那位法律顾问的回音了。

他忽而仰望街尾，忽而俯瞰街头。从他那绣花兜儿深处拽出怀表，愁眉不展，仔细审视怀表的时针、分针和秒针。

他等得筋疲力尽，然而念念不忘开旅馆的不管什么时候都是公仆，就转身踅进旅馆。

"比利，"他对柜台伙计说，"要是有电报，就送到雅座去。"

史密斯先生的嗓音是一种深沉的喉音。倘若普兰康①或爱德华·德·赖斯克②有幸从事旅馆业的话，他们也许学得出这种腔调。有空的时候，史密斯先生就习惯于用这种腔调跟雅座里的顾客们搭话。在缺乏识别力的人们眼里，他打圆形大厅踱向后面的雅座时，从外表上看来只不过是个肥胖得出奇的旅馆老板而已。其实，史密斯先生即将在特许售酒史上干出最为英明果敢的一手。我是根据弥漫在史密斯的淑女绅士雅座的极度不安的气氛才这么说的。任何熟悉马里波萨的人都会晓得这一时刻有多么重要。

于是，史密斯先生慢腾腾地从旅馆门口穿过圆形大厅——要么说得更简单一些，摆着写字台和雪茄烟匣的前厅。他踱过酒吧间，步入后面的小屋子或者雅座。正如我说过的，夏日下午较清静的时刻，在这雅座里通常可以见到马里波萨最才华横溢的人士。

今天，当史密斯先生进来时，坐在一起的四个人不无同情地抬起头来。他们显然意识到这是多么令人困窘的时刻。

亨利·穆林斯和乔治·达弗，这两位银行经理都在场。穆林斯生得五短身材，圆圆的脸刮得光洁，年龄不足四十。他身着银

_____

① 保尔·普兰康（1854—1914），法国男低音歌唱家。

② 爱德华·德·赖斯克（1855—1917），波兰歌唱家，曾任纽约大都会歌剧院首席男低音演唱者（1891—1901）。

行家通常穿的那种圆嘟嘟的灰白上衣，头上是一顶银行家戴的那种圆嘟嘟的硬草帽，还佩戴着那种为了办理外汇兑换事务时取得信赖所不可缺少的金质领带别针，沉甸甸的表链和图章。达弗也同样滚圆短矬，脸上也刮得那般光洁，他的图章和草帽有意证明商业银行跟汇兑银行一样牢靠。根据银行界的专业观点，只要对方在场，他们两人都不反对待在史密斯旅馆里或是喝上一杯。这当然是马里波萨银行界的重大方针之一。

此外，中学教员狄斯顿先生也在场，他通常以"那个喝酒的"闻名。任何其他教师，除非有太太伴随或小孩保护，从来都不进旅馆。然而由于大家都知道狄斯顿先生有时喝喝啤酒，在马里波萨酒馆和史密斯旅馆进进出出，他就被看做纯粹是个败类。每逢学校董事会给其他教员加薪，年薪一加就是五六十元。大家心里都十分有数：公众道德不允许也给狄斯顿先生加薪。

更值得注目的也许就是那个举止安详、面色蜡黄的人了。他身着黑服，戴黑手套和丝质黑帽。他将那顶厚厚地裹着黑纱的帽子倒放在一把椅子上。他就是葛尔戈萨·金罕穆先生，马里波萨的殡仪承办人。由于他刚参加了一场所谓"殡仪"，他才这么打扮。金罕穆先生秉承了他那个行当的正统精神，绝口不提"丧葬"、"棺材"或"棺架"这类字眼儿。他总是用"殡仪"、"灵柩"、"灵车"这些词儿，用意在于渲染辞世时的庄严与崇高，而不是死亡的恐怖。

待在旅馆里符合金罕穆先生对自己那个行当的宗旨。没有人像金罕穆先生那么透彻地理解殡仪事业真正的准则。我经常听他解释说，尽管跟活人打交道显得枯燥乏味，然而那是能保证死者惠顾的唯一途径。

"趁人们还活着的时候，跟他们真正熟稔起来，"金罕穆先生说，"跟他们交朋友，成为知己。这样，一旦他们去世，你就用不着发愁了。每死一位你就有一笔生意可做。"

现在是该表示同情的时刻，所以当然就由金罕穆先生先开口了。

"约瑟，"他说，"假若官员们跟你作对，你怎么办呢？"

"弟兄们，"史密斯先生说，"我还真不知道该怎么办才好。要是我非离开不可的话，下一步就该进城啦。可是我估计我不至于被迫离开。我有个窍门，我觉得每一次都灵。"

"你能在城里开旅馆吗？"穆林斯问。

"能，"史密斯先生说，"告诉你吧，眼下旅馆这行当正搞得红火着呢。只要搞得得法，油水有的是。城里的旅馆业可兴旺啦。嗨，就拿餐厅来说吧，"史密斯先生轮流打量着在座的各位，接着说下去，"有几千元赚头呢。老办法都不时兴啦。如今人们再也不肯在天花板蛮高、有着一扇扇窗户的普通餐厅吃饭了。你得让他们到地窖子里去，到一间没有窗户、到处都是锯木屑、跑堂的不会讲英语的屋里去。上回我进城就见过那种地方。他们管那种餐厅叫做'老鼠乘凉室①'。为了吃顿便餐嘛，他们要光顾的是快餐店，地道的法国快餐。另外还有一间，是深夜来的人光顾的，通宵开着，叫做'姑娘房'②。我要是进城的话，就打算开这种玩意儿。葛尔，你喝点儿什么？我请客。"

就在史密斯先生说这话的当儿，柜台的伙计比利手持电报蹚了进来。

且慢——你要是不首先了解在过去的三年中史密斯先生所取得的惊人成就，以及他在公众中所获得的登峰造极的威望，你就体会不到史密斯先生和他的伙伴们等候执照处官员的消息时那种焦虑的心情。

---

① 原文作Rats Coolers，系发音相近的rathskeller（地下餐厅）一词的误用。
② 原文作Girl Room，系发音相近的grill room（栅状烤架室）一词的误用。

史密斯先生是从西班牙河林区到这里来的。那儿是分水岭，河朝着哈得逊湾注入大海。在马里波萨，他们管这个地方叫做"偏僻的北方"。

据说他曾经是伐木工人区的一名炊事员。直到今天，史密斯先生还能把荷包蛋的两面煎得焦黄松软，使他的"助手"自愧弗如。

随后，他经营过一家船工公寓。

随后，他跟一帮修筑横贯大洲铁路的工人签订了包伙合同。

随后，当然喽，他在全世界都畅通无阻。

他来到马里波萨，将曾经属于皇家旅馆的"内部"统统买了下来。

但凡受过教育的人都晓得，旅店的"内部"指的是一切，四面墙壁除外。设备、家具、酒吧、柜台伙计比利，三名餐厅女侍。最重要的是经爱德华七世①恩赐、继而又由乔治国王②批准的贩卖酒料许可证。

先前，作为皇家旅馆，它是无足轻重的。一旦成为"史密斯旅馆"，它可就变得光辉灿烂了。

开张伊始，史密斯先生作为老板获得不同凡响的成功，大放异彩。

所有的条件他都具备了。

他的体重达二百八十磅。

他能够毫不生气、毫不激动地同时抓住两名酒鬼的后脖颈，将他们使劲拖出门外。

他的裤兜里总是装着足够开一家银行的钱，随便挥霍，任意

---

① 指维多利亚女王的长子阿尔伯特·爱德华（1841—1910）。
② 指爱德华七世的儿子乔治五世（1865—1936）。1910至1936年为英国国王。

下赌注，大把大把地输掉。

他可从来也不曾醉过。然而，出于对顾客表示礼貌，他一向也不十分清醒。不论是谁，只要愿意就可以随心所欲地走进旅馆。不喜欢它，也可以出去。各种饮料统统是五分钱一杯，要么就是六杯两毛五。饭菜和床铺几乎都免费供应，任何人要是傻得前往柜台去付款，史密斯先生就按照他们的神情来开价。

起初，懒汉们和伐木工们蜂拥而至，并在这里安顿下来。然而史密斯先生所要招揽的"生意"绝不是这个。他晓得该怎样摆脱他们。一大批清洁女工走进旅店，从上到下擦洗了一通。在马里波萨头一次见到的真空吸尘器在过道里嘶嘶尖叫着。从城里运来了四十张黄铜床——当然不是让客人睡觉用的，而是为了把他们赶出去。一位穿着新浆洗过的短上衣、套袖上有柳条花纹的酒吧侍役被安插在柜台后面。

懒汉们被弄得待不下去了。对他们来说，这个地方变得"档次太高"了。

为了揽高级生意，史密斯先生开始打扮得像个样子了。他身穿剪裁得宽宽松松、质地极薄的大衣，轻如蛛丝；每周按天换不同图案的花格子背心；像秋天的树叶那般轻盈的浅顶软呢帽；还打了条橘黄与鲜绿相间的领带，并别上一枚嵌有榛子大小的钻石的饰针。他的手指上所戴的珠宝多得足以跟印度土著亲王相媲美，他的背心上横搭着一串金质巨型方格表链，衣兜里装着一块重达一磅半的金质怀表，上面标着时、分、秒以及四分之一秒。每天晚上起码有十个客人仅仅为了一睹约瑟·史密斯的怀表而光顾酒吧。

每天早晨史密斯先生都让街对面的杰斐逊·索尔普替他刮刮脸。凡是美容术所能做到的，凡是佛罗里达香水①所能产生的效验，

---

　　① 美国的一种大众化香水。

都被大量地倾注在他身上了。

史密斯先生成为当地的一位显要人物了。马里波萨匍匐在他脚下。有身份的商人们统统在史密斯先生的酒吧里喝酒。而在酒吧后面的小小雅座里，你随时可以找到一些本镇饱学通达人士。

起初并不是没有人反对。例如牧师本来是把马里波萨酒馆和大陆旅馆当做必不可少而又有用的邪恶接受下来的，然而他们对史密斯先生的雅座酒吧那耀眼的灯光和熙熙攘攘的人群则侧目而视。他们在布道时提出过异议。当德罗恩牧师以"主啊，请您对小酒店老板马修斯六世也开恩吧！"这句经文开头布道时，众人都晓得，这意味着怂恿大家去把史密斯先生活活揍死。同样地，下一周在长老会教堂布道时，主题是这句经文："啊，如今阿比拉姆在梅尔齐西达克国王八世和九世的国土上都干着些什么名堂呀？"这话里显然有话："啊，约瑟·史密斯在马里波萨都干着些什么名堂呀？"

然而这种反对意见却被范围广泛、颇有见地的慈善行为所抗衡。我认为，史密斯先生最早是在由蒸汽驱动的旋转木马来到马里波萨的那个夜晚想出这个点子来的。就在酒馆下面的一块空地上，它旋转着，呼啸着，蒸汽将它的音调喷向夏季的夜空，成百个孩子簇拥在它周围。史密斯先生溜溜达达地沿街走下来，他头戴浅顶软呢帽，以表示此刻已暮色苍茫。

"老板，坐一趟收多少钱？"史密斯先生问。

"两个人五分钱。"那人说。

"收下这个，"史密斯先生说罢，从一卷纸币中抽出一张十元钞票，递过去，"让小娃娃们免费搭乘一个晚上。"

当天晚上，旋转木马满载着马里波萨的娃娃们，疯狂地旋转到午夜以后。消息传播开来，孩子们的爹妈、朋友和赞赏者们也就随之拥到史密斯旅馆，沿着酒吧站成四排。那个晚上，单是淡啤酒一项，他们就售出四十元。倘若史密斯先生事先不曾料到，这时他总领悟了：慷慨解囊，必交好运。

他进一步开展了慈善活动。史密斯先生样样都赞助，样样都参加，样样都捐款。他成为共济会会员、林务员、派希尔斯骑士，以及一名工匠。他捐给马里波萨医院一百元，并向基督教青年会赠款一百元。

他定期捐款给大型舞会俱乐部、长曲棍球俱乐部、冰上溜石俱乐部等。说实在的，尤其对所有那些需要借个地方聚会，讨论的过程中又会口渴起来的活动，他全都赞助支持。

其结果是：共济会在史密斯旅馆举行年度宴会，派希尔斯骑士团则在史密斯先生的餐厅里大摆牡蛎晚宴。

更有效的恐怕就是史密斯先生的秘密行善了。这种捐款是偷偷摸摸拿出的，往往镇上整整一个星期也没人知晓。史密斯先生就是用这种办法在德罗恩牧师的教堂里设置了一只崭新的圣水盂，又把一百多元交给裴波利法官，由保守党任意支配。

于是，敌对情绪逐渐地消失殆尽。史密斯旅馆成为马里波萨公众所认可的一座社会机构，就连那些主张戒酒的人士也觉得史密斯先生为本镇增添了知名度，从而以他为荣。

在清晨宁静的时刻，德罗恩牧师竟然曾走进圆形大厅向他收一笔捐款。至于救世军呢，他们随时跑出跑进，没人责备过。

只剩下一个难题：酒吧什么时候打烊。史密斯先生根本就不去考虑什么打烊的问题，倒不是为了赢利，他在乎的是信誉。想到半夜里裴波利法官可能吃闭门羹，嘴里干渴地站在人行道上，《时代先驱报》的夜班人员可能在星期三滴酒未进就被迫回家，他简直过意不去。在这一点上，史密斯先生的道德准则再简单不过了：凡正确的，就去做，勇于承担后果。所以酒吧就昼夜不停地营业。

我相信，每一个镇都有下流痞子，每一个和蔼可亲的人都在怀里焐暖着一条蛇。或者正如史密斯先生对葛尔戈萨·金罕穆所说的：“连这个镇上都有卑鄙到去告密的家伙。”

起初马里波萨法院驳斥了所有的控告。戴着眼镜的执事法官跟前摆着一摞书，威胁那个告密者说，要罚他坐牢。整个马里波萨的法庭都站在史密斯先生这一边。然而纯粹凭着反复控告，告密者终于达到了目的。裴波利法官得知史密斯先生曾捐给自由党一百元，就立即以超时营业的罪名对他处以罚款。这是头一次判罪。不仅如此，又发生了刚刚提到的那档子倒霉事件，于是凑成了两桩。他真是穷于应付。当柜台伙计比利手执电报走进后面雅座时，情况恰好就是这样。

“这是您的电报，先生。”伙计说。

“上面说些什么？”史密斯先生问。

处理书面文件时，他一向总摆出一副出色的超然神态。我猜想，知晓史密斯先生原来是个文盲的人，全马里波萨统共也不到十个。

比利打开电报，读道：“官员们限您三个月之内关门。”

“让我来读读，”史密斯先生说，“对啦，三个月之内关门。”

读电报的时候，周围笼罩着死一般的寂静，人人都在等待着史密斯先生开口。金罕穆先生本能地表现出职业性的绝望忧郁神色。

正如事后所记载的，史密斯先生伫立在那儿，手里托着盘子，将电报“审视”了起码四分钟。然后他才开腔。

“弟兄们，”他说，“除非我自己准备关门，否则我才他妈的不关呢。我有个主意，你们等着瞧吧。”

关于这档子事，史密斯先生再也没多说一个字。

然而，不出四十八个小时，全镇就都晓得了正在进行着什么名堂。旅馆里挤满了木工、瓦匠和油漆工。从城里来了一位建筑师，手里攥着一捆蓝图。一位工程师还正在用经纬仪来测量街道的水平线。一群建筑工人抡起铁锹，拼死拼活地在刨着，仿佛要把旅馆后面的地基都给挖空了似的。

"这样就会把他们哄弄住啦。"史密斯先生说。

半个镇子的人都聚集到旅馆周围，兴奋得如醉如狂。然而这位老板一声也不吭。

一辆辆巨型平板四轮大车上载满了方木以及两英寸厚、八英寸宽的松木托梁，从锯木厂络绎不绝地运到了。人行道上横放着一堆配套的云杉木，高达十六英尺。

于是，越挖越深，尘土飞扬，横梁搭上去了，与托梁互相交叉。木匠的榔头从早敲到晚，叮叮当当地响着，加班加点地干，领着一倍半的工钱。

"花多少钱我都不在乎，"史密斯先生说，"给我干完就行。"

这座建筑飞快地成形了。它朝着横街延伸过去，与旅馆连成直角。房子挺拔，高耸入云，看上去宽敞典雅。

你已经可以望见即将安装一排窗子的地方了，那里宽阔敞亮，必然会成为一座名副其实的玻璃宫殿。下面，你可以看见正在成形的地下室。天花板低矮，呈拱顶形。一根根巨大横梁已架好，打磨得光光滑滑，只待漆上颜色了。街上已经摆着七箱红白两色的帆布棚。

即使这时候也还没有一个人摸底。直到第十七天，史密斯先生才私下在后边的雅座打破沉寂，做了解释。

"我告诉你们吧，伙计们，"他说，"这是一家咖啡馆，就像城里开的那种——淑女绅士咖啡馆。地窖子里那间（穆林斯先生，你来杯什么？）是'老鼠乖凉室'。开张后，我就雇上一位法国大师傅来烹调。到了冬天，我再开间'姑娘房'，就像城里旅馆那样的。到那时我倒是要瞧瞧，谁还能让它关门。"

不出两个星期，这个计划就开始实现了。不但咖啡馆竣工了，旅馆本身也焕然一新。正面是云层般的红白两色帆布棚，每扇窗户都装饰着一浅匣蔓生花草。房顶上，飘扬着一面光彩夺目的英国米字旗。就连旅馆备用的信封、信纸都换了。这个地方如今叫做"史密斯度夏凉亭"。在城里刊登的广告上把它叫做"史密斯旅游购物中心"和"史密斯北方疗养胜地"。史密斯先生让《时代先驱报》的主笔写了一份传单，上面说的全都是空气如何新鲜，挨近马里波萨松林，并附有一幅幅维萨诺蒂湖那些大梭鱼（学名匹兹斯·马里波希斯）的插图。

七月间这份传单在城里大获成功。到了星期六，携带着钓鱼竿和抄网的人们搭乘着一班班火车蜂拥而至。客人们到达得过于迅速，几乎都来不及登记了。面对这样的情况，倘若酒吧出售了那么几滴威士忌，谁还想得到呢？

至于咖啡馆呢？那当然是压倒一切的光彩，再就是地窖子里那间老鼠乘凉室。

既亮堂又凉爽，时髦的窗子大敞着，通风透气。一张张大理石面的桌子，一棵棵棕榈树，身着白衣衫的侍役——这是马里波萨的旷世奇迹。然而，除了史密斯先生出于本能了如指掌外，镇上再也没有人猜得出侍役们、棕榈树和大理石桌子竟然能通过长途电话租借到。

史密斯先生说到做到，他弄来了一位法国大厨师。那人有着贵族般的忧郁面容，蓄着两撇八字胡，一副帝王气派，使人联想到已故的拿破仑三世。谁也不晓得史密斯先生是打哪儿把他弄来的。镇上有人说他是一位法国侯爵，另外一些人则说他是一位伯爵，还就二者的区别解释了一番。

马里波萨人都从来没有见过像这样的咖啡馆。它的一边排列着炉火通红的栅状烤架，有系在链条上、能上上下下的巨大锡制盘盖。你可以沿着烤架走去，随手挑选自己那份牛排，并且看着那位法国侯爵将牛排丢到炙热的铁格条上烧烤。你可以守在那里，亲眼看到一个荞麦煎饼被翻转得成了形，并瞧见他怎样用辣汁煎鸡腿，撒上胡椒粉，再放到烤架上，把它们折腾得认不出原先那马里波萨鸡的模样了。

当然喽，史密斯先生正在兴头上。

"今天你有哪几道菜，阿尔弗？"他漫步走到侯爵身旁问道。我准知道这位厨师的名字叫阿尔丰斯，然而对史密斯先生来说，叫他"阿尔弗"更顺口。

侯爵会把菜谱递向老板："先生，这是今天的菜谱。"[1]

顺便说一声，史密斯先生鼓励在咖啡馆里说法语。当然，他考虑的纯粹是法语与旅店生意的关系。我还认为他把说法语看做是一种新发明。

"法国话在城里可流行啦，"他说，"不过人们并不指望你听得懂。"

史密斯先生就把菜谱夹在食指和大拇指之间，定睛望了一眼。菜谱上布满了诸如此类巧立名目的珍肴：马里波萨汤、女老板嫩滑里脊、史密斯排骨[2]等。

然而，咖啡馆里最了不起的莫过于各种价格。人人都一眼就看得出史密斯先生的头脑简直单纯到了家。

每顿饭的价格一成不变：两角五分。一进咖啡馆，只消花上一枚硬币，你就可以把咖啡馆里的东西吃个遍。

"不，先生！"史密斯先生坚定地说，"我可不打算让大家多花钱。我这家旅馆一向收两角五分，咖啡馆也是两角五分。"

顾客满堂？座无虚席？

哦，可不是嘛！从打咖啡馆上午十一点开门，直到晚上八点

---

① 原文为法语。
② 原文均为法语。

半打烊，你几乎找不到一张空桌子。观光的，来访的，旅客，以及马里波萨的一半居民，都拥到一张张小餐桌周围，食器碰撞，清脆地响着，玻璃杯在托盘上叮叮当当作响，拔酒瓶塞子嘭嘭有声。身着白衣的侍役们飞快地穿梭着，阿尔丰斯将肉排和煎饼旋转着抛向半空中。史密斯先生身着白色法兰绒衣裤，腰系宽宽的绯红饰带，到处转悠。从早到晚，人头攒动，喜气洋洋，欢闹得甚至人声鼎沸。

人声鼎沸。敢情！然而倘若你渴望深邃的宁静和凉爽，倘若你渴望避开加拿大八月间耀眼的烈日，步入迷人的林中空地那树荫深处——你就下楼到那间老鼠乘凉室去吧。这儿你可遂心啦：黑魆魆的陈旧横梁（谁能相信它们是一个月前才装上去的）；巨型黑地酒桶，下端饰有阿蒙蒂拉多·芬诺①传奇故事的金粉雕画；带盖高酒杯，盛满了青苔般柔和的德国啤酒；还有个德国侍役，就像漂浮的泡沫那样静悄悄地踅来踅去。凡是夏日午后三点钟走进老鼠乘凉室的人，就会整天待在里面。葛尔戈萨·金罕穆先生每天无论如何也得在这儿消磨四个到七个钟头。在他看来，葬礼那种肃穆的魅力这里统统都有，但丝毫也没有葬礼的哀伤。

然而入夜后，当史密斯先生和柜台伙计比利打开收款机，结算出咖啡馆和老鼠乘凉室的亏本总额的时候，史密斯先生就说：

"比利，等我把贩酒执照更换了，我就关掉这该死的咖啡馆，关得那么严实，让他们永远也不能知道它究竟出了什么事。那些羔羊肉是花多少钱买来的？五角钱一磅，对吧？我算过了，比利，那些猪猡每头付两角五分就吃掉值一元的食品。至于阿尔弗——哼！我跟他一刀两断啦！"

然而，当然喽，这只不过是史密斯先生和比利之间讲的一番

---

① 原文作Amontillado Fino，系产于意大利的一种优质红葡萄酒。意大利文Fino是"好"的意思。

心腹话而已。

我不晓得镇子向执照处请愿这档子事最早是在什么确切的时间发起的。好像没有人知道这个建议究竟是谁提出的，但是公众舆论产生了强烈的转变，开始支持史密斯先生，这是千真万确的。我料想，兴许就在阿尔丰斯为马里波萨独木舟俱乐部举办的大型鱼宴烹调珍肴（每人两角钱）那一天，这种情绪开始公开冒头。大家说，像约瑟·史密斯这样一个男子汉，竟然被三个执照官赶出马里波萨，这太丢人了。不管怎样说，这些执照官又算得了老几？喏，瞧人家瑞典的执照制度吧。不错，再就是芬兰和南美洲的。要么，这种事嘛，瞧瞧法国人和意大利人，人家没黑没白地喝。他们不也蛮好吗？他们不是有音乐才能的民族吗？就拿拿破仑和维克多·雨果来说吧，有一半时间他们都醉醺醺的，然而瞧瞧他们的成就吧！

我并不是为了援引而援引这些争论的，我只不过是指出马里波萨公众舆论的变化趋势。午餐时分，男人们也许会在咖啡馆坐上一个半钟头，聊聊执照问题。然后走进下面老鼠乘凉室，再议论上两个多钟头。

令人感到惊异的是某些人物，多半是最意想不到的，脑袋居然开了窍，不再持反对意见了。

就举《新闻邮报》的主编为例吧。我料想镇上再也没有像他这样热衷于提倡戒酒的人了。然而阿尔丰斯给他端上了一道特许执照煎蛋卷①，只凭着一顿饭，就让他口服心服。

再拿马里波萨法院的法官裴波利本人来说吧。他被一道精致的馅饼——诺曼底香草细馅饼②弄得毫无办法。那可真地道，美妙得不啻逛了趟巴黎。吃罢，裴波利就变得通情达理了。他领悟到：

①原文均为法语。
②原文均为法语。

170

毁掉一家能够烹调出这样一道珍肴的旅馆，那简直是发了疯。

同样地，学校董事会的秘书也被填了佐料的欧萨维匹鸭①堵住了嘴，默不做声了。

市政厅的三位官员则由于一只填了佐料的约瑟·史密斯火鸡②扭转了看法。

然后，狄斯顿先生终于说服德罗恩牧师到旅馆来了。史密斯先生和阿尔丰斯一瞧见他，就端给他一盘炸鲽鱼——就连耶稣的使徒们都会赞赏的。

打那以后，人人都晓得关于售酒执照的问题实际上已经解决了。全镇都展开了请愿的活动。请愿书的影印件在《新闻邮报》上刊登出来，你可以瞧见马里波萨每爿店铺的柜台上都摊着一份。有些人竟在请愿书上签名达二三十次。

那还是一份正式公文哩。开头是："蒙上苍恩泽，大地有了甘美水果与葡萄园，俾使人类欢娱享受……"只消一读，你就会觉得口渴。任何人读完这份请愿书，都会着了魔似的奔到老鼠乘凉室去。

全都签完之后，请愿书上的名字已经将近三千了。

于是，尼文斯律师和金罕穆先生（作为本省的一名官员）把它送到了县城。当天下午三点钟，长途电话局传来消息说：史密斯的执照业已更换，有效期三年。

欢欣鼓舞！喏，可不是嘛，人人都过来要跟史密斯先生握手。他们告诉他，他为马里波萨的繁荣所起的作用超过了镇上任何十个人凑在一起所能做到的。他们当中有人说，他应该竞选镇政委员，其他一些人则要推举他在下届全国大选中出任保守党议员候选人。咖啡馆里简直是一片喧哗，连那间老鼠乘凉室都几乎从它

---

① 原文均为法语。
② 原文均为法语。

停泊的地方飘浮而去。

在一片喧嚣鼓噪声中，史密斯先生抽空对柜台伙计比利说："把咖啡馆和老鼠乘凉室的收款机拿出来，着手算算账目吧。"

比利就问道："我要不要写信把棕榈树、桌子和其他玩意儿都送回去？"

史密斯先生就说："马上把这些信写出来。"

于是，谈笑和祝贺声持续了整个晚上，一直到午夜之后好久，史密斯先生才得以到圆形大厅后面他个人的那个房间去跟比利碰头。就连在这个时刻，他的举止之间也都显示出一种前所未有的安详和尊严。我认为这必然是保守党国会议员候选人这一顶新的光圈，业已从他的眉宇间向四面八方闪烁着了。我揣想，就在这个时刻史密斯先生才头一次领略到：旅馆生意形成了他迈进全国立法机构的自然而恰当的门槛。

"这是收款机的总账。"比利说。

"我来看看，"史密斯先生说。于是他一声不吭地仔细端详着那些数字。

"这些是关于棕榈树等等的信件。这个呢，是到昨天为止的阿尔丰斯的……"

就在这当儿，发生了一件惊人的事。

"比利，"史密斯先生说，"把它们撕掉拉倒。我不这么做了，这不妥当，我不干啦。他们发给我执照，为的是让我开咖啡馆，我就要把咖啡馆开下去，我用不着关掉它。眼下酒吧间每天好歹能赚上四十元到一百元，老鼠乘凉室也蛮好，咖啡馆就开下去啦。"

于是，它就开下去了。

请注意，直到今天它还开着呢。你只消从坐落在横街上的史密斯旅馆拐个弯儿，一块招牌就会映入眼帘："淑女绅士咖啡馆"。它还跟以往一样巨大，一样壮观。

史密斯先生说过他要把咖啡馆开下去，而他说话是算数的！

当然，这儿有些变化，小小的变化。

请听明白，我并不是说而今你在那儿吃到的牛肉里脊①也许完全能达到当初鼎盛时期的水平。

毫无疑问，如今史密斯咖啡馆的羊排跟马里波萨酒馆或大陆旅店的羊排，通常是几乎相同的。

当然喽，阿尔丰斯走后，像煎蘑菇蛋卷②这样的菜肴早已不见踪影了。阿尔丰斯之离去，自然是无可避免的。没人晓得他究竟是什么时候走的，或者为什么走掉的。但是，一天早晨，他就不见了。史密斯先生说：“阿尔丰斯得回到古老的国家他那些亲人当中去。”

及至阿尔弗离开了，咖啡馆里法语的使用按其准确意义来说，就大幅度地下降了。如今甚至，他们仍在某种程度上使用着它。你依然可以叫到牛肉里脊、卤汁香肠③，可是柜台伙计比利在法语的拼写方面遇到相当大的困难。

那间老鼠乘凉室当然关了门。或者说得更准确点，史密斯先生是为了修缮而把它关掉的。看光景，三年之内十之八九它是不会开张的。然而咖啡馆还在。他们不用栅状烤架了，因为没有必要，旅馆的厨房蛮方便嘛。

至于那间“姑娘房”，我可以说它从来就没有开过张。不错，史密斯先生曾经答应过冬天就开张，至今他也仍这么讲。然而不知怎的，此间对这总有一种反对的看法。镇上人人都承认，城里的大酒店家家都有个“姑娘房”，按说那当然是无可非议吧。不过，总还是有那么一点儿——喏，你晓得像马里波萨这样一个地方，舆论是多么敏感啊！

---

① 原文均为法语。

② 原文均为法语。

③ 原文为法语。

杰斐逊·索尔普的投机生意

赫德森湾附近又开采出科博尔特和波丘派因两座银矿，一时靠矿发财使所有的人简直癫狂起来，杰斐逊·索尔普这才可以说在马里波萨受到公众的重视。

当然，谁都知道杰弗①和他那家距史密斯旅馆只隔一条街的小理发店。人人都认识他，都在他的店里刮过脸。一清早，推销员下了六点半的特别快车就来到店里，把自己修饰成一表人物。理发店整天川流不息地不断有人进进出出。

汇兑银行的经理穆林斯每天早晨总让杰弗给刮刮脸，以便精神抖擞。杰弗敷在他脸上的湿毛巾多得足以把他炖熟，而杰弗手执刮刀，在腾腾的蒸汽中转悠，严肃得俨然像位正在动手术的外科医生。

接着，我想我已经说过，史密斯先生每天早晨都来光顾，他不在乎花多少钱，要喷上大量的佛罗里达香水、朗姆酒、各种香精、兴奋剂以及长春液。杰弗的白上衣、史密斯先生的花背心、窗台上摆着的红绣球、佛罗里达香水、双料水仙精，把这家小理发店打扮得真是五彩缤纷，豪华得足以充当土耳其皇妃的闺房了。

然而我的意思是，杰斐逊·索尔普是在矿区繁荣起来之后才

---

① 杰弗是杰斐逊的昵称。

在马里波萨真正成为一位显要人物的。比方说，你总不能把他跟葛尔戈萨·金罕穆这样的人相提并论，后者作为一个殡葬承办人，直接同生死打交道；也不能把他同邮政局长特里劳尼相比，因为特里劳尼从加拿大联邦政府领取薪俸，差不多被视为自治领内阁的一名成员。

人人都认识杰弗，也喜欢他。但奇怪的是，在他发财之前，压根儿谁都没把他看在眼里。直到他"赚了这笔大钱"之后，他们才领会到他是个多么出色、多么不凡的人物。我记得他们用的是"头脑冷静"这个词儿。可不是嘛，用马里波萨的话来说，一个人所能有的最大禀赋就是能把脑袋长得平稳如同一具经纬仪。

正如我说的，杰弗发了财，他们就看出他的天分，而当他倾家荡产后——算了，用不着去提那个。我相信走到哪儿也是这个样子。

前边说过，理发店坐落在史密斯旅馆对面，两者隔着马路对峙。

这是一座用木料修的房子——我不知道你们熟悉与否——店前耸立着假门面，比店铺本身高出一大截，给人一种长长方方、富丽堂皇的印象。这种建筑式样在马里波萨颇为风行，被认为很符合时下做生意的浮夸、虚假的特色。理发店前竖着一根红、白、蓝三色的圆柱，还有一扇与它那扁平的小小门面不相称的橱窗。

窗玻璃上原来漆着"理发馆"三个字，是用马里波萨招牌设计黄金时期盛行的那种花体字写的，现在依然斑驳可见。隔着窗玻璃可以看到几盆绣球花，后面是戴着黑色小便帽的杰弗·索尔普，当他弯着身子专心致志地给人刮脸时，眼镜便垂在他鼻子上。

一推开门，上端的弹簧就猛地绷紧，铃铛几乎响起来。屋里有两把比较笨重的或类似上电刑时用的刮脸椅，对面是镜子和一个个小格子，里边放着每个顾客专用的肥皂缸，看来总有十五六个。杰弗的顾客们通常都认为只给自己单独使用一只缸子。店里的一个角落还隔出个单间，外面挂着个牌子，上书"冷热浴，收费五角"。其实，里面已经二十年没有浴缸了——只堆着些旧报纸和抹布。但不知怎的，正如镜旁挂的写着"土耳其式洗发，七角五分"或"罗马式推拿，一元"字样的退了色的硬纸板招牌，总显得很独特。

在马里波萨，人们总是说杰弗是靠理发店发的财。也许是那样，说不定正因为如此他才想起投资来了。但这实在难以想象。刮一次脸才五分钱，理发是一毛五分（如果你愿意的话，连刮带理两毛五）。即便两把椅子上都坐着顾客，这个刮完就给那个刮，也想不出凭这个行当他怎能发财。

要知道，在马里波萨给人刮脸，不能像在城里那样匆匆忙忙、敷衍了事。刮脸被看做使人全身产生快感的一种方式，每次少则二十五分钟，多则三刻钟不等。

上午那几个钟头，也许还略显得忙碌一些，然而在漫长宁静的下午，当杰弗朝顾客倚过身去，犹如肖像画家一般娓娓动听地说着私房话的时候，剃刀就越刮越慢，时而停顿下来，然后又动一动，刮脸就这样在懒洋洋的交谈中结束了。

在这种时刻，马里波萨理发店简直成了一座睡宫。当你靠墙坐在木头圈椅上等着轮到你时，光阴那么安静地度过。杰弗说起话来那么单调低沉，时而听到苍蝇嗡嗡地在窗玻璃上乱撞，镜子上端的钟有规律地滴答作响。于是，你把头垂在胸前沉入梦乡，听任掉在地板上的《马里波萨新闻邮报》沙沙响着。单是想想这种情景就会让人昏昏欲睡！

当然，真正吸引人的还是这里的高谈阔论。你要知道，杰斐逊的优点，或者说特长，在于他消息灵通。在半个小时刮脸的过程中，他能告诉你的知识远远超过你辛辛苦苦翻阅几天百科全书所得到的。我也说不上他是从哪里蔫来的，我倾向于认为他或多或少是从报纸上看来的。

在城市里，人们是不看报的，不认真看，只不过那么大致浏览一遍。马里波萨可不然。这里，人们从头至尾一字不漏地读。在若干年之间，他们累积起的学识之渊博，足以使一位大学校长为之脸红。凡是听到过亨利·穆林斯和彼得·葛洛弗议论中国之前途的人，就会明白我这意思了。

当然，杰弗谈话有个特点，他总会迎合每个顾客的胃口。在这方面，他说得上是具有先见之明。他会一边在皮条上磨着剃刀，一边上下打量着某一顾客，然后悄悄对他说："我知道为什么圣路易队会接连赢了芝加哥队四场……"于是，他的话就自始至终把对方紧紧地吸引住了。

他还用同样的方式对史密斯先生说："我看到什么地方谈到'飞松鼠'为了争夺皇家奖杯在拼死拼活呢。"

对于像我这样孤陋寡闻的人，他就详细地解释德皇同德国国会①的关系。

然而杰弗最擅长于谈的还是财政和金融市场，以及精明人能够赚到的巨款。

我曾经见到杰斐逊在给人刮脸的时候，把刮刀在半空中停下足足五分钟之久，眯缝着眼睛描述一个人得有什么样的头脑才能"捞上一把"或者"发笔大财"。显然这仅仅是个头脑的问题，据人们判断，所需要的正是杰弗这样的人的头脑。

我不晓得杰斐逊究竟是什么时候以及如何第一次搞起投机买卖的，大概他生来就喜好这个。毫无疑问，他的脑子里想到了公共交通运输事业股票和石棉联合公司的股票。每逢谈到卡内基先

---

① 德皇，原文为 Keesar，系 Kaiser（德皇）的谐音。德国国会，原文为 German Rich Dog，系 Reichstag（德国国会）的谐音。

生和洛克菲勒先生时，他的语调就带出一种渴望的心情，声音柔和得像肥皂泡沫。

我想他的投机生意是从养鸡开始的。这是好多年以前的事了。他在房后头养鸡——鸡窝就搭在理发店后院的草坪上——从前他总是以略微自鸣得意的腔调说，我那女人一天卖过多达两打鸡蛋给夏天的游客。

可是读了石棉联合公司和铜矿联合公司等公司股票的报道，养母鸡这种营生就显得微不足道了。总之，想到两打鸡蛋每个才值上一分钱，几乎叫人不好意思起来。我猜想，我们当中不少人跟杰弗一样对自己的菲薄收入都有同样的感触。不管怎样，我记得杰弗有一天告诉我，他要把鸡一股脑儿全卖掉，把钱都用来买进芝加哥小麦，二十四小时之内再抛出去。他真的这么做了。不过，这么一抛却砸到母鸡头上了。

那以后，鸡窝就空了。女人只好每天把鸡食扔掉，损失惨重，要刮一个半脸才挣得回来。但是对杰弗来说，这是无关紧要的，因为他已经把念头转到开采他所谓的育空"断层"矿上去了。

因此，你就可以了解，当马里波萨大举开矿时，杰斐逊·索尔普一开始就卷了进去。这是不足为奇的，似乎是天意安排。我们北边，就在我们门口，人们原来以为只是一块荒野的地方，延伸着一片辽阔的银矿。每天傍晚你都可以像我一样看到特别快车朝北边疾驰，洛克菲勒、卡内基或旁的什么人说不定就坐在车上！正像《马里波萨新闻邮报》所说的，加尔各答的财富就倾泻在我们脚下。

也难怪镇子上要发狂了！在街上，你整天都可以听到人们谈论矿脉啦，熔炉啦，地层下倾啦，矿床啦，断层啦——整个镇子喊喊喳喳，议论纷纷，恰似临考那天的地质学教室。人们身穿采矿装束，扛着经纬仪和行李袋出入旅店。而在史密斯酒吧间，他们把矿石传来传去，有的矿石一磅值十杯酒。

这股热潮席卷全镇。不到两个星期，他们就在罗伯逊煤炭木材公司的办公室里打了个隔断，开设了马里波萨矿业交易所，通衢大街上人人都买起临时股票来了。接着，曾在穆林斯银行担任出纳员的小菲茨奇普带着一笔财产从科博尔特地区回来了。以前大家都认为他是个不成材的傻瓜，如今他穿着一套英国卡其布服装，头戴平顶帽，在马里波萨酒馆里荡来荡去，成天喝得醉醺醺的。大家都把他当做事在人为的榜样。

他们都参加进去了。吉姆·艾略特将杂货店的全盘家当抵押出去，把资金投到塔玛嘎米双矿公司股份上了。彼得·葛洛弗在五金店花一毛三买下尼佩瓦公司的股票，又以一毛七卖给他兄弟，不到一星期又以一毛九买了回来。他们才不在乎呢！他们都想撞撞大运。法官装波利用他老婆的积蓄买了特米斯卡敏公司的普通股，律师马卡特尼也受了感染，把他妹妹的钱统统买了图里普公司的优先股。

甚至当小菲茨奇普在马里波萨酒馆的后屋开枪把自己打死、金罕穆先生将他装到银把手的棺材里去埋葬时，人们都觉得整个事件带有蒙特卡洛①的色彩。

他们都参加进去了——也许除了史密斯先生。要知道，史密斯先生是打那儿下来的，他对矿石、矿山、独木舟以及北方地区了如指掌。他懂得把独木舟泊在矮树丛里，躲在下面吃面粉烤的扁糕，在方圆五十英里没有酒出售的情况下，喝完最后一滴威士忌的滋味。史密斯先生对北方没什么好感，不过他倒是买了不少早土豆，把十五车土豆运到科博尔特，每袋赚了五块钱。

对，史密斯先生在观望，可是杰弗·索尔普一开始就被卷进

---

① 蒙特卡洛是世界著名赌城，距法国尼斯城不远。这里指输家自寻短见。

了靠矿山发财的热潮。甚至中期计划还没发表出来，他就买进了尼佩瓦矿的股份。他以每份一毛四的价钱买下了一百份阿比提比开发公司的股票，他和隔壁开马车行的约翰逊合资以每份三分二厘五的价钱买进了一千份梅塔加米湖矿的股票，然后又一股脑儿抛售给内特利肉店做香肠的师傅，预付全部利息。

杰弗会打开理发店镜子下面的小抽屉，让你看看科博尔特这地方各矿五花八门的股票——蓝的，粉的，绿的，从马塔瓦一直到赫德森湾，这些地名古怪而又迷人。他从一开始对胜利就把握十足。

"一点儿困难也没有，"他说，"那一带有的是银矿，你要是东买点儿股票，西买点儿股票，准不会都扑空。我不是说……"他张开剪子，准备给顾客剪头发，接着说下去，"某些生手就什么油水也捞不到，可一个人要是对这一带熟悉，又有见识，他是不会失败的。"

杰斐逊看过那么多关于矿山、松林和熔炉的说明书以及图片，依我看，他已忘记了他从未到过那个地区。不管怎样，两百英里又算得了什么呢！

对一个旁观者来说，事情看上去确实没那么简单。直到听说杰弗讲起那些形形色色的矿山，我这才了解到开矿这种行当有多么坑人，多么难以捉摸！较大的资本家十分顽固地打定主意不肯去赚唾手可得的钱。就拿科伦娜·朱厄尔来说吧，由于缺乏常识，好端端的一座矿简直就要濒于毁灭了。

"那座矿就是没有开采哪，"杰弗也许会说，"里面银子多极了，你用铁锹一挖就能挖出来。矿里满是银子，但是他们不肯动手开采。"

于是，他看看科伦娜·朱厄尔的粉红色和蓝色股票，然后鄙夷地把它们往抽屉里一丢。

"静松"就更糟了——那纯然是不善于经营的一个例子！由于完全缺乏采矿技术，才使得"静松"的股东们发不了财。

　　"那座矿唯一的问题，"杰弗说，"是掘得不够深。他们沿着矿脉掘到稀薄的部分，然后就撒手不往下掘了。假若他们一直挖下去，就会又发现矿苗啦。下边准有矿苗。"

　　但是最坑人的也许是"北极星"那档子事。每逢我听人说起，就觉得它不折不扣是一桩刑事案件。那显然是在耍阴谋。

　　"我是花三毛二把它买下的，"杰弗说，"它就像是给粘住了似的，牢牢地待在那里。后来城里来了一帮家伙，他们就把它的行市往下压，一直压到两毛四，我还不撒手，他们就又压到两毛——今天早晨他们压到一毛六了，可我还是不打算撒手。绝不，先生。"

　　就是这一群什么都干得出来的家伙，过了半个月又把行市压到九分钱，可是杰斐逊依然不撒手。

　　"他们正在把它的行市往下压，"他说，"可我就是不往外抛。"

　　善与恶的搏斗从来也没这么严酷无情过。

　　"行情跌到六分钱啦，"杰弗说，"可是我不撒手，反正他们没法儿从我手里挤出去。"

　　几天之后，这帮歹徒把行市压得更低了。

　　"他们已经把价钱杀到三分钱，"杰弗说，"可我还是把它抓在手里。是的，先生，他们以为可以干脆把它从证券市场上挤掉，那办不到。我把约翰逊的股份买进来了，内特利的也一股脑包下来了，我要留着它，看涨。"

　　于是，城里的那群躲在暗处存心不良的家伙就排挤它，撵它，掐住它脖子往下压，而杰弗还是抓着它不放。他们扭动、拧绞他那攥得很紧的手。随后——随后——嗐，开矿这种行当就是这么奇怪。对，一刹那间，《马里波萨邮报》收到了电讯，说是在"北极星"矿里掘到了有人行道那么宽的银层，股票一下子猛涨到十七元一股，连这价钱也还弄不到手呢！杰弗对着小理发店的镜子站在那里，涨红了脸，惊疑不定，手里握着一沓价值四万元的矿山股票！

太兴奋啦！顷刻之间消息就传遍了整个镇子。《马里波萨邮报》出了号外，一转服理发店里挤得没有了站脚的地方。对过的史密斯饭店在酒吧间里临时添了三名茶房，给顾客们用唧筒压黑啤酒。

当天下午，马里波萨的通衢大街上都在兜售矿山股票，人们争相抢购。晚上，在史密斯咖啡馆里举行了规模宏大的牡蛎宴，席间还有人演说，马里波萨铜管乐队在外面演奏。

奇怪的是，次日下午举行小菲茨奇普的葬礼。卓恩教长是两天前得到通知的，由于怕惹得大家不快，他只得赶紧把星期日布道的内容统统换了。

不过我认为最使杰弗高兴的还是这件事那么受到大家的重视。他就那样在店里一站，几乎无心给人刮脸，向坐在扶手椅上的顾客述说他是怎样将股票抓在手里的，他们怎样杀价，他又怎样不肯撒手，以及他那时又是怎么自言自语的——简直是可歌可泣的一首史诗。

几天之后，整个经过都上了当地的报纸，还登了杰弗的照片，是他特地在埃德·穆尔的照相馆（设在涅特里的楼上）拍的。照片上，杰弗坐在棕榈树中间，像所有矿上的人那样，一只手放在膝盖上，脚前是一只矿上经常见到的那种狗，脸上泛着非凡的聪明睿智，让人一眼就看出他为什么一下子就捞到四万元。

我认为杰弗这次博得众人的赞许，对他来说非同小可。为了迈拉，那笔财产也无疑是大有用场的。

我提到过杰弗的女儿迈拉吗？也许没有。这就是马里波萨的人们何以不好理解之处。他们是那么绝缘孤立，那么各不相同——跟城里的人迥然不同——除非你跟他们一个个地分别来谈，否则你简直不能了解他们是怎么回事。

迈拉有着金发和一张希腊型的脸，有时戴着一顶至少比巴黎时兴的样式还要宽六英寸的帽子从理发店蹦了出来。她身穿直接照《时装》杂志上的式样做的衣服，脚蹬棕色美国靴子，浑身都很时髦——这是马里波萨所认可并且敬仰的。你会看到她像这样大摇大摆走过街到电话局去。她就是我所说的电话局四个女接线员中的一个——坐在高凳子上，头戴安全帽，将插头塞进去又拽出来，就好像电是不要钱的似的。喏，我想说的是，你们能够理解为什么那些推销员在电话局里转悠，打电话给一些意想不到的村子，那么愉快，那么和蔼可亲！这使人们认识到男人是怎样生就一副好脾气。迈拉到点交班，就由面黄肌瘦的克蕾格亨来接班。这时，那些推销员就像秋叶一般呼啦一下都走光了。

这就表现出人和人之间的不同。就有迈拉这样的人：她把情人当狗那么对待，将香蕉皮"啪"的一下丢到对方的脸上，这样来显示自己是完全不依附于谁的。也有像克蕾格亨小姐这样的人：她黄皮寡瘦，花四毛钱买一本《古代史》读，以增进自己的知识。但是如果她拿香蕉皮打了马里波萨的任何男人，那个男人必然会要求人们以殴打罪把她抓起来。

请注意，我的意思并不是说迈拉仅仅是个为人轻率的贱丫头，根本不是这么回事，她是位颇有才华的姑娘。你该听听她在卫理公会联欢会上朗诵《乌鸦》①！真是位天才！而当她在高中音乐会上在《威尼斯商人》过堂那一场里扮演包西亚时，马里波萨的每一个人都承认她演得活灵活现。

当然喽，杰弗刚一发财，迈拉第二天早晨就辞了职。人人都知道，秋天她就要到戏剧学校去学习三个月，然后成为一个扮演

———————————————
① 美国诗人埃德加·爱伦·坡（1809—1849）的著名长诗。

主角的女演员。

前面已经说过,杰弗在公众中间享有的威望,对他是非同小可的。只要你一有威望,很快就扬名四方了。你要知道,马上就有人说他有头脑。因此,一个星期之后,杰弗当然就收到古巴土地开发公司寄来的第一个大包裹——其中有古巴的彩色图片:香蕉园啦,庄园啦,手持大砍刀的起义者啦,以及天晓得什么东西。不知怎地他们听到了他的大名——像杰斐逊这样一位谦逊的人是不会说出其中的究竟的。归根结底,全世界的资本家都是一家人,要是你参加进去,你就是其中的一员了,就这么回事!杰弗明白了何以卡内基、洛克菲勒、摩根①这样一些人理所当然地彼此都认识。他们非认识不可。

谁知道,古巴这套东西说不定还是摩根本人寄来的呢。马里波萨的某些人说是这样,另一些人说不是,闹不清是怎么回事。

反正写信给杰弗的这帮古巴人是公正率直的。他们邀请他参加进来,成为他们当中的一员。既然一个人有头脑,那你不如立刻承认他这一点。与其犹豫不决,拖来拖去,等他硬挤进来,不如迎头写信给他,请他当个董事。

无论如何这些古巴人并没有犹豫,他们从古巴给杰弗寄来了信——要么就是经由纽约的一个邮政信箱寄来的——反正都一样,因为古巴离纽约那么近,邮件全是由那儿分发的。我猜想有些金融界人士办事会慢一些,需要某种保证,等等,但是你要知道,这些古巴人有着西班牙人的热心肠,使你感动,而那是在美国实业界人士身上所见不到的。不,他们不需要你提供什么保证,只要把钱寄去就行——不管是邮汇、银行汇票还是支票,都可以。他们由你全权决定,古巴绅士们相互之间就是这么办的。

———————

① 摩根 (1837—1913),美国银行界巨子。

关于他们所办的实业——从起义者手里收回的香蕉和烟草的种植区——他们非常开诚布公。你在图片上样样都能看到——烟草种植园和起义者———一览无遗。他们并没有轻率地做出许诺，只是直截了当地承认这桩事业可能赢利四倍，也可能更少一些，并没有暗示会获得更多一些。

于是，不出一个月，马里波萨人人都知道杰弗·索尔普向古巴土地开发公司投资了，说不定到新年就能赚上五十万元——你不可能不知道，小理发店里到处贴满了香蕉园和哈瓦那港的图片，以及身穿白衫、系着猩红腰带的古巴人，他们在太阳底下吸着纸烟。他们太愚昧了，竟不知道种上一棵香蕉树能赚到四倍的钱。

杰弗并没停止理发，我特别看中他这一点。他还依旧干他的老行当。甚至当开马车行的约翰逊拿来五百元，问他古巴那家公司的董事会可不可以让他投资时，他就把钱往抽屉里一放，照旧为五分钱替他刮了脸。几天之后他收到了古巴人从纽约写来的一封信，他们什么问题也没有问，除了约翰逊是杰弗的一个朋友这一点而外，关于约翰逊一无所知，就直截了当地把钱收下了。他们的信写得蛮漂亮。凡是杰弗的朋友，就是古巴的朋友。这些朋友汇来的钱，就都照杰弗汇来的钱那样来办理。当然，此刻他一定感到很骄傲。

杰弗之所以没有放弃刮脸这一行当，也许是由于这样可以使他能够跟人谈谈古巴。你瞧，在马里波萨，没人不知道杰弗·索尔普已经把科博尔特的股票全部脱手，又在古巴土地开发公司投了资。这个消息在他周遭酿成一种神奇的光圈，既有发家致富的奇迹，又充满了异国情调——唔，西班牙情调。这一点，也许在你的熟人身上你也觉察到过。反正他们向他打听古巴的气候啦、黄热病啦、黑人长得什么样之类的问题。

"看来古巴这个地方是个岛屿。"杰弗这么解释说。当然，大家都知道岛屿多么适宜于发财——"至于水果，他们说长得太快了，拦都拦不住。"然后他就详细谈起关于庄园①、起义者以及诸如此类专门性的问题，简直令人惊异他是怎么晓得的。不过人们认识到了，阔人就该知道这些事情。瞧瞧摩根、洛克菲勒以及所有那些发了财的人吧。关于他们在那里发家致富的国家，他们晓得的跟杰弗一样多。这是合乎情理的。

我说过杰弗依旧给人刮脸吗？也不完全如此，如今它更带有梦幻色彩了。杰弗单调地讲着讲着，一种新的因素就出现在他的沉思中，想的是也许有了这么多钱——喏，你们知道在大城市里钱会对人起什么作用。杰弗竟满脑子都是铜矿、石棉和香蕉园，这会破坏人们对杰弗的印象。其实，他该知道，对他来说，小理发店和马里波萨的阳光要好得多。

说实在的，我觉得他对大资本家好像一向感兴趣，这一点，也许就使我耿耿于怀了。关于他们，他总是有几条从报纸上读到的消息。

"我知道这位卡内基在什么地方又捐给天文台五万元。"他说。

另一天，正给我刮脸时，他停下手来，几乎是咬着耳朵说："你曾见过那位洛克菲勒吗？"

只是出于偶然的机会，我才认识到杰斐逊搞投机生意的另一面，这是马里波萨任何人都不知道的，如今也永远不会知道了。

我所以知道，是因为有一天晚上我到杰弗家里去看过他。记得我曾说过，房子坐落在理发店后院。你走出理发店后门，穿过旁边长着牵牛花的草坪，他家就在草坪的尽头。一路走去，你可以看到灯光透过窗帘和纱门闪亮着。傍晚顾客走光了，杰斐逊就坐在这里。

---

① 原文作Hash—enders，系庄园（hacienda）的谐音。

屋里有张圆桌子，他那位女人就在上面摆晚餐。饭后，铺上花格桌布，放上一盏带罩子的煤油灯。杰弗就戴着眼镜坐在桌旁，摊开报纸，读着关于卡内基和洛克菲勒的消息。女人坐在他身边做针线活，却不靠近桌子。迈拉下班后，也坐在这里，肘部支在桌子上，在看玛丽·科列莉①的作品——不过，自从交了红运，如今她读的却是戏剧学校招生章程了。

于是这个晚上——我不知道究竟是报纸上的什么消息启发了他——杰弗撂下他读着的报纸，谈论起卡内基来了。

"我敢跟你打赌，要是卡内基拍卖他的全部财产的话，"杰弗闭上眼睛合计着，"也许价值多达两百万元。要是洛克菲勒或者摩根拍卖全部家当的话，各自又是两百万元……"

附带说一下，马里波萨人特别喜欢这么个办法：倘若想知道一个人真正有多大家当，就设想把他的全部财产卖光，也就是说，全部拍卖掉。只有用这个办法才能说明他的家当有多大。

"瞧瞧他们，"杰弗接着说下去，"他们赚了钱以后怎么办？他们把钱捐掉。捐给谁？总是捐给那些并不需要的人。捐给那些教授，以及这个研究所，那个研究所。穷人能沾光吗？一分钱也捞不着，而且永远也捞不着。"

"我告诉你们，小伙子们，"杰弗继续说下去——其实，一个小伙子也没在场，可是在马里波萨，所有真正重要的讲话都是针对想象中的小伙子们的，"我告诉你们，假若我能够从这个古巴上头赚到一百万元，我就马上捐给穷人。是的，先生——把它分成一百份，每份一千元，捐给啥也没有的人们。"

打那以后，我就知道那些香蕉是为谁种植的了。

确实，那以后，虽然杰斐逊从来也没直接谈到过他的用意，

---

① 科列莉（1855—1924），真名玛丽·马凯，英国通俗小说家。

他却说过一连串似乎与此有关的话。比方说，有一天他问我，一所"盲人院"能收容多少瞎子，以及用什么法子可以把瞎子找来。另一次他又问我，如果登广告征求一些患绝症者，能不能征求到足够的人数来引起人们的注意。我知道他确实曾经请律师尼文斯起草过一份文件，让密失纳巴的每一个白痴都能领到一亩古巴香蕉园。

可是，讲杰弗打算做些什么又有什么用呢？关于这一点，如今谁也不知道，也没有人关心了。

结局是必然会到来的。甚至马里波萨也有人曾预料到的。不然的话，亨利·穆林斯为什么会这么大惊小怪地把一笔纽约的四万元汇票卖掉呢？为什么在旅馆站柜台的比利为了在古巴投资而向史密斯先生讨欠薪时，史密斯先生竟拒绝了呢？

哦，是的，有些人一定预见到了。然而当结局到来时，似乎是那么毫无声息——从来也没这么静悄悄的——同"北极星"矿山、牡蛎宴和马里波萨乐队不大相同。多奇怪，事情逆转过来时，显得多么毫无声息啊。

你还记得纽约闹的那次关于古巴土地的骗局吗？还记得波佛里奥·葛麦兹枪杀侦探那档子事吗？——他和马克希莫·摩莱兹抢走了二十万元，逃之夭夭了。不，你当然不会记得。连城里的报纸上也只占了一两英寸版面，而且反正这些名字又那么难记。那笔钱就是杰弗的——一部分是他的。穆林斯接到了经纪人或是什么人的一封电报，他就拿给杰弗看了。那时杰弗正跟一个地产掮客在街上走呢，去看本镇后山上一大片空地——他正打算把那些患绝症的人安置在那里呢。

杰弗一声不响地踱回理发店——你可曾见过被猎人射穿的动物吗？它走起来多么悄没声儿啊。

喏，他就是那么走路的。

说起来又过了些日子了，打那以后理发店就一直开到晚上十一点钟，杰弗就靠着给人刮脸来偿付开马车行的约翰逊托他交给古巴人的那笔五百元……

可怜吗？不必！不必！那你是不了解马里波萨。杰弗不得不熬夜干活，但那算不了什么——倘若你一辈子都是那么苦干下来的，那就根本不算回事。迈拉也回到了电话局——局里很欢迎她回去——如今她说，她最讨厌演戏了，她简直不明白女演员们怎么能忍受得了那种生活。

反正情况还并不怎么糟。瞧，就在这个节骨眼儿上，史密斯先生的咖啡馆开张了，史密斯先生来找杰弗的女人，说他每天需要七打鸡蛋，而且必须随时准备好。于是，母鸡行业又恢复了，数目比以前更多了。它们每天早晨下蛋时叫得那么欢，假若你想在理发店里谈谈洛克菲勒的话，鸡的咯咯声吵得你连他的名字也听不见。

德罗恩牧师布道

从镇中心望去，马里波萨那座英国圣公会的教堂位于一条横街上，稍微高出山坡一些。这里的枫树丛比镇上任何地方都茂密。教堂院内高耸着树木，再就是新公墓（在山脊上，叫做奈柯罗波立斯）竣工之前曾经用做公墓的一片草地，一点空隙也没有。教堂后面下方是教区牧师住宅，其间只有一座车棚和一条小径相隔。那是栋小小的砖房，边角不成对。房前有树篱，一扇小栅栏门。还有一棵枝叶低垂的白蜡树，上面结着红浆果。

牧师住宅的一侧，朝着教堂望去，是一小块被矮矮的树篱圈起的草坪，旁边有两棵野生的梅树，成年开着白花。树下摆着一张粗制的木桌和几把椅子。在这儿，你可以看到这座英国圣公会教堂的现任乡区牧师德罗恩。他正坐在透过梅树那棋盘格子般的叶隙洒下来的光线中，所以他既非沐浴着阳光，也并未待在树荫下。通常你会发现他在看书。我告诉你，草坪尽头树篱最高处有个黄色蜂窝，里面的七只蜜蜂是属于德罗恩牧师的。你听罢，就会领悟牧师正读着希腊文可以说是再恰当不过了。因为一个人坐在梅树的繁花底下，在蜜蜂的嗡嗡声中诵读西奥克里塔斯①的田园曲，还能有比这更惬意的事吗？在这样的地点，倘若阅读现代浪

---

① 西奥克里塔斯（约公元前3世纪），古希腊诗人，田园诗的创始者。

漫故事，那毫无价值的糟粕就会把读的人诱入梦乡，然而捧着西奥克里塔斯这般供思考的哲理食粮，他就尽可以安然闭目，冥思自己所阅读的内容，决不至于陷入沉睡的境地。

我料想，有些人一旦离开学院就不再受教育了。德罗恩牧师则不然。我多次听他说过，倘若他有半个钟头的空闲，而未能捎上一本希腊文的书卷到草坪上去捧读，他就会感到茫然若失。大脑活动应该得到休息，而这个办法是绝对有效的。这位牧师对希腊文似乎具有天赋，我曾多次听说跟他一道坐在草坪上的人恳请他翻译几段，然而他总是婉言谢绝。他说，这是译不出来的，通过翻译，对原意的曲解太大了，最好不要去尝试。连这样的念头都不要转，那就明智多了。一旦你动手去译，立即就会有所遗漏，有所丢失。我相信许许多多古典派学者都有同感，他们喜欢诵读希腊原文，而不愿冒风险试图将它译成像英文这样可怜的媒介。所以，当德罗恩牧师说他译不出来，我认为他是十分真诚的。

有时他确实也会朗读出来，那是另一码事。例如，每当加拉赫大夫——我指的当然是老加拉赫大夫，而不是那位年轻大夫（每天下午他都下乡）——前来，把他新近弄到的印第安人遗物拿给牧师瞧时，牧师就总要读一两段给他听。大夫刚把自己那柄北美印第安人用过的战斧撂在桌子上，牧师马上就伸手去够他那本西奥克里塔斯。我还记得有一天加拉赫大夫带来了一块人们从铁轨路堤里挖掘出来的印第安人头颅骨，摆在那张带树皮的木桌上，牧师就给他读起西奥克里塔斯。读了老半天，我相信大夫竟坐在椅子上迷迷糊糊睡着了。牧师只好十指交叉，把书摊在膝头，双目紧闭，一直等到大夫睡醒过来。那块头颅骨就摆在他们两人之间的桌子上，梅花从上空纷纷飘落下来，雪花般地覆盖在头颅骨上，白得像加拉赫大夫的头发。

我不想让你以为德罗恩牧师先生成天待在树底下，绝非如此。事实上，牧师的生活是一连串循环不已的活动，他本人可能会因此深以为苦，但又无从避免。一天下午，吃罢中饭，他刚在树下一坐，三点钟的幼儿班就开始了。这之后，相隔不到一小时光景，五点钟又开母亲辅导会了。第二天早晨是读书会，傍晚又举行查经班，次日上午十一点半还要对早期行会进行研究。整个星期都是这样，一个人充其量也只能抽空坐下个把钟头歇口气。如果一个大忙人将他那一点点空暇花费在高深的古希腊与拉丁文研究上，那想必是无害的。我相信，一般来说，在英国圣公会主教辖区的神职人员中，再也没有比这位乡村教区主任牧师更忙得不可开交的了。

倘若主任牧师从没完没了的工作中挤出半天工夫的话，他就消磨在钓鱼上。然而也不见得总是这样，因为他很可能不去消受真正的假日，而整个下午都去逗他所认识的娃娃们和男孩子们开心，替他们糊风筝，做玩具以及装有发条的轮船。

幸亏牧师对他所拥有的那些机械装置有着异乎寻常的兴趣和本事，否则这类事情就成为使他感到痛苦的负担了。可是德罗恩牧师先生对机械的爱好真是不同凡响，就我所听过的他那些布道而言，我认为那篇关于飞机的最为精彩（"啊！如今你在高高的耶利米Ⅱ号上，放眼眺望吧！"）。

就这样，有一次他足足花上两天工夫给摄影师之子特狄·穆尔糊了一只有着中国式翅膀的风筝，并且把幼儿班停了四十八小时，以免特狄·穆尔失掉放风筝的乐趣，或者毋宁说是瞧着人家把风筝放起的乐趣。可不能把一只中国风筝交到一个幼儿手里，那才愚蠢呢。

用同样的方式，牧师还为瘸腿的小玛乔丽·特利朗西做了一只机械陀螺，让她瞧它旋转。让一个残疾女孩去旋转它，可太不明智了。德罗恩先生所能做的事简直说不完，而且统统是为了孩子。尽管就在牧师给可怜的小威利·约德尔制造一具计时沙漏的当儿（他死了，你是知道的），牧师还是一鼓作气地把它做完，同样满怀欣喜地把它给了另一个孩子。你晓得，死亡对牧师和对我们来说，是迥然不同的。牧师和金罕穆先生常常边谈论死亡边穿过长长的草丛走向新公墓奈柯罗波立斯。倘若你星期日散步是踱向你妻子的坟墓的话——牧师就是这样——也许在任何人眼里，你的步伐都跟牧师有所不同。

我说过，英国圣公会的教堂离牧师住宅不远，是座高高的、屋顶倾斜的建筑物。教堂内一根根打磨得光光滑滑的杉木长梁直插尖屋顶。过去，就在同一个地点，曾经有过一座石头砌的小教堂。马里波萨所有的成年人均对那座用红、灰石头砌成的精致古雅小楼记忆犹新。左近原先有座古老的公墓，后来一股脑儿被夷平，成为新教堂四周的草坪。那些墓碑东一座西一座横在地上，好久以来这里不再筑起新坟墓了。然而马里波萨的孩子们还是到这儿来转悠，朗读横放在草里的碑石上的墓志铭，并寻找古老的墓碑——因为其中的一些确实几经沧桑，可以追溯到四五十年以前。

你可不要根据这些情况而把牧师看成是个头脑简单的人。你尽可以毫不费事地说服自己情况恰好相反，因为倘若你仔细观看德罗恩牧师先生坐着读希腊文的话，你会注意到每隔一段时间他就把夹在西奥克里塔斯那本书书页里的一两张纸抽出来，纸上密密匝匝地写满了数字。

牧师就把纸摊在那张带树皮的木桌上，将那些数目字反复加在一起。他先把那数字从下到上、接着又从上到下地仔细察看，确保没有遗漏，随后又从上到下地再看一遍，留意哪笔准是被遗漏了的数字。

你要晓得，数学并不是牧师所擅长的。由那座规模不大、有着修剪得整整齐齐的矮树篱和板球场的英国圣公会神学院培养出来的人，向来都不擅长数学。五十二年前，鲁勃特·德罗恩就是在这儿获得那枚希腊文金质奖章的。你随时都可以看到，它就放在牧师住宅那张桌子上的一只敞着盖儿的匣子里，以备不时之需。德罗恩家的随便哪个姑娘——莉莲、乔瑟琳或蒂奥朵拉，都会拿给你看的。然而，正如我刚才说过的，数学并不是牧师所擅长的，他把这归咎于（当然本着基督教精神啊）他那位已故的数学教授，而且往往一提起来就十分气愤。我多次听他谈起，按照他的意见，神学院应该解聘（当然本着基督教精神啊）所有那些不称职的（按照最虔诚的教义）教授。

毫无疑问，本教区的很多教士就像这位牧师一样，由于缺乏数学训练而或多或少地吃过苦头。然而牧师总是感到他本人的情况格外值得痛惜。你想，倘若一个人正试着给镇上低洼地区的贫困家庭做一架模型飞机，却因为需要计算铸铁杆的扭曲系数而只得搁置下来，那就清清楚楚地说明神学院并没有真正完成它的圣职。

不过，我说的并不是制作模型飞机所需要的数字，而是远比那重要多了。在以往十年的大部分期间，这些数字黑间白日伴随着牧师，假若说有什么不同的话，那就是它们变得越来越错综复杂了。

比方说，如果你试图计算一下一座教堂的债务——一座大教堂，里面有着弯度颇大的考究的杉木梁，用来崇拜全能的上帝；屋顶铺着进口的瓦，为的是高度赞扬上苍；窗户上装着彩色玻璃，为了歌颂洞察一切的神明——我说，倘若你试图计算一下这样一座教堂的债务，加上利息，然后合计一下欠款多少，再扣除每年固定的开销，就会得出相当复杂的总数。然后你试试再加上年度保险金的支出，从中减去牧师薪俸的四分之三，年复一年。于是，你突然记起扣除四分之三太多了，因为你忘掉了德罗恩家小闺女寄宿学校的花费（其中包括法文课的额外学费——她非上这门课不可，她的几个姐姐都念过）。这样，你得出的总数凭一般算术根本算不出。令人恼火的一点是：牧师完全晓得，倘若运用对数，问题就能迎刃而解。然而在英国圣公会神学院，教授刚好在教到数学书上的这部分时就煞住了。他们只解释说，logos①是一个词儿，Arithmcs②是一个数儿。在当时看来，好像十分够了。

所以牧师就不断地把他那一张张写满数目字的账单拿出来，先从上往下加，又从下往上加，得出的总数怎么也不一样。金罕穆先生是一位教区委员，他经常凑过来，坐在牧师身旁，琢磨着那些数字。德罗恩先生向他解释说，有了对数表一下子就能把总数算出来。你只消翻开对数表，用手指自下而上一行行地找（他活龙活现地比画着手指该怎样移动），总数就有了。金罕穆先生说，要审慎从事，对数（我照引他的原话）可真让人头疼。

教区副委员尼文斯律师以及担任教区委员会主席的汇兑银行经理穆林斯也经常来，浏览一下那些数目字。然而他们从来也没说三道四，因为薪俸部分是不好插嘴的。

穆林斯留意到账目上有一笔应付的款项已到期，是一百元火灾保险金。作为一位金融家，他断定说，那笔钱决不可能是保火险的。牧师说，确实不是的，于是就把它改了。穆林斯又说账目上这笔五十元税款想必不对头，因为压根儿就不向教堂征税。牧师就承认那当然不是税款。事实上，牧师的那些数目字的确是一塌糊涂，不用说，这都怪两代人以前的那位数学教授。

穆林斯一向打算迟早有一天要调查一下教堂的财务状况。尤其因为他父亲跟德罗恩牧师曾经在那座有着板球场的小小英国圣公会神学院同过窗，他这个愿望也就更加强烈了。然而他是个忙

---

① logos是希腊文，意即"理念，道"。
② Arithmcs是希腊文，意即"算术"。

人，正如他向牧师本人所解释的，现在银行业务竟然弄得一位银行家连礼拜天上午都算不上是他自己的了，亨利·穆林斯当然更不能。它们大多属于史密斯旅馆，在钓鱼季节则又属于湖畔幽静的地方。他溜得那么僻远，除了商业银行的乔治·达弗，简直谁也找不到他。

可是想想看，这一切麻烦都是由于修建新教堂而引起的。

这是令人难以接受的一点。

乡区牧师德罗恩在这座石头结构的小教堂里已经布了二十五年的道了，他在讲道时常常提到自己有个志愿：在基甸①建造一口更大的约柜②。他唯一的希望就是建立一个更宏伟的上帝无所不在的明证，或者直截了当地说，点燃一座更加辉煌的灯塔。

等待了二十五年之后，他终于得以点燃它了。在马里波萨，人人都记得建造教堂的情况。首先，他们拆毁了那座石头结构的小教堂，好腾出地方来造新教堂。正如牧师自己所说，动手去毁掉它，差不多是一桩亵渎的行为。起初确实有人提出用拆下来的石头来盖一座主日学校，作为较小的圣灵明证。不过弄清此举行不通后，又有人建议将石头虔诚地砌成一堵墙，立在那儿以资纪念。及至连这一点也难以办到的时候，就把小教堂的石头恭恭敬敬地码成个石堆。后来这堆石头又被虔诚地出售给一位建筑承包商。像生活中许多旁的事物一样，它也就被淡忘了。

然而我想，没有人会忘却修建教堂的事。牧师投身到这项工程中去，他脱掉外衣，在地基上干着活的那帮工匠当中，他那白

---

① 这里，德罗恩把丘坛（Gibeon，见《旧约全书·列王纪上》第三章第二节：“上主的圣殿还没建造的时候，人民在丘坛上献祭。”）说成是只差一个字母的基甸（Gideon，《旧约全书》中的一个英雄人物）。

② 约柜是犹太教的一口代表上帝的木柜，里面装着上帝与以色列人民订立的法律。参看《旧约·出埃及记》第二十五章。

色衬衫袖子蛮引人注目的。他用手抢起铁锹，指挥着轧路机，赶着马，鼓舞着工人，给他们打气，直到工人们央求他停了下来。他混在石匠当中，出点子，做帮手，提建议，直到他们恳请他歇口气，这才罢休。他又到木匠当中去，拉锯，敲敲打打，问这问那，出着主意，直到他们恳求他歇手为止。他还日日夜夜地跟建筑师的助手们在一起，制图啦，设计啦，修改啦，直到建筑师劝他住手。

德罗恩先生的活动能量那么大，倘若教区委员们不曾坚持要他去休假，并把他送到湖上端的马基垴[①]去旅游——那是牧师平生唯一的外地旅行——的话，我怀疑新教堂会不会有竣工的一天。

于是，新教堂就按时盖成了。它高耸在马里波萨那片枫树上空，宛如小山上的一座灯塔。它是那么高耸，从敞开的尖塔（钟就悬挂在那儿）俯瞰，整个镇子就匍匐在它脚下。南面是农舍以及周围的建筑物。铁路仿佛是两道铅笔线，而威萨诺蒂湖好像一幅地图般地展现在眼前。从新教堂的高处你可以看到并欣赏一些事物——诸如马里波萨的整个面积以及日益增长的财富，这些是你从那座石头结构的小教堂上永远也望不到的。

教堂旋即开放了。牧师在里面作了首次布道。他将这座教堂叫做圣灵明证，并且说那是虔诚心的体现，要么就是初步的努力成果。又说那是一种标志或一项誓约，还把它称为契约书。此外他说，它是抛锚处、港口和灯塔，而且是筑在小山上的一座城市。最后他还说这是避难的方舟，并通知“查经班”的教徒们，定于本礼拜三以及每隔一周的礼拜三在教堂的地下室聚会。

在为新教堂布道的头几个月里，牧师再三称它是虔诚的体现，一项誓约，一份奖赏，一座礼拜堂，我简直认为他常常忘记营造

---

① 马基垴是胡隆湖上端一座城市。

费还没付呢。当营造社的经纪人以及荷桑纳管道与蒸汽配件股份有限公司的一位代理人登门来索讨按季付的赊款时，才使他突然想起这桩事来。当这些人来过之后，牧师总是专门作一次有关犯罪的布道，其间他会提到古代希伯来人曾经把不公正的商人处死——而他是怀着基督教徒的安详谈及这一点的。

我不认为起初任何人曾为教堂所负的债务感到很焦急。德罗恩牧师的数目字表明，消灭它仅仅是时间问题而已。只消再稍微努把力，教徒们只消把裤带稍微勒紧点，他们就可以承担起全部债务，把它踩在脚下。让他们攥住犁把，很快就能导向深水处。然后他们就折帆返航，每个人都坐到各自的橄榄树下。

正当教徒们准备勒紧裤带的时候，债款的利息好歹还是付清了，没付清的这笔利息就加到本金上。

我不晓得你是否与圣灵的明证或位于小山上的灯塔打过任何交道，假若有的话，你就会领悟到他们的境况起初是缓慢地、接着就迅速地年复一年变得愈益糟糕了。需要偿还的有建筑贷款、分期付款的风琴赊账，以及火灾保险金——索讨起来煞是无情——再加上取暖费、照明费。每逢牧师将这些数目字加在一起的时候，他就开始意识到只有靠对数才能解答。后来，不仅牧师本人知道了，而且所有的教区委员和副委员也都知道了：教堂负的债务已超过它的偿还能力。接着唱诗班晓得了，教徒们晓得了，最后人人都晓得了。于是，复活节举行了特别募捐，还有那些特别捐赠日，特别捐献周，并同荷桑纳管道与蒸汽配件股份有限公司做了特别安排。人们注意到，每当乡区牧师宣布举行四旬斋忏悔仪式——特别是针对实业界人士——后，进堂做礼拜的人数就减少了百分之四十。

我料想在别的地方情况完全相同——我指的是盖起灯塔后悄悄地渗入到马里波萨那些英国圣公会教徒心里的特殊的不满情绪。

有些人声称，他们打一开始就看出了弊病，可是为了宽宏大量起见，就没吱声。这种人一向是如此。还有别的一些人几年前就觉出这种情况不知道将如何了结。

然而由于心灵谦虚，他们缄口不语。更糟的是另外一些人对教堂的全部所作所为都更加感到不满了。

例如，拍卖商约德尔就曾谈起他怎样在城里参加罗马天主教教堂的仪式——我想，说得更公正一些，他是"顺便溜进去的"，这是参加这类仪式唯一被认可的方法。他断言自己在那里听到的乐曲是真正的音乐，而不论唱圣歌抑或吟诵祷文（这超出他的职业范围之外）都是尽善尽美的。

摄影师埃德·穆尔也讲述他在城里听过一次布道。倘若有人能保证让他听一次那样的布道，就不能把他关在教堂外面。可眼下得不到这样的保证，他也就不去沾教堂的边儿了。

教义本身引起了非议。有些教徒开始对永世的惩罚产生了疑问——疑问深重到使他们没有参加四旬斋忏悔仪式。其实，有一天下午马卡尼律师跟牙医师乔·密利根提起阿塔纳修斯信条①的全部问题，几乎把每一条都给批得体无完肤。

你要明白，在这期间，德罗恩牧师一直照样搞他的特别仪式，传单、号召书和呼吁书，从基甸的约柜里散发出去，仿佛是从沉船里发出的呼救信号弹。教堂的债务逐月愈益沉重地压在他心头。他时而把它抛在脑后，时而半夜醒来，又为此思虑重重。还有时他离开圣灵的明证所照亮的教堂区域沿街走下去，经过救世军的营部，茫茫苍穹下，环绕着一盏石脑油灯祷告。此刻，一阵剧痛猛地刺入他的心头。

然而，我认为教徒们把过错归之于德罗恩牧师的布道，是不

_____
① 阿塔纳修斯信条在陈述基督教教义时，主张圣父（上帝）、圣子（耶稣）、圣灵为三位一体。

对的。我确实认为他们在这一点上做得不对。就我个人的了解而言，我可以说牧师的布道不仅在信仰方面令人振奋，并且包含着有价值的内容：诸如希腊文、现代机械等知识都证明对教徒有最大的裨益。

就拿希腊文来说吧。牧师对自己在布道坛上所作的任何译成希腊文或从希腊文译过来的部分，总是审慎到了极点。倘非他确切地知道教徒们一致赞同，只要与通常的译法有些许出入，他就决不肯接受。除非对译文一致同意，没有异议，否则他是不予以通过的。布道时他往往会停顿一下，说："希腊原文是'Hoson'，不过也许你们容许我把它译为跟'Hoyon'①等同。"教徒们默许了。就这样，倘若还有什么错误的话，那就纯属教徒这方面的，因为他们当初并没有提出异议。

关于机械，情况也是一样的。归根结蒂，还有什么能比发电机、往复式船用发动机或《美国科学》杂志上的图片这类东西更好地阐明全能的造物主至高无上的旨意呢？

再者，倘若一个人曾有机会出去旅游，并且望见过上帝亲手铺展开来的一座座大湖，他离开海湾那座新船坞后，随着精神上的亲密旅伴安安全全、满怀感激之情地抵达目的地，踏上马基塯的混凝土码头——这难道不是适合而恰当的素材，足以构成类比或当做例证吗？当然，即使不用做类比，此事叙述起来不是也娓娓动听吗？不管怎样，假若教区委员们不曾指望牧师对马基塯之行稍微做出报答的话，他们又何必送他去休假呢？

我相当强调这一点，因为针对有关马基塯之行的布道的指责，看来总是那么不公正。倘若牧师用见诸一般报端的粗俗语言来描述他那些经历的话，我承认措词上会有些不相宜。然而他在表达

---

① 希腊文Hoson和Hoyon均指什么。但Hoson指"量"（"多少数量"），Hoyon指"质"（"什么种类"），所以二词并不等同。

自己的意思时总是谨小慎微，使人们觉得——要么就且听我举例来说明吧。

"几年前我曾有幸，"他是这么说的，"察觉自己成为一个航行者，就像是在生命之海洋中的一名探险者一样。我飘在一望无际的浩淼水面上，这是上帝亲自在咱们的西北方向开拓出来的，高出海面达五百八十一英尺——我指的是呼伦湖。"

咯，这番话跟下面的说法何等不同啊："我永远也忘不了马基垴那趟旅游。"整个语气截然不同了。牧师用同样的腔调继续说下去：

"我搭乘海中巨兽航行来着——我指的是北方航运公司的轮船——我站在船头的栏杆旁边，跟一位亲爱的男教友交谈，他也是朝西去的——我可以说他是个推销员——还有位亲爱的女教友，坐在我们旁边的一把帆布躺椅上。另外有两位蒙受天恩的亲爱教徒挨着我们，正在甲板上从事正派人的消遣——我指的特别是在甲板上打台球。"

我让任何一位明达的人去判断，在对周围状况作了完整、公正的解释后，像牧师那样用简单的话语来结束上述类比是否十分恰当："老实说，那是个非常美好的早晨。"

然而，甚至在马里波萨也有一些人不同意牧师的话。他们把星期日吃正餐的时间消磨在企图证明自己听不懂德罗恩牧师究竟讲些什么上，并且相互询问对方是否听懂了。有一次，正当牧师从圣灵明证之门里踱出来的时候，他听见有人说："如果那个优柔寡断的 mugwump① 离开了布道坛，教会就会好起来。"这话犹如有倒刺的荆棘，戳进了他的心，一直留在那儿。

兴许你晓得，听罢这类话会怎样郁积在心头，使人耿耿于怀，

---

① 意思是"老家伙"，1884年美国总统竞选期间，选民对政治上的变节者或得不到支持者的贬语。

让你巴望再听它一遍，以便核实，因为说不定你没听准，那归根结底是个误会。也许压根儿就没有人那么说过，你应该当时就把这话写下来才是。我曾瞧见牧师在家里把百科全书搬下来，沿着"M"那一栏慢慢地移动着手指，查找 mugwump 这个条目。然而，没有找到。我还晓得他曾在楼上的小书房里一页页地翻看《巴勒斯坦动物大全》，寻找这个 mugwump，可是也找不见。想必在犹第①那个更伟大的时代，人们还不晓得有这样的野兽。

于是，事情就这么月复一月、年复一年地拖延下去。债务和应付的费用就像地平线上一片黑压压、越聚越厚的云层。我的意思并不是说，他们没正视这宗难事，并竭力为之奋斗。他们曾做过一番努力。教徒中那些管事的人接二连三地碰头，想方设法消灭这笔债务。然而不知怎地，尝试了每项办法之后，债务逐年越欠越多，所能想出来的每一种对策到头来都比前一种更糟糕。

我猜想起初他们是靠"连锁信"的办法接连不断地发出呼吁的。你也许记得这种办法，因为约莫十或十五年前它在教士圈子里就颇为流行。你让一批人各复写三封信，邮寄给三位朋友，请每位朋友捐赠一毛钱，还再复写三封信，分别寄给他们的三位朋友。三乘三得九，三九二十七！你注意到其中所费的心思有多么高明巧妙吗？我想，没有一个人会忘记英国圣公会马里波萨那教堂的志愿者曾怎样坐在地窖子里的祈祷室中，面前堆着三英尺高的信封信纸，把呼吁书发出去。我晓得，有人永远也不会忘记那种情景。汇兑银行的出纳员帕普京先生肯定是忘不掉了，因为他是在这儿头一次见到了法官的女儿赞娜·裴皮利的。他们忙忙碌碌地工作，一个下午就写了许许多多封呼吁书——八九封。他们发现彼此的笔迹非常相像，你得承认，这在书法史上可是个惊人的巧合。

---

① 犹第指公元一世纪的巴勒斯坦南部地区，当时处在波斯、希腊和罗马统治下。

然而这个办法失败了——完全失败了。我也不晓得是怎么失败的。呼吁书寄出去了，复写后散发出去，接着又复写，直到你可以瞧见马里波萨那连环的链子弯弯曲曲地延伸到落基山脉。可是他们压根儿也不曾收到一毛钱。志愿者们写了成千封的信，然而阴错阳差地，这些呼吁书从来也没打动过拥有一毛钱的人的心。

　　打那以后，冬季来了，照例全力以赴。首先在女子辅助会的操持下，他们在教堂的地窨子里举办了一次义卖活动。所有的女孩子都身穿从城里带来的特殊套服，她们摆了一个个摊子，每一样你所能想到的东西都有的卖，针垫罩子、椅罩、沙发罩，无奇不有。倘若人们着手买起来的话，债就会马上越欠越多。好在还不是这样，所以义卖活动也只拉回了二十元的亏空。

　　我记得这之后就是德罗恩牧师以《意大利及其侵略者》为题所举行的幻灯讲座。他们从城里弄到了幻灯机和幻灯片，简直好得很。尽管有些幻灯片也许使人稍微感到眼花缭乱，然而都照出来了，画面上是意大利的稠密丛林和一条条鳄鱼，以及手持入侵大棒的裸体侵略者。真倒霉，那个晚上天气糟透了，雪下得蛮紧，又刮起旋风，不然的话他们就可以从这次讲座上赚上一大笔钱。结果，除了不可避免地打破了幻灯机之外，损失微乎其微。

　　我几乎记不得在这之后都发生过哪些事了。我记起老是穆林斯在张罗租用大厅、印入场券以及诸如此类的事。你该记得他父亲曾在英国圣公会神学院跟德罗恩牧师同过窗。尽管牧师比穆林斯年长三十七岁，然而在事务方面他却把穆林斯当做工作人员一般地依赖着。尽管穆林斯比牧师年轻三十七岁，然而在教义方面他却把牧师当做磐石般地依赖着。

　　有一次他们灵机一动，认为公众所要的并不是什么有教益的东西，而是轻松逗乐的玩意儿。穆林斯说人们都爱笑。他说，假若你把许许多多人聚在一起，逗他们大笑，你就可以任意摆布他们。他们一旦开始大笑，可就不能自持了。于是牧师和穆林斯就把教英国文学的高中教师德利莱①先生请来，举办了一场朗诵晚会，从乔叟到亚当·斯密这些幽默大师②的作品都包括在内。他们差一点儿就能从这场朗诵会赚到一木桶的钱。倘若人们放声大笑起来，他们就全完啦。情况是这样的：我听到其中许多人说，他们简直都想尖声狂笑。他们说，自己从头到尾恨不得一阵阵地哄堂大笑。就连听到那些微妙的段落，他们也想纵声欢笑。他们说，自己竭力不面泛微笑。他们说，自己平生从来不曾这么使劲忍着不露出笑容。

事实上，当晚会主席表示鸣谢时，他说，他深信倘若人们事先晓得这将是怎样的一番演讲，"参加的"就会多一些的。可你瞧，人们所能依据的仅仅是被告知演讲者的姓名：德利莱先生，以及他将讲授"英国幽默"，座位一律两角五分。正如主席本人所说的，假如大家对演讲有任何概念，哪怕稍微有点影子，就会有好几百人来参加。可既然几乎没有任何线索，他们根据什么又能猜得出这次演讲竟这么逗乐呢？

经过这次的尝试之后，事情似乎越来越糟。差不多人人都对此失去信心了。倘非穆林斯以你所能想象的最奇特、最令人吃惊的方式开了窍，那笔债务将会怎么样，能否偿还得上，我可就不敢说了。他碰巧在公休日外出，这期间又恰好在一座大城市里瞧见人们到那儿去募款。他兴奋得不得了地回来了，就连同他的旅行袋，等等，一股脑儿从马里波萨车站一直奔到牧师家。那是四月间的一个傍晚，乡区牧师正和三个姑娘一道坐在前厅的一盏灯

---

① 德利莱（Dreeny）与 dueary（意思是"枯燥"）谐音。

② 杰弗莱·乔叟（1343—1400），英国诗人，代表作为长诗《坎特伯雷故事集》。亚当·斯密（1723—1790），苏格兰经济学家，著有《国富论》（1776）。他们二人的文笔均不幽默。

旁。他大声说：

"德罗恩先生，我有啦——我有办法啦。不出两个礼拜就能把债务还清。咱们在马里波萨来一场旋风募捐运动！"

且慢！从沮丧的深渊一变而到希望的顶巅，这可太突然啦。我得停下来，在另一章里告诉您马里波萨的旋风募捐运动究竟是怎么回事。

马里波萨的旋风募捐运动

是银行家穆林斯告诉马里波萨居民旋风募捐运动是怎么回事的，并且还向他们解释怎样开展这个计划。当人们用旋风募捐运动的方式为一家大学募款时，他碰巧在那座大城市里，所以一切他都看在眼里。

他说，他永远也不会忘记那场运动最后一天的情景。当时宣布所募集到的总额已经超过了需要的数目。那个场面蔚为壮观——城里的实业界人士全都欢呼啊，笑啊，相互握手啊。教授们泪如雨下，各学院的院长（他们也曾慷慨解囊）大声抽搭着。

他说，那是他平生所见最感动人的场面。

于是，正如我已经说过的，目睹者亨利·穆林斯向旁人解释旋风募捐运动是怎样开展的。他说，先是少数几位实业界人士悄悄地聚在一起——非常静悄悄地，确实越不动声色越好——相互把问题商讨一遍，兴许其中一位还会请另一位吃顿饭——也是那么静悄悄地——并且讨论形势。然后这两位就又邀请第三位——或许甚至第四位——一道吃饭，泛泛地谈一谈——部分时间还聊些旁的事情。于是问题就按这样的方式进行讨论，各自根据不同的见解来审视，从不同的角度加以考虑。及至一切都准备就绪，他们就迅速行动起来，于是成立了一个中央委员会以及若干小组委员会。每个小组委员会还有主任、记录员和秘书，到了指定的

206

日子，旋风募捐运动就开始了。

大家都同意每天在指定的地点碰头，共进午餐——比方说，在一家餐馆或俱乐部，要么就是什么饭庄。开始几天都这么搞下去，引起越来越浓厚的兴趣，人人也都越来越激动。直到主席立即宣布这场运动已顺利完成，即将出现穆林斯所描述过的那种场面。

这也就是他们在马里波萨付诸实施的计划。

关于旋风募捐运动本身我并不想多饶舌。我的意思并不是说那是一场失败的运动，恰恰相反，在许多方面它再成功不过了，然而不知怎地，它好像并不曾像亨利·穆林斯所说过的那么卓有成效。兴许马里波萨在各方面都不同于那些大城市，不可能立竿见影。说不定还不如尝试一下别的计划呢。

然而他们严格照章办事，是让几位实业界人士静悄悄地聚在一起按照常规开的头。

比方说，亨利·穆林斯首先带着一瓶稞麦威士忌，悄没声儿地来到商业银行楼上达弗的办公室，两人商讨了一番。隔日晚间，乔治·达弗带上一瓶苏格兰威士忌，悄没声儿地来到汇兑银行楼上穆林斯的办公室。那之后又过了几个晚上，穆林斯和达弗一道不事声张地来到五金店楼上彼得·葛洛弗的办公室，也许还拎上两瓶黑麦威士忌。而且一个晚上，他们三个人连同摄影师埃德·穆尔前往法官裴波利家，借口说是打扑克牌。就在第二天，穆林斯、达弗和埃德·穆尔，以及彼得·葛洛弗与法官邀上马具制造商威尔·哈利逊假称说是要钓鱼，溜溜达达地就到湖边去了。第三天晚上，达弗、穆林斯、埃德·穆尔、彼得·葛洛弗、裴波利和威尔·哈利逊邀邮政局局长阿尔夫·特利劳尼在夜班邮件发出后顺便到马里波萨酒馆去。第四天，穆林斯、达弗和——

可是，哼！你马上就能明白事情是怎样进展的，无须去进一步留意这个阶段的旋风募捐运动了。不过，这显示出了组织工作的力量。

别忘了，这期间他们一直在进行磋商。先从一个角度考虑，然后再从另一个角度考虑——其实，就像大城市里那些要人办理类似的重大事件时那样。

当事情已经像这样进行得有了眉目时，一天晚上达弗直截了当地问穆林斯愿不愿意担任中央委员会主席。他问得猝不及防，穆林斯没来得及拒绝。然而他开门见山地请达弗当财务委员，简直容不得达弗回绝。

这么一来事情就有了个开端，不出一个礼拜，整个机构都动起来了。有总揽其事的中央委员会，下面是六个小组或支部委员会。每个小组有二十个人，有一位主任。他们把一切都安排得有条有理，看来效果相当好。

有一个小组里统统是银行家，穆林斯、达弗和帕普京（佩戴着浮雕宝石饰针），另外约莫还有四人。他们在埃德·穆尔的照相馆里拍了照，排成一行，背景是冰山——冬景。我可以告诉你，看上去这是一伙头脑相当敏锐的人。你晓得，不管怎样，在任何金钱交易方面，倘若你能使一伙具有代表性的银行界人士聚在一起，你就马上有了相当大的影响。

第二个小组里是律师：尼文斯、马卡特尼等——跟你在任何其他地方所看到的差不多一样稳健。办这类事的时候能够把镇上的律师们邀到你身边来，你就会发现自己拥有一种智囊团。没有他们的话，你就永远也办不成事。

另外一组是工商业者——一伙实实在在的人——马具制造商哈利逊，五金商葛洛弗以及所有他们那一帮人。兴许他们并不健谈，却实实在在，能够毫厘不爽地告诉你，一块钱合多少分钱。你尽可以去谈论教育啦，诸如此类的问题，但是倘若你想获得动力和效率，就得找工商业者。在都市里，他们对这一点已司空见惯了，在马里波萨也毫无二致。可不是嘛，在城市的大公司里，假若他们发现某人是有学问的，就不肯雇用他——连一分钟也不留他。正因为如此，工商业者就得竭力隐瞒自己有学问。

其他那些组里有医生、报人和专门职业者，如法官裴波利和拍卖商约德尔。

一切都组织停当，每个组各有个总部。三家旅馆里各设两个总部——分别设在楼上和楼下。每天安排一次丰盛的午餐会，就在史密斯咖啡馆里举行，位于史密斯经营的北方疗养胜地和维萨诺蒂垂钓者之家的拐角处——你晓得那个地方。午餐会分成许多桌，每桌都各有一位桌长，照看饮料。当然喽，各桌之间相互展开了竞赛。实际上，竞赛就是对整个运动起关键作用的灵魂。

一旦组织起来，工作开展得简直令人感到惊喜。就拿头一次午餐会来说吧，大家统统在场，每个人各就各位，每一位桌长都坐在餐桌的首席。也许其中有些人颇费了些力气才来到那儿，他们很可能不得不在店铺、银行或办公室里待到最后一分钟，然后急如星火地赶了来。这是你所曾看到过的最干净利索的通力合作。

我敢肯定，你已经注意到好多位桌长和委员并不属于英国圣公会。比方说，葛洛弗原先是个长老会教徒，后来有人将长老会牧师住宅的栅栏往他的地产推进了两英尺，打那以后他就成为一个自由信仰者了。然而在马里波萨，我已经说过，人人都喜欢参与所有的活动，而旋风募捐运动当然是蛮新奇的事。反正仅仅由于宗教信仰的关系就把一个人排斥在午餐会之外，那可是天理难容之事。我相信，这种宗教偏执行为盛行的日子已成为过去了。

当然喽，亨利·穆林斯在首席开始一封封地朗读那些贺电、贺信和贺词。先是英国圣公会主教辖区的主教大人拍给亨利·穆林斯的致以良好祝愿的电报，称他作"亲爱的蒙受天恩的教友"。

马里波萨电报局不大靠得住，竟把电码译成："亲爱的涂了油脂^①的教友。"然而，这就蛮好了。主教说，他最诚挚的愿望是同他们在一起。

随后，穆林斯又读了马里波萨镇镇长的贺信——那一年是彼得·葛洛弗当镇长——说他最强烈的愿望是同他们在一起。这之后是搬运公司的贺信，向他们致以最热诚的良好祝愿。还有一封是肉类加工厂写来的，说是同他们心贴心。接着他又读了一封他本人写来的贺信——你晓得，是作为汇兑银行的主管而写的——告诉他，他已听说他的计划，并向他保证，要对他的建议予以最热烈的关注。

每读完一封贺电或贺词，就爆发出一阵阵如雷的掌声，以致你几乎听不见自己在说些什么，也无从下指示。然而最引人注意的是穆林斯又站了起来，敲敲桌子，要大家肃静，然后发表了一段干脆响亮、简洁明了的讲话——工商界人士说话就是这么个腔调，而大学界人士是怎样也讲不来的。我但愿自己能从头到尾复述一遍。我记得开头是这样的："现在，哥儿们，你们知道咱们到这儿是干啥来的，各位爷儿们。"通篇讲话自始至终都是这个调调。

穆林斯讲毕，就拿起一支自来水笔，开了张一百元的支票，条件是募集到五万元方能兑现。掌声雷动，响彻全场。

他刚一结束，乔治·达弗马上跳了起来——你晓得马里波萨这两家银行之间正开展着激烈的竞争，做生意就是这么直截了当。我说呀，乔治·达弗跳将起来，也开了一张一百元支票，条件是必须募集到七万元才算数。你一辈子也没听到过那么令人振奋的喝彩。

---

① 英语中，ingrace（蒙受天恩）与in grease（涂了油脂）的拼写和读音均近似。

然后，当奈特利踱到首席，把一张以募集到十万元的捐款为兑现条件的支票撂在桌上时，全场出现了一阵骚动。十万元啊！想想看吧！这笔数目简直使人感到震惊。想想看：在马里波萨这么个小地方，不出五分钟就募集到十万元啊！

　　然而，就连这都算不了什么！一大群人飞快地将穆林斯团团围住，全都巴不得立即把他那支钢笔借到手，弄得他的背心沾满了墨水。最后，当他们终于恢复了秩序，穆林斯站起来宣布兑现捐款的条件已高达二十五万元钱时，喝彩声响彻整个会场，一片喧哗。哦，这些旋风募捐运动真是了不起呀！

　　我可以告诉你，头一天委员会感到颇为得意。亨利·穆林斯看上去面色有点儿红涨，兴奋不已。他身穿白背心，插着一枝月月红玫瑰花。签发支票弄得他浑身墨迹斑斑。他不断地对旁人说，他早就晓得，把这场运动搞起来乃是当务之急，并重述自己在某大学的募捐运动中所见的情景，还说教授们都哭了。他想要知道最后一天聚会的时候，中学教师们会不会也来参加。

　　回顾起马里波萨这场旋风募捐运动，我决不认为是一次失败。当人们肩并肩地干起这类工作时，毕竟会产生共鸣，大家情同手足。倘若你瞧见委员会的劝募者当天傍晚肩并肩地在镇上转悠，从马里波萨酒馆前往大陆旅馆，又走到穆林斯的办公室，再去达弗的办公室，一路上肩并肩，你就会理解了。

　　我并不想说每一次午餐会都像头一次那样获得了很大的成功。假若你是个忙人，并不那么容易动辄就从店里脱身出来。旋风募捐运动委员会的很多成员发现他们只抽得出时间赶来，匆匆扒拉一顿饭，就折回去。不过，他们毕竟来了，并把饭扒拉到肚子里。只要午餐会举行一天，他们就会光临。即使他们仅仅能够急急忙忙地冲进来，抓点吃的喝的就往嘴里塞，没工夫跟任何人搭话，他们还是照来不误。

不，不，并不是由于缺乏热情才导致马里波萨的旋风募捐运动无疾而终，准是旁的什么因素。我不晓得那究竟是什么，然而我料想那跟财政方面、账目方面的问题有点关系。

　　兴许这是因为组织工作计划得不十分完善。你瞧，倘若几乎每个人都是委员会的成员，那么试图找到募捐对象可就难上加难了。又不允许主任们和委员会成员们相互募捐，因为捐赠照规矩是自愿的。因此，各个小组唯一能做的就是在可能有机会的地方等候——比方说，史密斯旅馆的酒吧间——巴望着某一位募捐对象会翩然而至。

　　你或许会问到他们为什么不曾向史密斯先生本人募捐。但是当然喽，他们一开始就这么做了，只是我没有及时交待一下。史密斯先生捐了两百元现款，条件是午餐会得在他那家旅馆的咖啡店里举行。然而想花上不超过一元两角五分钱来吃上一顿像样的午餐——我指的是一位主教会由于缺席而表示遗憾的那种午餐——可就太难了。于是，史密斯先生又把他自己那笔钱捞回来了，这一大帮人就开始蚕食慈善捐款。事情就变得越来越复杂。究竟是为了打破不盈不亏的局面，而再举行一次午餐会好呢，还是干脆把运动刹车，简直拿不定主意。

　　可不是嘛，这是令人沮丧的。尽管取得了种种成果，又有各方面的支持，可还是令人沮丧。我并不想说这场运动毫无裨益，许多人必定因而比以往任何时候都相互加深了了解。我就亲自听裴波利法官说过，关于彼得·葛洛弗他想要知道的，经过这场运动，他统统掌握了。像这样得到充分满足的情况多得很。关于旋风募捐运动的真正麻烦在于：大家一直没有清楚地理解哪些人该像旋风般地向旁人募捐，哪些人该慷慨解囊。

　　我相信其中有些人颇把这场运动当回事，我知道亨利·穆林斯就是如此。你看得出这一点。头一天他穿戴得整整齐齐地来参加午餐会，插着他那枝月月红玫瑰花，身着那件白背心。第二天他只佩戴了一朵粉红色康乃馨，穿的是灰背心。第三天是枯萎的黄水仙和开襟羊毛衫。高中教师按说应该出席的最后一天，他只穿了一套工作服，连胡子都没刮。他看来疲惫不堪。

就在那天晚上，他到牧师家去，将这个消息告诉了德罗恩。你知道，事先已经安排好不让牧师出席那些午餐会，以便使整个事情出乎他的意料。所以他所晓得的仅仅是零零星星的一点消息，诸如午餐会上聚着一群群的人，他们怎样欢呼喝彩，等等。我相信有一次他瞥见了《马里波萨邮报》上印着二英寸的大标题：**二十五万**。然而他克制住了，不曾读下去，免得这场惊喜泡了汤。

正如我说过的，我曾瞧见穆林斯沿街走向德罗恩牧师的家。那是四月中旬，街上残雪斑斑，夜漆黑、静谧而寒冷。我看见穆林斯边走边咬紧牙关。我晓得他的衣兜里揣着自己那张一百元的支票，兑付条件已取消了。他说，马里波萨的歹徒太多了，一个人还不如待在城市的办公室里呢。

牧师摸着黑从小门里踅了出来——你瞧得见他背后从住宅那扇敞着的门透出的灯光——他同穆林斯握握手，两个人就一道踅进去。

小山上的烽火

事后穆林斯说，情况比他原先所料想的要顺利得多。他说，牧师是那样处之泰然。当然喽，倘若德罗恩先生咒骂起穆林斯来，或是要对他大打出手，就会难办多了。然而他竟是那么安详，有一段时间好像几乎听不懂穆林斯在说些什么。所以穆林斯对此感到高兴，因为这证明牧师并没有心灰意冷，而在一定程度上他完全有可能变得那样。

整个谈话过程中，仅仅在穆林斯说到运动被一帮该死的老家伙破坏了的时候，牧师似乎才振奋激动起来。牧师立即问：那帮老家伙是不是真正给运动的结束造成了损害呢？穆林斯说，这是毫无疑问的。牧师又问，只要有老家伙在，人们所竭力开展的运动会不会就给断送掉呢？穆林斯说会的。随后牧师又问，按照基督教教义来看，即使只有一个老家伙，难道也是有害的吗？穆林斯说，一个老家伙就足以毁掉一切。从此牧师就几乎再也没吱声了。

事实上，牧师随即说他不应该把穆林斯留得太久，他已经让他待很长时间了。穆林斯乘火车旅行想必疲倦了，在筋疲力尽的情况下，再也没有比酣睡一觉更有裨益的了。遗憾的是他本人还享受不了安眠这一福中之福，他得先回到书房去写几封信。穆林斯对社交活动具有几分天赋的敏感，他看出这是该走的时候了，于是就告辞而去。

当他沿街走去的时候，已是午夜了，而且是个漆黑、静谧的夜晚。可以肯定地这么说，因为后来在法庭上提到了。穆林斯发誓说，那是个黑黢黢的夜晚。在法庭讯问中，他承认说，兴许还有星星，或者至少是一些不那么重要的星星。在进一步的审讯下，他供认自己并没有去数那些星星。也许还有电灯，而穆林斯不愿意去否认非常可能或多或少有些月光哩。然而那个夜晚却没有像太阳那样的光亮，穆林斯对这一点绝对有把握。可以说，所有这一切在法庭上都搞得一清二楚。

但是此刻牧师已经上楼走进他的书房，伏案去写信了。他一向在这里撰写他的布道稿。隔窗放眼望去，视线穿过光秃秃、白糊糊的枫树林，可以望见衬在夜空中的教堂那连绵弯曲的轮廓。教堂后面——尽管离得老远——是牧师每逢礼拜天就去散散步的新墓地（我想，我已经告诉过你这是为什么）。由于窗口朝东，在新墓地前面，相距不太远的地方，躺着新耶路撒冷①。一个人从书房窗户里不可能眺望到更好的景致了，而且再也没有更能启发他写作的了。

然而这个夜晚。牧师的信想必确实难以下笔。因为他坐在桌旁，握着钢笔，另一只手托着头。虽然偶尔在纸上写上一两行，大部分时间却都一动也不动地坐在那里。其实德罗恩牧师无意写好几封信，他只打算写一封。他正在写辞呈。倘若你四十年都没这么做过，想要找到适当的措词真是难上加难。

瞧，不管怎样牧师总算找到词儿了。起先他写了一段话，接着又坐在那儿苦思冥想，写下了别的一些话。然而好像都不合适。

其实，德罗恩牧师善于掂量词句，对它所产生的作用有着杰出的鉴赏力，兴许他本人并不曾意识到。当你感到局面完全异乎

---

① 新耶路撒冷见于《新旧约全书·启示录》第二十一章。这是上帝在世界末日奖给忠心的子民的一座圣城，象征着基督教徒在精神上的憧憬。

寻常时，倘若你有这样的本能，你就自然而然地会试着用恰当的措词加以表达。

我相信自从鲁帕特·德罗恩于五十多年前获得希腊文奖章以来，仅仅是由于命途乖舛他才未能成为一位伟大作家。他是个被埋没的作家，犹如杰斐逊·索尔普①是个被埋没的金融家。说实在的，马里波萨有很多像这样的人。据我所知，你本人也可能在旁的地方见到过这号人。例如，我确信马里波萨电报局的报务员比利·劳逊蛮可以轻而易举地发明镭。同样地，你只要读一读殡葬承办人金竿穆先生的广告，就晓得他还颇有诗人气质呢。关于死，他写得出远比库伦·勃赖恩特②的《关于死的冥想》更引人入胜的诗作。他会起个不至于那么伤害公众感情的标题，还能移风易俗。这是我听他亲口说的。

于是牧师先试着这么写，又试着那么写，看来怎样都不合适。起初他写道：

"自从我来到你们当中，转瞬已经四十载了。想当初我是个精神焕发、充满希望的青年，热情洋溢地投入工作……"写到这里，他停下来，怀疑自己表达得是否确切清楚，就一遍遍地重读，反复苦思冥想，然后又另行开头：

自从我来到你们当中，已经四十载了。想当初我是个精神颓丧、忧郁伤感的少年，缺乏朝气，没有希望。我的生涯还没真正开始就受到了挫折，只渴求将不多的余年奉献给本教区的圣职……

---

① 见本书《杰斐逊·索尔普的投机生意》。
② 库伦·勃赖恩特（1794—1878），美国诗人、新闻记者。他的诗《关于死的冥想》写于1811年，其中有"移风易俗"一语。

写到这里，牧师再度搁笔。他读了一遍自己所写的，并皱起眉头，用钢笔在上面打了个大叉子。这么写可不行，这是浅薄的牢骚，含有自我吹嘘的意味。他再一次开了头：

"自从我来到你们当中，转瞬已经四十载了。想当初我是个经过考验、训练有素的男子汉。也许除了数学这一门而外……"于是牧师又歇了一口气，脑子开了小差，勾起对那位我已谈到过的英国圣公会教授的回忆。教授根本不曾意识到自己的崇高使命，以致连对数也没有教。牧师沉思默想了好久，当他重新写起来的时候，就觉得要是把个人口气完全抛弃掉，那就简单而又恰当多了。他就写道：

> 先生们，在教区的发展过程中，会迎来一个阶段，
> 使它赶上这么个时刻，及至来到某个节骨眼儿上……

牧师又写不下去了。然而这一次他不甘心失败，就果断地继续写着：

> ……及至在某个节骨眼儿上，在那一时刻的环境下，
> 形成一个阶段，以便将焦点对准教区当时的发展过程。

于是牧师看出自己失败了，他晓得自己非但没能把教区管好，而且又不能用适当的英语把这一点说出来。两者之间，他发觉后者更加使他难过。

他抬起头来，隔窗朝着映在夜幕上的教堂阴影望了片刻。它那轮廓使人几乎幻想新耶路撒冷的亮光就在它后面闪耀。接着他又写了，这回不是给广大世界，而是仅仅写给穆林斯的：

我亲爱的哈利，我想辞职，你能不能光临舍下，助我一臂之力？

　　当牧师终于写毕站起来时，我想已经是深夜了。他直起身来重新隔窗望去，望了一遍又一遍，就那样睁大眼睛站在那里，面孔对着映入眼帘的一切凝然不动。

　　那是什么？天上那片亮光，在东方？——他说不准是近是远。难道新耶路撒冷的黎明真的已经来临，映亮了东方吗？要么就是——瞧——就在教堂里头——那是什么？——在一扇扇彩色玻璃窗后面闪耀着，将玻璃映成绯红色的那片暗红光亮是什么？火焰岔成好几股从落地窗里喷出来，沿着木框向上蹿——瞧啊——一片火海蓦地将教堂窗户冲垮。随着碎玻璃的咆哮，涌向天空，以致黑沉沉的夜、光秃秃的树以及酣睡中的马里波萨街道统统被它映成一片通红！

　　着火啦！着火啦！突然响起的钟声划破夜空。

　　牧师就直直地伫立着，一只手按在桌上，支撑着身子。这当儿马里波萨的火警钟声向沉睡中的镇子发出警报。他就站在那儿，这当儿街上开始人声鼎沸——消防队车马的奔驰嘶鸣声——粗犷的锣声——淹没其他一切声音的是火焰翻腾的巨响，一路上轰隆轰隆地吞噬着教堂尖顶的横梁和椽子，就像插入夜半天空中的火炬一般，在尖顶上熊熊燃烧。

　　牧师依然直直地站在那里，随着教堂倏地像这样化为小山上点燃了的烽火时，他就脸朝桌面猛然向前栽去。他被吓倒了。

　　你有必要看看马里波萨的火场——这镇子一半仍是木质建筑——你就晓得火灾是怎么回事了。在城市里，情况就迥乎不同啦。对旁观者来说，不管怎样，火灾只不过是个壮观的场面，如此而已。事事都安排好了，组织好了，千真万确。这样的火灾在

218

大城市里恐怕一个世纪才遇上一次，而对像马里波萨这样木质结构的小镇来说，那简直是个最可怕的夜晚。

无论如何，四月间的那个夜晚，也就是英国圣公会教堂遭到焚毁的夜晚，对马里波萨来说，就是如此。倘若火势只消再得逞一百英尺，或许连一百英尺都不到，它就能从教堂后边的车棚延烧到通衢大街上那些木质结构的店铺后身。一旦殃及那里，即使倾尽威萨诺蒂湖水，也不足以阻止镇子不被毁于火灾。马里波萨的人们就为这一百英尺而搏斗，打从被夜半钟声唤醒以来，一直到天空徐徐地泛白。

他们跟火搏斗，并不是为了救教堂，因为自火一烧起，教堂就已在劫难逃。他们是为了阻挡火势蔓延，好拯救镇子。人们在一扇扇窗口、在燃烧着的门边跟火搏斗，并在宛若张着大口的熔炉般的钟楼里穿行。人们跟火搏斗，马里波萨救火车在街上当啷当啷地响着，上气不接下气。车子本身被火光映得通红，就像是个鬼魅奴才在跟同类搏斗着。高高的云梯搭在教堂顶上，摇曳着的水流从水龙带里喷出，冒着泡沫冲进烈火。

最要紧的是，人们拼死拼活地去抢救教堂后边那座木质结构的车棚，火焰完全可以从那里蹿到马里波萨镇中心。为了本镇的生存，一场真正的战斗就在这里展开了。但愿你能看到他们怎样把水龙带转向木质屋顶，凭着水的冲击力将木板从屋顶上一块块地掀开剥掉。再看看他们怎样跨上屋顶，攥着斧子，发疯似的砍着椽条，好让车棚塌下来。当人们操作的时候，四下里翻滚盘旋着乌黑的浓烟。你可以看见救火的马身上套着运木材用的铁链，一头系在车棚的立柱上，以便将棚子从地基上拽下来。

最重要的是，我巴不得你能瞧见史密斯先生（估计你晓得他就是史密斯旅馆的老板）头上戴着消防队员的钢盔，站在那边的屋顶上，将那根十二英寸见方的杉木主梁一劈到底。尽管那些椽条和屋顶圆木已坍塌下来了，主梁却依旧牢固地挺在那里。车棚有十余处正熊熊燃烧着，飞溅的火花和令人窒息的浓烟迫使其他操作者离开了现场。可史密斯先生绝不后退！瞧啊，他一动不动地守在主梁的角上，凭着他那二百八十磅体重的全部冲击力，用斧子卖劲地砍进木头！我告诉你，只有从北方松林区来的男子汉才抡得起这斧头！右，左，左，右，一刻也不停地砍着，而且每砍必中！"使劲，史密斯！砍下去！"直到随着人群中的呐喊，大梁裂开了。史密斯先生重新回到地面上，大声嚷着，指挥那些正使劲将棚子拖倒的人和马。他的嗓门足以控制住那场火灾本身。

那个夜晚究竟是谁让史密斯先生担负起马里波萨消防队头目的，我说不出。我甚至不晓得他是从哪儿弄到他头上戴的那顶巨型红色钢盔的。我更是直到教堂焚毁的那个晚上，才听说史密斯先生原来是消防队的成员。然而情况一向是这样。你们这些心胸狭窄的可怜虫蛮可以制订计划，筹办安排，但是轮到非做些事情——实实在在的事情——不可的时候，每一次还都得由高大壮实的汉子打冲锋。瞧瞧俾斯麦①、格莱斯顿②先生和塔夫特总统③以及史密斯先生——情况何其相似乃尔！

我认为那是非常自然的，史密斯先生刚一来到现场，就戴上了别人的钢盔，大声对消防队发号施令，犹如俾斯麦对待德国国会那样。

火灾发生得很迟，已经是深夜了。他们拼命扑灭火，直到天色大亮。一片火焰映亮了市镇以及光秃秃的灰色枫树林。在火光中，你可以眺望到封冻的广阔湖面，湖上依然覆盖着雪。熊熊燃

---

① 奥托·冯·俾斯麦 (1815—1890)，德国政治家，有"铁血宰相"之称。

② 威廉·埃瓦尔特·格莱斯顿 (1809—1898)，英国政治家，曾于1868至1894年之间四次出任英国首相。

③ 威廉·霍瓦尔特·塔夫特 (1857—1930)，美国第二十七任总统，1909至1913年在任。

烧的教堂恰似一堆巨大的烽火。湖的另一侧，从北方来的夜行特快列车上的乘客在二十英里外都看得见。这堆烽火犹如火红色的圣灵明证，马里波萨从来也没见过，今后也不会再见到。当教堂的屋顶轰隆一声坍塌了，高高的尖塔摇摇晃晃地倒下来时，黑暗好像那么迅疾地笼罩一切，灰色的树和封冻的湖一眨眼的工夫就都消失了，仿佛是从天地间抹掉了一般。

　　早晨来临时，马里波萨大教堂只剩下一截残垣断壁。一堆湿透了的砖和烧黑了的木料，在水龙带下依然东一声西一声地嘶嘶作响，饱含着对那场被征服了的火灾的怨气。

　　第二天早晨，马里波萨人在火灾造成的废墟上转悠着，指指点点，说坍塌下来的尖塔的残骸就在这儿，那儿夹杂在碎砖当中的原来是教堂上的几口钟，如今都已经烧化成一堆儿了。他们还谈论着火灾所造成的损失，重建一座需要花多少钱。并且问起教堂可曾上过保险，保险金额又是多少。起码有十四个人自称是首先发现火光的，至于说自己是最早发出火警的就更多了。晓得怎样来防止这类火灾的人，那就确实是不计其数了。

　　最引人注目的是你可以看见教区委员、副委员以及教区委员会主席穆林斯，三五成群地谈论火灾这件事。当天晚些时候，保险公司的人寿和火灾鉴定人从城里来了。他们也在失火现场踱来踱去，跟教区委员以及圣器保管员谈了一阵。当天，镇上的人们都兴奋得忘其所以，简直像是过了个公众休假日。

　　然而，最不可思议的一点是那出人意表的结局。我不晓得究竟是出于牧师的计算数字中哪方面的误差，还是由于数学上缺乏训练，事情才会变成这样的。毫无疑问，应该严厉地归咎于已故数学教授。但确凿的事实是：马里波萨的英国圣公会教堂本来投保了十万元的火险。保险费收据、保险证书上都签好了字，完全有效。他们是从牧师书房的一个抽屉里找出这些的，确凿无疑。

保险公司的人也许会提出抗议，就随他们去抗议吧。千真万确、清楚明了的事实是：教堂所保险的金额大约是全部建筑费用、债务、牧师的薪俸以及德罗恩家老闺女之膳宿费总和的两倍。

这才真正是一场旋风募捐运动哩！说起募款嘛——就得像这样去搞！那些大学和市里慈善机构的人们到处奔走，用所谓旋风募捐运动那种缓慢吃力的办法，也许要花上一整天才能募集到五万元，不知他们可曾想到过事情竟然能办得如此干脆漂亮。

沉甸甸地压在教徒身上的那座至圣明证燃烧殆尽，它的债务和负担也一股脑儿化为灰烬，它的焚毁却使其崇拜者们发了财。谈起小山上的烽火，你怎样也敌不过这一个。

我巴不得你能看见教区委员、副委员以及教区委员会主席穆林斯怎样一想到这一点就喜形于色，轻声发笑。他们不是一直念叨，所需要的一切无非就是对上帝的一点儿信仰和努力吗？正如他们所说的，成果就摆在这儿了。归根结底，他们是对的。

难道保险公司那边会提出抗议吗？他们会通过法律程序拒付赔偿金吗？亲爱的先生！我看得出你对马里波萨法庭一无所知，尽管实际上我已经说过，这个法庭是英国式执法公正无私的最精确的工具之一。瞧，法官裴波利审理了这起诉讼案，不到一刻钟就驳回了公司的控告！我并不晓得裴波利法官的法庭裁决权是怎样的，然而我确实知道，无论如何，马里波萨法庭在维护基督教徒的权利方面——我这是在援引判决书原文——是难以匹敌的，免得被那帮该死的歹徒（他们钱也捞得太多了）用阴谋诡计来暗算。裴波利甚至威胁原告说，要判他们坐牢，或者吃更大的苦头。

始终也没有人晓得火灾究竟是怎样发生的。曾经流传过这么一种奇怪的说法，大致是：那天深夜，有人瞧见史密斯先生和金竿穆先生的助手提着一桶汽车上用的那种煤油走在街上。然而这一点在诉讼中被法庭彻底否定了，也由史密斯先生本人给予了反证。他赌咒发誓——不是像他在为营业执照打官司时通常发的那种誓，而是赌咒发誓——说他并没有提着一桶煤油在街上走。还说，不管怎样，那是他平生所曾见过的最次的一种煤油，几乎像糖浆那样没用。于是这一点就解决了。

德罗恩牧师吗？他又康复了吗？咦，你问这个干么？你的意思是否指在那次打击之后他的头脑可曾受影响？没有，并没受影响，绝对没有。他的头脑丝毫也没有受影响。尽管如此，那些认识他而如今还住在马里波萨的人怎么都会有点儿印象，认为他的头脑或多或少由于那次的打击而受到损害。这就难说了，助理牧师厄特莫斯特走马上任了——也许你曾听过他在新教堂里布道——不过这跟德罗恩牧师的头脑风马牛不相及，那仅仅是由于工作过度的重压所导致的病例。教区委员们一致认为，在当前专业化的时代，牧师管的面太宽了。倘若他放弃几项次要的职务，他就能更加专心致志地把精力倾注在幼儿班上。如此而已。随便哪个下午，站在枫树下面，你就可以隔着新盖的幼儿学校那敞开的窗户，听到他在对娃娃们说话。

就倾听能力、悟性和注意力而言——如果我想找一批听众，他们能够听懂并理解呼伦湖的广袤无垠，那就让我去讲述吧。每一次都面对幼儿班那一双双蓝眼睛，他们都是刚刚从更加广漠、无边无际的太空来到人间的，你就随意扯些成年人的话题好了。然而我宁肯让幼儿班的娃娃们做我的听众：他们罩着围兜，抱着玩具熊，脚丫子还够不着地板呢。厄特莫斯特先生蛮可以随心所欲地向成人布道，讲述高深的评述中所揭示出的新形式的疑窦。①

所以你会明白，要说有什么变化的话，牧师的思维甚至比过

---

① 指十九世纪兴起的一种学说，对《圣经》的纂述和编排有系统地提出质疑。

去更敏锐了，头脑也更清醒了。倘若你想要证据的话，那么你就看吧：他正坐在那边的梅花底下读希腊文呢。他曾告诉我说，他发现自己能毫不费力地阅读希腊文原著，而早先读起来却好像很困难。这是因为如今他的头脑变得如此清醒了。

有时候——当他的头脑非常清醒的时刻——他坐在那边梅花丛下读书，于是听见了他们远远地在歌唱，还夹杂着他那位亡妻的嗓音呢。

我与金融界的一段因缘

我一走进银行，就给弄得晕头转向的。那些银行职员叫我晕头转向；那一个个小窗洞叫我晕头转向；金晃晃的钱币叫我晕头转向。一切的一切都叫我晕头转向。

只要一跨进银行大门，想跟他们打些银钱交道，我就会变成一个昏头昏脑的白痴。

事前我明知道是这样，可是我的月薪已加到五十块，而我觉得这笔钱只能存到银行里去。

于是，我就跟跟跄跄地走了进去，怯生生地朝四周的行员们望了望。当时我有个想法，认为开户头之前理应先跟经理研究一下。

我走到那个标着"会计员"的窗洞。会计员个子挺高，是个冷冰冰的家伙。看到他，我立刻就晕头转向了。我的声调变得阴阴惨惨的。

"我可以见见经理吗？"我说，然后又庄重地添了一句："单独见见。"我自己也莫名其妙为什么要说"单独见见"。

"当然可以。"会计员说，随后他就把经理找来了。

经理庄重、沉静。那五十六块钱在口袋里已经被我攥成一团儿了。

"您是经理吗？"我问。平心而论，我一点儿也不怀疑他就是经理先生。

"对。"他说。

"我可以见见您吗——单独见见？"我问他。我本来不打算又说"单独见见"的，可是不说，事情也很明显了。

经理带点惊愕神情望了望我，他觉得我一定有点儿非同小可的机密想透露给他。

"到里边来吧。"他说，然后就把我领进一间密室。他还把锁拧上了。

"好，没有人能打搅咱们，"他说，"坐下吧。"

我们两个人都坐了下来，彼此望着。我窘得简直张不开口。

"你大概是平克顿①手下的伙计吧。"他说。

他从我举止的诡秘估量我必然是个包打听②。我晓得他肚子里想的是什么，而这就更叫我发窘了。

"不，不是平克顿手下的。"我说，意思之间好像暗指我是从平克顿的对手那里来的。

"说实话吧，"我接着说，好像我刚才不得不编了个谎似的，"我根本不是什么包打听，我是来开个户头的。我打算把我所有的钱，统统都存到贵行这儿。"

听到这话，经理才不紧张了，然而他的神情依然是严肃的。他估计我一定是罗斯柴尔德男爵③的少爷，要不就是古尔德④的小开。

"大概是很大的一笔吧？"他问。

"不算小，"我放低了声音说，"我打算马上存五十六块钱，

---

① 阿伦·平克顿（1819—1884），美国著名私人侦探事务所创建人。
② 包打听是西方一种受雇于私人或企业的暗探。
③ 罗斯柴尔德家族是欧洲最著名的银行世家，创始人为迈耶·罗斯柴尔德（1744—1812），他的五个儿子均被授予奥地利帝国男爵勋位。
④ 杰伊·古尔德（1836—1892），美国铁路总经理和金融家。

以后按月存五十块。"

经理站了起来，打开门。他招呼会计员过来。

"蒙哥马利先生，"他故意抬高了嗓门叫我难堪地说，"这位先生想开个户头，他要存五十六元。再见。"

我也站起来了。

密室的一头有一扇敞着的大铁门。

"再见。"说着我就走进了保险库。

"出来。"经理冷冰冰地说，然后指给我另外那条路。

我走到会计员的窗洞，把那团钞票朝他一戳，动作突兀而且带点痉挛，好像是在变戏法。

我脸上苍白得可怕。

"拿去给我存上，"我说，语气里好像是说，"趁着咱们这股热劲儿，快把这档子苦事办完吧。"

他接过钱来，交给另外一位行员了。

他叫我把存款的数额写在一张纸条上，然后在一个本子里签上我的名字。我已经摸不清我在做些什么了，整个银行都在我眼前晃荡。

"钱存好了吗？"我用一种发虚、颤抖的声音问。

"存好啦。"会计员说。

"那么我要兑一张支票。"

我的想法是把其中的六块钱先支出来眼前用。一个行员从窗洞里递给我一个支票本子，另外一个就告诉我怎么填写。银行里那些人大概把我当成个病病囊囊的大财主了。我在支票上胡乱写了点什么，然后就塞给窗洞里的那个行员了。他瞅了瞅。

"怎么，你又统统取出来吗？"他惊愕地问。这时候我才发觉我把"六"写成"五十六"了。事情做得已经远远超出常情，我感觉这件事是没法解释明白的。所有的行员都停下笔来望着我。

既然狼狈到这步田地，我就一不做，二不休了。

"对，统统取出来。"

"你把存的钱都从行里取光啦？"

"一分钱也不留。"

"以后你就不存了吗？"行员感到莫名其妙地问。

"永远也不存啦。"

我猛然起了个傻念头：也许他们会以为我签支票的时候，他们说的什么话冒犯了我，因而使我改变了主意。我拼命做出像是个脾气暴躁得不得了的人。

行员准备付款了。

"你这钱是怎样拿法①？"

"什么？"

"你这钱是怎样拿法？"

"嗯，"——好容易我才听懂了他的话，我连想也没想就回答说，"五十块的。"

他给了我一张五十元的钞票。

"那六块钱呢？"他干巴巴地问我。

"六块的。"我说。

他把钱给了我，我就赶快奔了出来。

当银行的大门在我身后边旋转时，我听到里边一片响彻大厦的笑声。从那以后，我有钱再也不存银行了。我总是把现款放在裤袋里，我储蓄的现大洋用一只袜子装着。

_____

① 意思是：要什么面额的钞票。

228

怎样发大财

我跟阔佬们一向过从甚密，我喜欢他们。我喜欢他们的面相，我喜欢他们的生活方式，我喜欢他们的饮食。我越跟他们打交道，就越喜欢他们的一切。

我尤其喜欢他们的穿戴：灰色带格子的裤子，白色带格子的坎肩，沉甸甸的表链，以及那可以当做图章使用的戒指——他们就凭那个来签发支票。啊，他们打扮得真叫可爱呀！要是有那么六七位阔佬围坐在俱乐部里，那看起来才过瘾呢。只要他们身上稍微沾上点儿尘土，听差马上就跑过来掸掉。真的，而且做的时候满心欢喜。我恨不得自己也去替他们掸掸呢。

我喜欢他们的饮食，但是我更喜欢他们那一肚子的学问。真是了不起。你留心吧，他们简直时时刻刻都在看书。随便你什么时候跨进俱乐部去，你总会碰上三四位阔佬。瞧他们看的那些东西！你也许想：一个人在办公室里从早上十一点一直工作到下午三点，中间仅仅花了一个半小时吃午饭，一定疲劳不堪了吧，可是一点儿也不。这些先生们治完了公就坐下来看《社会随笔》，看《警察公报》和《桃色》①，并且对杂志里的那些笑话领会起来一点儿也不比咱们差。

---

① 都是些专门报道凶杀或淫猥事件的黄色报刊。

我顶喜欢在他们那堆人中间走来走去，听到他们说的一言半语。那天我听到一位阔佬探着身子说："喏，我已经出到一百五十万，并且告诉他说，再多一分钱也不出啦。要还是不要，全随他——"我满心想插嘴说："喂，喂，一百五十万！啊，再说一遍吧！要还是不要，你问问我看。你试试看，我准能给你个答复。或者咱们干脆说一百万，就一言为定吧。"

　　这些阔佬们对钱财并不马虎。不是的，先生，你可别那么想。他们对于大数目自然是不大在乎的，譬如说，一回花上它十万八万的。他们在乎的是小数目。你简直不能想象他们为了一分半分，甚至比那更小的数目，能着急到怎样地步。

　　那天晚上，两位阔佬进了俱乐部，高兴得快发了疯。他们说小麦的价格涨啦，不到半个钟头他们就各自赚了四分钱。就凭这一注财，他们叫了十六块钱一客的大菜。我真不懂。我给报馆写稿子，曾经赚过比那多上一倍的钱，可是我从来也没觉得有什么可夸耀的。

　　又有一天晚上我听到一位阔佬说："来，咱们给纽约打个电话，告诉他们咱们愿意出两厘五。"好家伙！深更半夜花钱给纽约（差不多有五百万人口哪）打电话，表示愿意出两厘五！可是——纽约见怪没见怪呢？没有，他们要啦。自然，这是高等金融，我也不便滥充内行。后来我也叫叫芝加哥看，我告诉他们我情愿出一分五厘，然后又打电话给安大略省的汉密尔顿市，表示我愿意出五毛。结果，电话接线员只当我发了疯。

　　当然，这一切只不过表明我的确曾经仔细研究过那些阔佬的发财之道。我的确下过一番苦功夫，下过好几年的苦功夫哪。我心里想，对于那些刚开始工作就盼着大大捞一笔钱退休下来的年轻人，这种钻研也许会有好处的。

　　你知道，许多人到晚年才发觉，要是小时候对人生就有了今天的认识，他们也许不会干目前干的事，而干起他们当初所不愿意干的事了。可是天下有几个小伙子肯停下来思索一下，要是他们当初晓得现在所不晓得的东西，前途会不会大大两样？这些都是惊人的思想。

不管怎样，我曾经到处搜集他们的成功秘诀。

有一件事我是确实知道的。一个年轻小伙子要是想发大财，他对于起居饮食得十分当心。这个听起来也许挺难办到，可是成功总是要经过一番艰苦过程的。

年轻人要是打算发大财，就别以为他还有资格早上七点半起床，早饭吃几个煮鸡蛋，午饭的时候喝杯凉水，晚上十点睡觉，那可办不到！阔佬我是见识多了，对这一点我十分清楚。你要是立志想当个阔佬，那么早上十点以前就别起床。阔佬们向来不那么做，他们不敢起来。晚上九点半他们还在街上荡来荡去，那才跟他们的家当相称。

节制的说法是陈旧的，完全不对头。当了阔佬你就得喝香槟酒，而且得使劲地喝。不停地喝香槟酒以外，还得喝苏格兰的威士忌酒加苏打。你差不多得通宵通宵地熬夜，大桶大桶地喝酒，这样才能保持清醒的脑筋，第二天好做生意。我曾经见过阔佬早晨头脑非常清醒，他们的脸肿得像煮过了似的。

自然喽，要照这么生活，必须有毅力。可是毅力这玩意儿现成得很。

所以，亲爱的小伙子，要是你有意从当前在商界的地位再高升一步，那么就改变一下你的生活吧。吃早饭的时候要是房东太太给你端来火腿蛋，就把它从窗口丢出去喂狗，吩咐她给你送凉芦笋和一升葡萄酒来，然后用电话通知你的老板说，你十一点去上班。这样办你一定会步步高升，而且快得很。

究竟阔佬们怎么发财法儿，这问题可不好回答。可是一条路子是这样：口袋里只带上五分钱，就奔一个城去打天下。阔佬们都是这么起家的。他们（家私几百万几千万的阔佬）一再告诉我，头回进城打天下的时候，他们口袋里只有五分钱。这似乎就是他们的本钱。自然，办起来这也不那么容易。我试过好几回，有一回我差一点儿成功啦。我向人借了五分钱，带着它出了城，然后飞快地折了回来。要不是在近郊碰上一家酒馆，把五分钱花掉了，此刻我也许真的发了财呢。

另外一条路子是创办点儿什么，规模大大的，创办点儿从前没人想过的事。譬如说，一个熟人告诉我，有一回他身上一个钱也没有（他到美洲中部打天下的时候，把五分钱丢啦），就来到墨西哥。他看到那里没有发电厂，于是，他开办了几所发电厂，赚了一大注钱。另外一个熟人有一回困在纽约了，身上一文不名。哦，他灵机一动，发现那里需要比现有的高楼大厦更高出十层的建筑。于是，他就盖了两座，转手卖掉了。许许多多的阔佬们就是这么毫不费力发迹起来的。

自然，还有比这些更简便的路子。我几乎舍不得公开出来，因为我自己也正想尝试一下。

这是一天晚上我偶尔在俱乐部里学来的。那儿有个老头儿，他非常非常阔。在阔佬里，他的脸子长得算是顶漂亮了，活像条土狼。我一向不晓得他是怎么阔成这个地步的，所以有一天晚上，我就请教一位阔佬，布洛哥这老家伙的财是怎么发的。

"怎么发的？"那个人冷笑了一声说，"他是从孤儿寡妇身上抢来的。"

孤儿寡妇！哦，这真是条高明不过的办法。可是谁料到孤儿寡妇身上会有财可发呢？

"但是，他是怎么发的呀？"我小心翼翼地问，"他是扑到他们身上硬抢过来的吗？"

"很简单，"那个人回答说，"他只不过把他们放在脚后跟下面碾，就这样。"

　　瞧，这多省事呀！从那以后，我时常思索这段谈话，并且有意试它一试。要是我能弄到些孤儿寡妇，我会很快就把他们碾碎的。可是怎样把他们弄到手呢？我所认识的寡妇，看来大半都很壮实，不好碾；至于孤儿，那得弄到一大群才成呢。我目前还在等待着。要是我能弄到一大批孤儿，我一定要碾碾他们看。

　　后来一打听，原来牧师身上也碾得出东西来，据说他们的汁水还特别多。可是，也许孤儿们更容易碾一些啦。

萨隆尼奥

　　据说刚从大学里毕业出来的年轻人，对于他们的知识总是把握十足的样子。可是就我个人的阅历，我认为那些生活优裕的中年人，差不多有二十年没沾过大学的边儿，成天鸡鸭鱼肉地吃着，腰围大约有五十英寸，脸上红润得像个烛光底下的红莓苔子，这种人如果自以为有了一得之见，他那种千真万确、不容人家质疑的劲儿可远远胜过小伙子们。每每想到我的朋友霍格斯海德①上校，我特别有此感。这位先生身宽体胖，肝火旺盛，曾经在怀俄明州贩卖牲口发过一笔财，可是到了晚年，偏偏自封为莎士比亚戏剧的世界权威。

　　有一天，我正坐在俱乐部阅览室的壁炉旁边翻看《威尼斯商人》，给他撞上啦。于是，他就对我讲开了这本书。

　　"《威尼斯商人》，呃？先生，这才是出绝妙好戏哪！这真正是天才之作！了不起，先生，真是了不起！就拿戏里头的角色来说吧，哪儿找那样的角色去？就拿安东尼奥，拿施尔洛克②，拿萨隆尼奥③说吧——"

　　"上校，有个萨隆尼奥吗？"我轻轻地插了一句嘴，"您没弄

---

　　① 意译是：猪头。
　　② 施尔洛克是夏洛克之误。
　　③ 萨隆尼奥是萨莱尼奥之误。

错吗？戏里头倒有个巴萨尼奥，有个萨莱尼奥，可是我想并没有萨隆尼奥，您说是吗？"

霍格斯海德上校的眼神一阵子有些迷里迷糊的，然而他可不是那种低头认错的人。

"啧，啧，年轻人哪！"他皱了皱眉说，"你读书太马虎啦。戏里头当然有个萨隆尼奥喽。"

"可是上校，您听我说，"我接着说下去，"我刚刚还在读这个剧本，并且在研究它，我确实晓得没这么个角色——"

"胡扯，先生，你这是胡扯！"上校说，"戏里明明从头到尾都有他嘛。小伙子，你用不着告诉我，这个剧本我亲自读过的。对，而且还看过它的演出——在怀俄明，演得可好呢。那时候先生你还没出世呢！哼，硬说没有萨隆尼奥！那么安东尼奥的那个始终如一的朋友又是谁？当巴松尼奥①背弃他的时候，是谁仍然对他忠实的？是谁从施尔洛克手里把克拉丽莎②救出来的？是谁从阿拉贡亲王③那里盗来的一匣子肉？谁对摩洛哥亲王④大声说：'灭了吧，灭了吧，你这可咒诅的蜡烛！'⑤在对簿公堂那一幕里，是谁买通了陪审员，在法官那里打点好的？没有萨隆尼奥？真是瞎说八道！在我看来，他是全剧里最重要的角色——"

"霍格斯海德上校，"我非常坚决地说，"戏里头并没有这个萨隆尼奥，而且您也晓得这一点。"

不管这个萨隆尼奥是根据多么模糊的记忆产生出来的，可是

---

① 巴松尼奥是巴萨尼奥之误。巴萨尼奥并未背弃安东尼奥。

② 夏洛克的女儿叫杰西卡，上校把她说成是英国小说家理查逊（1689—1761）的书信体长篇小说《克拉丽莎·哈罗》中的同名女主人公。

③④ 阿拉贡亲王和摩洛哥亲王都是《威尼斯商人》一剧中包西亚的求婚者，情节则是上校胡诌的。

⑤ 在《麦克白》第五幕第五场中，麦克白听到他妻子的死讯后说："熄灭了吧，熄灭了吧，短促的烛光！"

这位老先生越说越起劲，这个人物在他脑子里也越来越显得光芒万丈。他更加兴奋地说：

"我来告诉你萨隆尼奥是什么吧，他是个典型。莎士比亚的意思是用这个典型来体现他理想中的意大利绅士。他是个概念，对，他确实是个概念。他是个象征，他是个单元——"

我一面听他讲，一面在翻书，到处寻找着。"您瞧，这是'剧中人物表'，"我说，"这儿并没有萨隆尼奥呀。"

可是这么指出来丝毫也没叫上校感到扫兴。"那里当然没有喽，"他说，"你不要以为在那儿就能找得到萨隆尼奥。这正是这出戏奥妙的地方！这正是莎士比亚之所以为莎士比亚！这正是全部精华之所在！莎士比亚干脆把它放在'剧中人物表'之外——这样，才好给他充分发挥的余地，给他表现的自由，叫他更可以成为一个典型。啊，先生，戏剧这门艺术可真正是奥妙无穷唷！"上校说着，就沉浸到静穆的冥想里去了，"要摸透莎士比亚的心意，时刻看穿他的手法，那可得下点苦功夫才成！"

我开始明白再跟老先生争辩下去没什么用，于是我走开了。心里想，过一阵子他对萨隆尼奥的看法也许会有些改变。可是我没料到上年纪的人一旦有了什么看法，他会死硬到什么程度。霍格斯海德上校对萨隆尼奥着了迷，从那以后，他口口声声离不开萨隆尼奥。他无止无休地谈论着萨隆尼奥这个人物，谈论着剧作家创造这个人物的美妙艺术，萨隆尼奥与现代生活的关系，萨隆尼奥对妇女的态度，萨隆尼奥在伦理学上的意义，萨隆尼奥对比哈姆雷特，哈姆雷特对比萨隆尼奥——对这种谈论，他从来不知道厌倦。而且他越琢磨萨隆尼奥这个人物，越从他身上看出新的意义来。

萨隆尼奥真是取之不尽的。他在这个人物身上不断有新的发现，新的见解。上校甚至也把剧本看了一遍，可是并没找到萨隆尼奥这个名字。他赌咒这跟他在怀俄明看的不是一个版本，一定是他们为了适应这些鬼学堂的需要，把关于萨隆尼奥的那段整个给删掉啦。从上校背的"原文"看来，萨隆尼奥的话写得准是有点儿灵活。接着，上校又替那本书加起注解，说着"萨隆尼奥上"，"鸣号角，萨隆尼奥挽着摩洛哥亲王的臂登场"。要是实在找不出把萨隆尼奥拉上舞台的借口，上校就赌咒说，他一定是藏在幕后，或是在里面跟法官吃着酒席哪。

不过他终于还是达到了目的。他发现我们这一带演莎士比亚戏剧的人一概都是外行，于是他就跑到纽约去看亨利·厄尔沃英和泰勒①小姐的演出，上校坐在那里，从始至终倾听着，满脸的高兴。当厄尔沃英的精彩演出结束、台幕落下来的时候，上校站在他的椅子上喝彩，大声对他的朋友说："我说的就是这个！就是他。你没看见那个人老是在台上出现吗？虽然听不懂他说的话，总是他把戏收了场。不错，那正是他！那正是萨隆尼奥！"

---

① 劳莱特·泰勒（1884—1946），美国女演员，舞台生涯长达三十年。

主席类型种种

我不但在英国作过巡回讲演，多年来我还注定得在各种地方、各种场合，对各种听众讲演。说起这件事来我心里感到的不是自豪，而是难过。我只不过是让大家知道，当我谈起从事学术讲演以及一般讲演的时候，我是深知个中滋味的。

很少有人晓得作公开讲演有多么艰苦和不自在。大家眼睁睁望着讲员身穿小白坎肩、长尾巴的上衣，装出一副类似魔术师的神情登上台口，心想他一定很快活吧。听上十分钟，大家对他就腻烦了。大部分人听上十分钟就腻烦了，聪明人有五分钟就能听腻烦了，精明人根本就不去听讲演。那些跑去听讲演的人听腻了，随后就抱怨起讲员本人来了。其实，讲员的遭遇比他们来得更要惨。

以我自己来说，每逢登台讲演我总是尽量显得很快活。我认为对任何被贴上"幽默家"这个标签，并且吃上幽默这行饭的人，神情快活就是他的职业的一部分。有人主张幽默家应该阴阴惨惨的，满脸愁相，我对这种看法丝毫也不表苟同。用这种脸相去取得效果是低级的、原始的，是属于马戏班子里丑角的水平。喜剧更真实的形象是笑得"前仰后合"。因此我说，每逢讲演我总是尽量兴高采烈的，甚至自讲自笑。可是奇怪得很，这样做却使得有些听众老大地不乐意。有一回我讲完了，一位脸相严峻的女人对我说："嗯，你对自己讲的那些笑话好像真感到开心。"我回答说："太太，要是我再不感到开心，谁还感到开心呢？"可是实际上，干公开讲演这一行可以说除了枯燥无味，就是奔波劳累。因此，我打算把一个讲员所必须承受的一些苦难写在这里。

任何初次从事讲演的人首先面临的苦恼，就是大家不来听他讲。这种事是经常发生，从不例外的，而且并不是由于讲员本人的什么缺陷或过失。

我并不是说当我在英国作巡回讲演的时候，常常发生这种事。每回差不多都满座。用我收的酬金来除以听众大约的人数，我估计平均他们每人要出上一毛三分钱，而我的讲演显然值那一毛三分。可是在加拿大这里，我时常做一种注定了要失败的试验——举行不收费的演讲。其结果，听众简直不肯上门。要是晓得花上一毛三分钱可以听一次头等的讲演，就是在晚上他也肯来。然而要是让他白听的话，那去干吗？

在我所住的那座城市里，到处都是些小的学社、俱乐部和各种协会，它们都不断地需要人去讲演——至少看来是这样。这些团体实际上有的只不过是一些会长、秘书和职员——这些人担任职务是为了在地方上可以有点声望。这以外，还拥有许许多多从来也不到会的会员。某讲员应这样一个团体的邀请，白尽义务替他们准备一篇以《历史潮流中的印度—日尔曼因素》为题的讲演。讲者如果是位教授，就得占去他整个冬季的时间。随便你什么时刻到他家去串门，他太太总会告诉你："他正在楼上准备那篇讲演呢。"纵使他走下楼来，也是趿拉着拖鞋，披着睡衣。他想象中的听众是一大群对这个问题抱有浓厚兴趣的人，个个生着一张印度—日尔曼型的脸，他们聚精会神地倾听着，一个字也不放过。

那个大日子终于来到了，听众一共来了十七人。讲员不肯去一个个地数了。事后提起来他只笼统地说"有百十来人"。他就对这十几个人宣读那篇关于印度—日尔曼因素的论文，一共读了两个钟头。论文宣读完了，主席请大家提问题讨论。没有可讨论的。大家情愿让这印度—日尔曼因素毫无异议地通过。然后主席来讲话了。他说：

> 今天晚上"露面"的这么少，我真是感到十分抱歉。我相信今天没来的会员，确实错过了一个很好的机会，没听到这篇轻快可喜的论文。我愿意向这位讲员保证，如果下回他再到猫头鹰俱乐部来讲演，我们一定给他个满座。散会的时候请那些还没交冬季一元会费的会员们，散场的时候不论交给我或者交给西布利先生都可以。

这套话我已经听过许许多多遍了（在我非听不可的那些年月里），熟得能把它背下来。像猫头鹰俱乐部这样的团体，在各种名称之下，我不晓得见识过多少个了，我一眼就认得出来。晓得这种团体的会员在冷天是不肯到会的，阴天下雨不愿意出来，要是天气真晴了的话，那就再不用打算把他们召集来了。而且，只要别处稍稍有点什么热闹（一场曲棍球比赛，一个宗教音乐演奏会），他们马上就不想来听讲演了。

有一回我去参加某大学的讲座，刚刚上任，因而必得对猫头鹰俱乐部讲讲话——这是所有新来的教授都逃不掉的惩罚，这些猫头鹰就像盯蝙蝠那么死死盯住你。如今我上了年纪，一件好事是从此可以幸免于猫头鹰俱乐部的纠缠了。可是在我还必得对他们讲话的年月里，每当主席作完结束语，我就在脑子里（不是真说出声来）对到场的那十七只猫头鹰讲这么一段话来出气。话是这么讲的：

诸位先生们①——如果你们配这么称呼的话，我很怀疑。现在才明白我刚才根本不该对你们宣读那篇《黑格尔是否是自然神论者》的论文。我在那上头花去一整个冬天的光阴，现在我才发觉，原来你们这些狗崽子们根本不晓得黑格尔是何许人，"自然神论者"究竟是个什么玩意儿。没关系。反正论文已经宣读完了，我很高兴。可是让我说一句话——就只说这么一句，占不了你们多大时间。你们的主席很客气，说要是下回我再来，一定给我来个满座。我不妨对你们说：要是这个团体想等我下回再来讲演才集会的话，你们就等下去吧。诸位先生们，咱们索性打开窗子说亮话吧，那就得等下辈子啦。

可是我没去责备听众。假定真有那么多听众，并且假定他们都一召集就来的话，那么那位愁眉不展的先生——也就是报纸上很可笑地称作"春风满面的主席"——就该叫讲员难堪了，十成占九成他做得到这点。老实说，有些做主席的在这方面大大施展了天赋。下面是我亲自经历的二三事。

有一回我被安大略西部某小乡镇里的一个小小团体出资（为数极微）请去讲演，那些主席就说：

诸位女士们，先生们，今天晚上我们请来一位先生……（说到这里，他想从一张卡片上念出我的名字来，可是没认出来，就把卡片又揣回口袋里去了）这位先生要对我们讲的是……（他又瞅了瞅卡片）是古代……古

---

① 这里是双关语，"先生们"（gentlemen）在英文也可作"君子们"解。

代……我看不大清楚……古代——不列颠？多谢，他要讲的是古代不列颠。好，这是今年冬天咱们准备陆续举行的一系列讲演的第一次。你们大家都晓得，上一批并不成功。老实说，到年终一结算，还亏了一笔钱。所以今年我们试行一个新的方法，请较为廉价的角色来讲。

说到这里，主席很有风度地朝我招了招手，随后台下是稀稀拉拉一阵掌声。主席又补充说："在我没坐下以前，还得说一声：今天晚上人到得这么少，我实在感到很遗憾。散了会，请没交一元会费的会员散场的时候，把钱交给我或西布利先生都可以。"

任何在听众面前受过窘的人都可以品评一下：要是在大庭广众之下这么被贴上**"较为廉价的角色"**的标签，他得在怎样的心情下溜出会场啊！

做主席的另外还有一种可爱的办法能够叫当晚的讲员和听众都十分开心，那就是一封封地宣读"因故缺席"的道歉信。这种办法自然只适用于分外隆重的场合，讲员又是以很特殊的名义邀请来的。不久以前，我就曾有这种机缘巡游加拿大，到处"登台"（这个字眼儿在这里用得很恰当），替比利时人募集灾款。我凭着加拿大太平洋铁路的免费乘车证（该路衮衮诸公请注意：乘车证期满就作废了，并未延长），排场十足地赴各地旅行一番，无论走到哪里都受到殷勤的招待。

因此，主持这种集会的主席势必得对听众做出格外隆重的表示。他是这么做的：

"诸位女士们，先生们，"坐在讲台上的主席站了起来，手里拿着一小沓文件说，"在我介绍本晚的讲员之前，这里有一两件东西先要给大家宣读一下。"他哗啦哗啦地摆弄着手里的文件,讲堂里鸦雀无声,都等着他挑出一件来宣读。"今天晚上我们原希望本自治领的总理罗伯特·勃尔顿爵士光临指导的,我刚刚收到罗伯特爵士来的一封电报,说他不能出席。"(一片巨大掌声)主席挥了一下手,叫大家静下来,然后他又拿起一份电报来接着说:"诸位女士先生们,本委员会曾经打电报给威尔弗里德·劳里埃爵士,恭请他今天晚上莅会。我现在收到了威尔弗里德爵士来的电报,说他不能跟我们同聚一堂。"(又是一片掌声)主席又挥了下手,叫大家安静,然后他一份挨着一份地宣读。"财政大臣表示遗憾,不能来。"(掌声)"鲁道尔夫·勒米厄先生(掌声)不能出席(巨大掌声)——多伦多市长(掌声)因公不能来(暴风雨般的掌声)——本教区的主教(掌声)——多伦多大学的校长(巨大掌声)——教育部长(掌声)——所有这些位先生都不能来。"台下一大片掌声。然后,在兴奋的气氛下,主席宣布开会了,大家心里都非常真切、清楚地感觉到:这个会场的听众是空前显赫的。

就在那次为着同一高尚目的而巡游募款的同一时期,我还经历了另外一件事。我到了安大略东部的一个小城镇,从海报上发现原来我要在一座教堂里"登台",大吃一惊。那回是要我从我的作品中选读几段,而我所写的那些书又都算是幽默性质的。教堂似乎总不该是个开玩笑的地方,我把这点苦衷向教堂里的牧师说了。牧师看来严肃异常。他听完就慢慢地、十分庄重地点点头说:"我懂了,不过我向大家介绍你的时候,只要变个说法就成啦。"

到时候他领我走上教堂的讲台。讲台就在说教坛旁边靠下首,台上摆着一张书桌,一本大《圣经》,旁边还有一盏罩起来的电灯。

教堂很大，听众都坐在昏暗的教堂里（按照他们听道时候的习惯），一直坐到教堂最后排朦朦胧胧的角落。教堂里坐满了人，而且寂静得鸦雀无声。然后，主席讲话了：

> "亲爱的朋友们，"他说，"我要让大家了解：今天晚上是允许笑的。你们大声笑笑给我听，畅畅快快地笑，尽情地笑吧，因为……（这时候他又拿出牧师的那副深沉、阴森的声调）当我们想到今天晚上这位教授是为了一个崇高的目的而来登台的时候，那么你们就可以放心，上帝一定会饶恕那些朝这位教授发笑的人。"

可憾的是，尽管事先得到了笑者无罪的绝对保证，听众里还是没有一个敢于冒险一试的。

说到这里，我想起在佛蒙特①某城一次聚会上的主席。他代表一种姗姗来迟的类型，到得总那么晚，使得组织讲演的委员会来不及充分向他说明开会的宗旨和讲员的姓名来历。那一回，我留意他怕闹笑话，只小心翼翼地（望着一张小卡片）宣布了我的姓名，没提比利时人，也没把我当做幽默家（假定是这样）来介绍。后一点遗漏可铸成了大错。听众由于没得到提示，演讲的时候他们始终都彬彬有礼、不声不响的，一点也没敢放肆。讲完以后有人起来致谢词的时候，不知怎地，主席才发觉这个遗漏。于是，他想来弥补了。正当听众起身穿大衣的时候，他站起来敲了敲桌子说：

> 等一会儿，诸位女士们，先生们，等一会儿。我刚才发现——我早应该晓得，可是我来晚了——今天这位

---

① 佛蒙特是美国东北部新英格兰地区的一个州，北与加拿大魁北克省接壤。

讲员是为了替比利时人募款救灾而讲的。据我了解，他是加拿大有名的幽默家。（哈！哈！）我相信大家听得一定都很开心。（哈！哈！）他作这个有趣的讲演，（哈！哈！）是为了替比利时人募款救灾，而且是白尽义务——可是这一点我到此刻才晓得。我相信晓得了这一点，大家一定会觉得来听一听还是值得的。只可惜今天晚上到的人不多，可是我可以向讲员保证，要是下回他再来，我们一定会给他来个满座。我还想提一下，如果有本会会员还没交这一季的一元会费，散场的时候请交给我本人或者西布利先生。

积累了这么多经验，当我到英国作巡回讲演的时候，对于介绍我的主席，我自然很感到兴趣。我不禁感觉自己已经成为一个各种类型的主席的鉴赏家了，我对他们熟悉得就像别的专家对古老的木器或哈巴狗那么熟悉一样。谈笑风生的主席，满口老生常谈的主席，绷着脸不带一丝笑容的主席——我全都熟悉。只要在会议室里跟那位主席一握手，我就准知道他会怎么行动。

有些类型的主席经常有人描绘，大家都很熟悉，就不值得再去啰唆了。都晓得有这么一种主席，他说：

      "诸位女士们，先生们，今天你们不是来听我讲话的，所以我就不多说什么了。我只想简单讲一两句感想。"随后，他足足发表了二十五分钟的感想。讲完了他就朴实而有风度地说："好，我晓得大家都急于要听的是讲员的讲演……"

而且大家都晓得有一种主席，来到会场对讲员的姓名履历一概都不大清楚，却不得不来作介绍，只好说：

> 大家公认今天晚上这位讲员是目前世界上关于……关于……关于他那门学问的最高权威。他是从……从很远的地方来的。我可以向他保证，以他促进……促进……促进他所促进的事业方面所做出……做出……做出的一切，在座的诸位都感到十分荣幸来欢迎他。

尽管这个主席很糟糕，可是他比那种显然到了最后五分钟才来准备作介绍的主席还要高出一筹。我刚好倒霉就碰到过这么一种主席，他是个市参议员，身材壮得像头公牛。英国北部那些小型工业城市里专门出产这种人，并且选他们担任议会职务。

"我跟这位讲员过去没谋过面，"他说，"可是我看过他著的那本书。（我一共写了十九本书。）承委员会昨天晚上把那本书送给我看，我没全看，但是我把序言瞅了瞅。我可以向他保证，我们很欢迎他。据我了解，他是从什么大学来的……"然后他掉过身子来，面朝着我大声说："你刚才说是从什么大学来的呢？"

"麦吉尔。"我用同样大的声音回答他。

"他是从麦吉尔大学来的。"主席嚷道，"我自己从来没听说过这个麦吉尔，不过我可以向他保证，我们对他是欢迎的。他今天要讲的是——你说要讲的是什么？"

"是个幽默的讲演。"我说。

"对，诸位女士们，先生们，他要作的是一个幽默的讲演。我敢冒昧地说，一定是大家难得听到的精彩讲演。可惜我自己不能留下来听听，因为我还得赶到市政府去开会，所以我就不再啰唆了。我走下台来，好让这位讲员来讲他的幽默。"

还有一种主席更加可怕。显然当地发生了什么事情，他一脸愁容，满腹心事地走上了讲台。在介绍讲员之前，他先用感人的声调谈到当地发生的这件不幸——不管它是什么吧，但作为一个幽默讲演的前奏曲，听了令人扫兴。

有一回我在伦敦郊区对一些愁眉苦脸的听众讲演，就碰上这么一位主席。

"今天晚上我走进会场，四下里一看，"他用哭鼻子的声调说，"许多座位都空着呢。"他刚要呜咽出声来，又憋回去了，"而且我一点也不奇怪许多人今天晚上宁可待在家里……"

我听了完全不摸头脑。我只不过猜想这地方一定发生了什么格外不幸的事，使得全城的人都悲恸得不能自持。

"在许多人看来，当本城遭受了这样的损失以后，实在就不该再到这儿来听一场幽默讲演了……"

"出了什么灾难啦？"我小声向台上坐在我旁边的一位公民打听。

"本城最老的一位居民，"他小声回答我说，"今天早上去世啦。"

"多大年纪啦？"

"九十四。"他小声说。

这时候，那位主席声调里带着沉痛的哽咽，接着说下去：

"为了应不应该照常举行这次讲演，本委员会曾经开会辩论过。这个讲演要是属于另外一种性质，我们也许就不那么为难了……"

这当儿，我开始有了犯罪的感觉。

"这个讲演里要是包含些知识，或是抱着什么严肃的目的，要不就是对大家多少有些益处，情形就不同了。然而不是这样。据我们了解，里柯克先生这篇讲演在英国已经足足讲了二三十遍啦……"

说到这儿，他掉过身来微微对我投了个谴责的眼色，台下默不做声的听众深深为主席的话所感动，都朝着我望，好像我专门走遍全国，把一篇讲演稿讲上三十遍来侮辱死者的在天之灵似的。

"据我们了解，里柯克先生的讲演不是那种性质，也就是说，没有那种价值———句话，和那种严肃讲演根本不能同日而语——自然，等一下咱们就有机会来证实了。"

说到这里他停下来，嗓子里想呜咽，又憋回去了。

"咱们这位可怜的朋友要是再活上六年，就活满一个世纪啦，然而他没那份福气。近两三年来，我们就觉得他衰弱下去了。为了这种或那种原因，他没以前那么硬朗啦。上个月他的腰开始弯下来，上个星期他不大济事了，星期二他连话都说不出来，今天早晨他去世了。我们希望他现在已经安全地躲到一个再也听不到讲演的地方去了。"

听众这时候几乎热泪夺眶而下了。

可以看出主席是竭力在挣扎着，克制着自己的情感，以便主持会场。

"可是，"他接着说，"委员会认为我们仍有义务按照原来的安排进行下去。诸位女士先生们，我想这场战争告诉我们，我们永远有义务'坚持下去'。不论遇到什么样的艰苦，不论我们心里有多么不愿意，不论面临多大困难和危险，我们都必须坚持到底。因为终归是有个尽头的，凭着坚忍果断，我们总有熬到头的一天。

"因此，我就请里柯克先生来对我们作他的幽默讲演。我把他的题目给忘掉了，但是据我了解，这篇讲演他在英国已经作过三四十遍啦。"

可是跟这满脸愁容的人刚好成为对照的，是一位亲切和蔼的先生，他在某大都市的听众面前把我介绍得驴唇不对马嘴。

他的兴致那么高，说得那么干脆，那么把握十足，看来他不可能出什么差错。他像是毫无问题，我也觉得用不着去指点他什么。

"今天晚上我们十分荣幸，"他说，神情非常从容安详，在台上完全自由自在，"在这里来欢迎一位卓越的加拿大同胞——里尔洛德先生……"说的时候还朝我侧过脸来，作为一种欢迎的表示，表现得十分得体。要是我的名字真是里尔洛德，而不是里柯克，那么就可以说他做得真是尽善尽美了。

"我们当中的许多人，"他接下去说，"都以最愉快的心情期待着里尔洛德先生的光临。读了他的书，他好像早已成为我们的一位老朋友啦。老实说，我可以毫不夸张地告诉里尔洛德先生，他的名字在本城早已经是家喻户晓了。诸位女士先生们，我感到非常非常之荣幸，能够把里尔洛德先生介绍给大家。"

据我所知，那位主席始终也没发觉他说错了什么。我讲完之后，他又说："大家想必对里尔洛德先生十分感激。"然后，匆匆忙忙说了几句悦耳的客套话，就像一只呢喃着的鸟儿般地赶到别处的热闹场合去了。可是我丝毫也不见怪，对宽厚和蔼的人，我是完全拥护的，那样，生活才能过得风平浪静。有朝一日要是那位主席来到我的家乡，我这里就以里尔洛德的名义——或任何他替我起的名字，预先向他下请帖，约他吃顿午饭或是晚饭。

这种人毕竟与那些生来不具备担任主席这种职务所应有的亲切和蔼的人，大大不同。譬如有一种人认为介绍讲员最恰当的办法，莫如讲几句邀请讲员来讲演（有报酬的）的这个团体的财务状况，以及召集会员来听讲的困难。

这种话人人都听过不止十遍了。可是只有坐在台上的那个受报酬的讲员最能体会个中滋味。话是这么讲的：

　　诸位女士们，先生们，我想在我请今晚的讲员向大家作讲演以前，先谈几句。有不少会员还积欠着会费。我晓得目前日子很艰难，大家凑起款来很不容易，但是会员们同时也要记住，本会的开销很大。诸位大概晓得，近几年来讲员们要的酬金比以前高多了——老实说，已经高得几乎叫人请不起啦。

这番话讲员听了开心才怪呢！他可以看出凡是没交本年会费的会员都用仇恨的眼光瞪着他。主席接着说：

最初，财务委员会担心我们请不起里柯克先生到我们会里来讲演。幸而有两位会员热心公益，每人从自己口袋里捐出十镑，才凑足了这笔必需的款项。

（一片掌声。这时候，讲员坐到那里感到自己就是那笔"必需的款项"的化身。）

"诸位女士们，先生们，"主席接着说，"既然有的会员肯于这样牺牲——诸位女士们，先生们，这确实是种牺牲——那么我认为我们就应该用各种办法来支持他们，每个会员都应该感到有义务来参加讲演会。我晓得这件事说来容易做来难。像在今天这么寒冷的晚上，离开家里暖烘烘的火炉到这儿来听讲演，确实很苦。我承认这是件苦事，但是我觉得各位会员不应该把听讲演看做个人享受，而应该把它看做对本会应尽的一份义务。我们总算想法把这个团体维持十五年啦。我这么说虽然并没有吹嘘的意思，可是这件事做起来并不容易。委员会得花很大精力才能打下基础。好，诸位女士们，先生们，我想你们不是听我讲演来的，而且我也诉够了苦。因此，不再啰唆了（当主席的最喜欢说这句话），我就请里柯克

250

先生对大家来讲演——噢，在我坐下以前，还有句话：讲演没结束以前，凡是要离场的，请你们走侧门，并且脚步请尽量放轻一些。好，里柯克先生，请吧。"

任何吃过讲演这行饭的人都晓得，听听刚才这段介绍要远比被称作里尔洛德先生难受多了。

要是从大洋这岸到英国去讲演，那边做主席的自然倾向于抓这一点作为话题。对于像我自己这样一个加拿大人，尤其会如此。主席认为正可乘此发挥一下维系着大英帝国的那种伟大帝国思想。可是有时候这种思想见之于言词，却不足以充分表达那个观念的光彩。

当我到英国南部一个僻静地方去讲演的时候，有位牧师给我做主席。请看他是怎样（原文一字未动）介绍我的：

"诸位女士们，先生们，"这位牧师说，"没多久以前，咱们曾经把社会上各色各样的人输送到加拿大去，帮助那边建设。咱们输送过工人，输送过学者和教授。老实说，咱们连犯人也输送过。好，现在呢，"他朝我挥了一下手，"他们回来啦。"

场里没有笑声。英国听众对字面的了解是最死板不过的。他们有礼貌，一如他们对话语了解得死板。他们了解我是个被改造过来的犯人，于是，作为这样一个人物，他们响亮地为我鼓了阵掌。

可是有一件事我愿意记在这里，既说明还是有主席的好，又对主席给我帮的忙表示感谢。即使最糟糕的主席，也远比完全没有主席好。在英国那边，许多学会和团体都采取了"免去主席"

的办法。他们苦于主席的种种缺憾，竟忘记主席存在的理由了，索性把他取消掉。

结果是可怕之至。讲员孤零零地走上台去，没个人陪着。台下稀稀拉拉拍了几声掌，他可怜巴巴地朝大家鞠个躬，尽量打起精神来道出自己姓甚名谁。整个气氛是如此之冷冰冰，亏得北极探险队没来探险。我还进而发觉，没有主席，听众（或者大部分听众）根本不晓得讲员究竟是谁。好多回大家都把我当成另外什么人，对我热烈鼓掌。就这样，我曾经被错当做前法国总理布里安①，当做查理·卓别林，当做阿斯奎斯②——快打住吧，不然的话也许有人会控告我诽谤。总之一句话，要是没有主席的话，我们这些"名流"就会被混作一团了。

在回忆起我做巡回讲员的生涯时，有一段经验我总是感到欣然满意的：我曾经把一个人逗得几乎笑死——我说这话是极认真的。这正是美国讲员们常常梦寐以求的，而我差点儿做到了。这位仁兄样子很发福，像是中过风的。脸上欢欢喜喜，一片绯红，正像我们在不禁酒的国家里所常见的。他坐在会场的后边，一直笑得前仰后合。忽然间，我晓得出了事故：这个人朝旁边昏倒，跌到地板上了。有一小伙人拥上来，把他扶起来，我眼睁睁地看着他们把他抬了出去——一声不响、纹丝不动的一块庞然大物。我为责任所驱，不得不照样讲下去，可是我满意得心怦怦直跳。我想他一定是给我逗得送了命。过不大会儿，有人给主席递了个条子，主席请我暂停一下，并站起来问："在座的有大夫没有？"这时候，读者可以估量一下我的希望有多么高涨了。有一位大夫站起来，悄悄走出去了。我接着讲下去，可是再也听不到笑声了。我的目标是再逗死一个，而这一点听众也都清楚。他们晓得要是

---

① 布里安（1862—1932），法国政治家，当过11年法国总理。
② 阿斯奎斯（1852—1928），英国自由党内阁首相（1908—1916）。

一笑，可能会送命。过不一会儿，又有人递了个条子给主席。主席非常严肃地宣布："还需要一位大夫。"随后，讲演就在更加沉重的寂寥中进行下去，大家都在等着第三次的宣布。真来啦！又有人递了个条子给主席。他站起来说："要是承办殡葬事宜的穆尔奇逊先生在座的话，请他到会场外边去一下。"

　　说来很遗憾，那位仁兄后来好啦。尽管大家看到这里会大失所望，可是他确实康复了。第二天早晨我从伦敦拍去一个电报，问候他的病状（我这样做其实不过是为了证实一下他的确已经死了），得到的回音是："病况转佳，现正卧床读霍尔丹①勋爵所著之《相对论》，无复犯之虞。"

_____

　　① 霍尔丹（1856—1928），英国律师、哲学家和政治家。他在《相对论的支配》（1921）一书中讲述爱因斯坦的物理学理论对哲学的影响。

纽立芝^①太太置古董

啊，亲爱的，我很高兴见到你，你来得真好。琪恩，快接过欧太太的大衣来。请进来吧——琪恩，接过欧太太的手套来——见到你我心里真是快活。查尔斯和我从欧洲回来以后，就天天盼着把我们新置的东西给你看看。(抬高了嗓门儿)查尔斯！欧太太来瞧咱们新买的古董来啦！她有多么可爱呀！他在书房里哪，不晓得他听见我说的话没有。他看起书来就天不知地不晓啦。你总知道，查尔斯一向就是那么用功，所以每逢他收到一份新标价单，他就扎了进去，什么也顾不得啦。

我想给你看的东西多得很，简直都来不及让您喝完一杯茶啦……堂屋里那座挂钟吗？算不算古董？那当然是古董喽。瞧，有多么妙！那是座**撒尔沃拉台尔**^②！它准不准？哎呀，问得多么离奇！当然不准喽，一点儿也不准。它根本就不走！据我所知，它从来就没走过。正因为这个，人人才都巴望买到一座**撒尔沃拉台尔**挂钟。你知道，这位钟表匠真伟大，他手里出的钟，从来就没走过。

查尔斯，撒尔沃拉台尔挂钟可曾走过吗？什么？只有冒牌的

---

① 意译是：暴发户。

② 意译只不过是"挥发盐"，这里她是用来冒充中古意大利的什么制钟名匠。

254

才走哪？劳你驾。……瞧，这就是辨别真假**撒尔沃拉台尔**的一个诀窍，要是真的，准不走。你说，它连走针也没有吗？自然，它从来也没有过走针儿——不应该有。我们是在阿玛尔菲①一家非常古怪的小铺子里弄到的。掌柜的向我们保证，这座挂钟从来也没有过走针儿。他担保了。你知道，这就是辨别真货假货的一个诀窍。那阵子，查尔斯和我都对钟表非常着迷，并且用心研究过。书上都说，真正的**撒尔沃拉台尔**是没有走针儿的。钟上那张签条不是说——买到手的时候就贴在上头的，我们也没把它撕掉（念出声来）。

"第五六六一号。撒尔沃拉台尔挂钟——无针——一向无针——不走——以后也不走——无摆。"（然后兴高采烈地停下来说）对了，我忘记说了，这钟**没有摆**，这么一来，就更加名贵啦……

边儿上那道裂缝吗？啊，亲爱的，我知道你在瞅那个哪！不瞒你说，那道裂缝不是真的，是我们回来以后，请纽约一位行家给砸的。你瞧，他砸得多么妙呀！活像是谁把挂钟在地上乱丢了一通，然后又踩了几脚似的。听说所有的真**撒尔沃拉台尔**挂钟都是给那么踩过一通的。

自然，我们那道裂缝是人工弄出来的，可是弄得有多么巧妙呀！我们要是有什么古董需要毁，总是委托第四街②福鲁吉那家小店去办。他们那里有个人可有本事啦，他什么都能砸。

对啦，那天我们要把挂钟砸一砸，查尔斯和我就一道去，当面看他怎么砸法儿。(抬高了嗓门儿)那简直是太有意思啦。对不对，查尔斯？你还记得福鲁吉店里替咱们砸挂钟的那个人吗？他多半没听见我们说话。可是那个人真是位了不起的行家。他只不过把

①　阿玛尔菲是意大利的一个海滨城市，全国最重要的旅游胜地之一。
②　第四街是纽约市的一条街。

挂钟往地板上一撂，把它翻转过来，直直地瞪着它，然后又围着挂钟转几个弯子，小声用意大利话说些什么，就像是在骂街。随后，他跳到半空，两只脚刚好落在挂钟身上——真叫准极啦。

你大概晓得我们的朋友阿宾－斯密茨先生吧。你知道他是一位大行家。上个星期他来看我们的挂钟，他也说是妙极啦，跟真的裂痕几乎一模一样。可是我记得他说，更好的办法是从四层楼上把它丢下来。你知道，十三世纪意大利的楼房正是那么高。查尔斯，查尔斯，我说的是十三世纪吗？我是说十三世纪吗？我指的是什么时候应该把意大利挂钟从窗户丢下去。噢，是十四世纪呀。劳驾啦，亲爱的！我总是记不住这些意大利玩意儿的年代。

自然，你知道，玩古董就非得知道年代不可，要不然就会丢人出丑。前几天我在羹匙上头就大大出了场丑。我把一个羹匙说成是十二世纪的，其实它是十一世纪半的。那位女主人——也就是那个调羹的主人（她专门收藏羹匙）听了老大的不高兴。你知道，要是十二世纪的话，那个羹匙差不多就一文不值啦。十一世纪以前，所有意大利那些伟大的制造羹匙的大师都还没出世哪——我是不是弄颠倒啦？亲爱的，反正一句话，在那以前，羹匙只是为了吃饭才做的，随后，伟大的羹匙制造者出世啦。查尔斯！那个伟大的意大利羹匙大师的名字叫什么来着？斯普恩努齐①！当然喽，瞧，我有多么糊涂！斯普恩努齐制造的那种羹匙不能用来吃饭。这么一来，许多人当然都仿效起来啦。

那个玻璃柜，你不觉得很有意思吗？不用放大镜你恐怕看不很清楚。好，你用这个瞧瞧——上面有签名，全都镶着边儿，有些真是妙极啦。这儿签的是伊丽莎白女王——要是不在行的话，你自然怎么也分辨不出来。可是你仔细看，总可以看出"王后"

①"斯普恩"即英语的"羹匙"，"努齐"听起来有点儿像意大利名字的语尾，这明明又是故作玄虚。

两个字来——噢，不对，也许是"彼得大帝"吧！这些真正出色的东西可真不好分辨，不过查尔斯有他的诀窍。

我们认识一个小生意人，住在高门，他专门到处替我们搜集，总告诉我们是哪朝哪代的货。那是拿破仑的真迹！想想看，居然是拿破仑亲手写的，有多么了不起呀！啊，对不住，那不是拿破仑，是波·蒂·巴纳姆^①，他一定是拿破仑手下的一名大将。查尔斯，波·蒂·巴纳姆是拿破仑手下的一名大将吗？噢，是他的私人秘书呀！当然喽。可是我净顾了说话，忘记请你喝茶啦，真对不住。你晓得我把心全放到我的古董上头，别的全不在意啦。请到客厅里喝杯茶吧。噢，在你落座以前，请让我给你看一只茶壶——噢，我指的不是那只，那只是沏了茶的，算不得什么。那是在纽约赫番尼店里买的——是专门为沏茶用的。这当然是纯银的了，可是连赫番尼的店员也承认这不过是美国造的，大概也就有一年那么古，而且从来也没人使过。一句话，他们什么也不能担保。

让我用这只壶给你倒杯茶吧，然后请你放眼看看你旁边架子上那只万分可爱的茶壶。哦，请你千万可别碰它，它站不住。从它站不住这一点就可以证明它是古董，我们就可以知道它真正是**斯瓦特玛赫尔**造的，这种名贵的茶壶向来站不住。

我是在本地买的吗？啊，老天爷，本地哪儿买得到这样的东西！告诉你吧，我们是碰巧在一家小酒店买到的——那个荷兰地方叫什么来着？查尔斯，有一家小酒店的那个荷兰地方叫什么来着？什么？欧伯尔——什么？啊，对啦，我当然晓得喽，欧伯尔海兰旦姆！

那些荷兰名字起得真怪别致的，对不对？你晓得欧伯尔海兰旦姆吗？不晓得？告诉你吧，就是一个小得可爱的地方，那里别

---

① 波·蒂·巴纳姆（1810—1891），美国的游艺节目演出经理，这里把他和拿破仑的名字"波拿巴"相混了。

的没有，只有一些又小又有气味的铺子，里头满是些顶可爱的东西——样样都是古董，样样都是残破的。他们担保铺子里没一样东西不是起码在一百年以前就残破了的。你瞧见上面贴的字条儿了吗？写的都是荷兰文。"台普特"，我想那大概是荷兰文的"茶壶"①；"吉斯牧士"，意思就是"打坏了的"；"霍格"，查尔斯，荷兰文"霍格"是什么意思？亲爱的，就是茶壶上写着的"霍格沃尔特"？啊，"价值昂贵"！当然喽。

拿它沏茶好不好喝？啊，我想一定**好得很**——不过它可漏水，这也是辨别它是不是真货的诀窍，行家要看茶壶是不是**斯瓦特玛赫尔**造，总是先看它漏不漏水，要是不漏的话，那它大半是假货，连二十年也到不了——银的？不对——这又是真货假货的一个区别。真的**斯瓦特玛赫尔**茶壶总是焊锡做的，周围用白酒桶上的铁箍箍着。近来有人想用银的来仿造，可是他们怎么仿造也不像。你知道，银子不会发暗。

许许多多的古物件都是这个道理。它们有一种独特的生锈破烂的法儿，你根本仿效不了。我有一只古老的喝酒用的牛角，等我拿给你看看——查尔斯，是九世纪的吗？牛角里头蒙上了一层顶好看的绿色的黏土，那是绝对仿效不了的——他们说，那真正是一件不可能的事。对啦，我把它拿到伦敦那家叫斯奎兹欧的意大利店里去。（你知道，他们是牛角专家，只要一看，他们就能丝毫不差地说出是哪一世纪的，并且还能说出是长在哪一种牛头上的）。他们告诉我说，他们曾经想法儿叫他们的牛角也腐烂得像我的这么别致、漂亮，可就是办不到。店里一位掌柜的说，他认为这个牛角大概是从一死牛头上取下来的，而且那死牛大概还足足在土里埋了五十年。你知道，它的价值就在这上头。我们问他——

---

① 其实就是英文的"茶壶"，念走了音。

我是说，问那个掌柜的——依他看来，一头牛要死去多少年才有作为古董的价值。他说，这可难说啦，反正它得死好多好多年才……

这是伦敦那个人说的，不过，我们这只茶壶当然不是在伦敦买的。伦敦根本买不到——跟纽约这里一样没有希望。那儿，什么真货你也休想买到……所以我们总是东买一件西买一件，专门挑那些偏僻的角落去买。

那只小凳子是我们在阿伯尔洛柴提湖①的一座牛棚子后头找到的，那确实是挤奶的时候用的。另外那两只——很好看，对不？自然，屋子里不应该放两只一个样子的椅子——那是在加洛韦②一家小酒店里买到的。卖给我们的那位爱尔兰老头儿真是可爱极啦。他告诉我们说，他自己也说不上这东西是什么年代的。他说，也许是十五世纪的，可也许不是。噢，说到这儿，我想起琪恩来的一封信——你知道，琪恩是我妹妹——信写得真是叫人兴奋极了。她在布列塔尼③一个小地方发见一张桌子，说是正好放在我们玩纸牌的房间里。她说，这张桌子跟屋子里别的东西都不是一个样子，而且显然跟纸牌一点儿关系也没有。不过让我来把她写的话念给你听听——哦，哪儿哪？对啦，她开头是这么写的：

> ……一张非常可爱的小桌子。它本来多半有过四条
> 腿，就是现在也还剩两条哪。听说这样的桌子是稀货，
> 一般人找到有一条腿的就蛮知足啦。掌柜的向我们说明，
> 可以把一头抵着墙放，要不然，就从天花板上用一根银
> 链子吊起来。一面上缺了一块板子，可是我听说这不碍

---

① 阿伯尔洛柴提湖在苏格兰。
② 加洛韦是苏格兰西南部一个历史悠久的地区。
③ 布列塔尼在法国西南部。

事，布列塔尼最名贵的桌子至少也要缺上一块板子。

多么有意思呀！查尔斯，我正把琪恩关于布列塔尼那张桌子的信念给欧太太听呢。你不觉得应该马上给她发个电报买下来吗？对！我也是这么想。还有，查尔斯，问他们要是再给砸下一条腿来，得找补多少钱？现在，亲爱的，你快来喝杯茶吧。这茶你一定喜欢，这是我弄到的一种特别的茶——叫"欧古施"①，是一种非常古老的中国茶。这茶曾经放在煤油桶里发过霉的，我包你一定爱喝。

---

① 感叹语："我的天"。